Liane Mars
Selbst ist die Fee

AF201925

Liane Mars

SELBST IST DIE FEE

Roman

PIPER

Entdecke die Welt der Piper Fantasy:

Piper 🦌 Fantasy.de

Wenn Ihnen dieser Roman gefallen hat, schreiben Sie uns
unter Nennung des Titels »Selbst ist die Fee« an *empfehlungen@piper.de*,
und wir empfehlen Ihnen gerne vergleichbare Bücher.

Von Liane Mars liegen im Piper Verlag vor:
Queen of Magic. Das Zeichen der Königin
Selbst ist die Fee

Inhalte fremder Webseiten, auf die in diesem Buch
(etwa durch Links) hingewiesen wird, macht sich der Verlag nicht
zu eigen. Eine Haftung dafür übernimmt der Verlag nicht.

Unser Versprechen
für mehr
Nachhaltigkeit
Klimaneutrales Produkt
FSC®-zertifiziertes Papier
Hergestellt in Europa

FSC
www.fsc.org
MIX
Papier | Fördert
gute Waldnutzung
FSC® C083411

Originalausgabe
ISBN 978-3-492-70649-0
© Piper Verlag GmbH, München 2023
Dieses Werk wurde vermittelt durch
die Michael Meller Literary Agency GmbH, München.
Satz: psb, Berlin
Gesetzt aus der Swift Light
Druck und Bindung: CPI Books GmbH, Leck
Printed in the EU

Der Schützling ohne Cinderella-Qualifikation

Du musst mit Weinen aufhören, meine Liebe«, sagte ich möglichst sanft zu meinem Schützling, der heulend in der Küche vor einem müffelnden Lappen saß. Ich selbst flatterte händeringend vor der jungen Frau herum und verfluchte mein Los. Als Fee war es das oberste Gesetz, stets geduldig zu sein. Ich bemühte mich wirklich, diese Maßgabe zu befolgen, doch allmählich lagen meine Nerven blank.

»Ich habe mich ganz schrecklich fies verbrannt«, jammerte Cinderella.

»Wo?«

»Da!«

»Ich sehe nichts. Meinst du diese leichte Rötung?«

»Ja, genau. Das tut schrecklich weh.«

»Heult sie wieder rum?« Das war Anna, die älteste der Stiefschwestern meines Schützlings. Sie kam gerade zur Tür herein und rümpfte bei unserem Anblick die Nase. Das Bild, das sich ihr bot, war vermutlich wirklich äußerst schräg.

Eine Fee, nur etwa halb so groß wie eine Menschenfrau, surrte in einem mit Brandflecken übersäten, ehemals sonnengelben Tuffkleid vor einer heulenden jungen Frau herum. Die Fee war ich und die heulende Frau im rußverschmierten Kittelkleid mein Schützling. Cinderella.

Vermutlich standen mir vor Verzweiflung meine blonden Löckchen zu Berge. Selbst meine schillernden Feenflügel waren angesengt und rochen streng nach Rauch. Kein Wunder. Mein Schützling hatte den Kuchen im Ofen explodieren lassen. Wie auch immer Cinderella das geschafft hatte.

»Sie heult nicht. Sie ist ganz tapfer«, antwortete ich Anna mit einiger Verspätung und versuchte dadurch, die Ehre von uns beiden zu verteidigen. Vergebens. Cinderella, die von uns nur Cindy genannt wurde, überführte mich mit dem nächsten Satz umgehend als Lügnerin.

»Ich sterbe«, rief sie dramatisch. Genau dieser Hang zur maßlosen Übertreibung ließ mich augenblicklich aufhorchen. Cindy verweigerte grundsätzlich jede Arbeit, die auch nur im Entferntesten mit dem Märchen Cinderella zu tun haben könnte. Sobald sie vermutete, dass ich sie für ihre Aufgabe als Prinzgemahlin vorbereiten wollte, verwandelte sie sich plötzlich in ein jammerndes Bündel Verzweiflung. Das bedeutete, dass sie fürs Putzen, Kaminkehren oder Taubenfüttern von einer Sekunde auf die nächste zwei linke Hände hatte. Die schlimmsten linken Hände, die man sich vorstellen konnte.

»Soll ich deine Hand abhacken? Dann ist die böse Verbrennung weg und du hast echten Grund zum Heulen.« Wie gewohnt war Anna genauso pragmatisch wie ungeduldig. Sie hatte wenig Verständnis für die theatralischen Darbietungen ihrer Stiefschwester. Vor allem, weil Anna ähnlich wie die anderen um ihre Rolle in dieser Geschichte wusste.

Anna war die angeblich böse Stiefschwester, die der ach so guten Cinderella das Leben schwer machen sollte. So sah es zumindest das Märchen vor, bloß lief das alles hier nicht nach Plan. Langsam fragte ich mich, ob ich mich wirklich in einer Cinderella-Geschichte befand. Das zumindest behauptete Cindys Märchenblut, das sie angeblich in sich trug.

Jedes Jahr wurden etwa ein Dutzend Mädchen mit diesem Merkmal geboren. Für uns Feen leuchteten sie kaum sichtbar vor sich hin. Nur wer genau hinsah, konnte den Schimmer bemerken. Identifizierten wir Feen solch ein Kind, prüften wir es auf magische Weise, um herauszufinden, welche Märchengestalt wir vor uns sitzen hatten. Das tat nicht weh. Nur ein kleiner Zauberspruch, der den Prüfling deutlicher zum Glitzern brachte. Die Farbe gab Aufschluss darüber, mit welchem Märchenwesen wir es zu tun hatten.

War es eine Cinderella? Ein Dornröschen? Oder eine Rapunzel? Selten war es auch mal ein Goldmädchen oder eine Gänsemagd. Sobald sich unser Verdacht bestätigte, bekam das Mädchen je nach Märchentyp ein bis drei Märchenfeen zugeteilt. Bei einem Dornröschen fuhren wir die volle Bandbreite auf, um über die Jahrhunderte des Schlafes gut gerüstet zu sein. Drei Feen waren Minimum. Eine Rapunzel musste ein spezielles Klettertraining absolvieren, saß aber ansonsten meistens nur in ihrem Turm herum. Daher reichte eine Fee. Im Fall einer Cinderella gingen wir unterschiedlich vor. Mal wurden diese Mädchen nur von zwei Feen trainiert, manchmal auch von dreien.

Ursprünglich hatte der Feenrat drei Feen für Cindy ausgesucht, doch meine beiden Mitstreiterinnen hatten vor fünf Jahren das Handtuch geworfen. Auch für sie ging es um die Gesellenprüfung. Sie hatten es vorgezogen, sich einen einfacheren Schützling mit mehr Aussicht auf Erfolg zu suchen. Vielleicht war das klug gewesen, nur ich hatte es nicht übers Herz gebracht. Was wäre ich für eine Fee, wenn ich schon beim ersten Problem die Feenflügel strich? Ganz vielleicht war mir auch mein Ehrgeiz zum Verhängnis geworden. Versagen war nicht mein Stil. Also hielt ich die

Stellung und sorgte dafür, dass Cindy wegen ihres Hangs zum Chaos nicht aus dem Haus gejagt wurde.

Denn das war schließlich unser Job. Wir mussten unsere Schützlinge bestmöglich auf den großen Moment vorbereiten: auf den Ball/den Kuss/die Kletterpartie mit dem Prinzen. Ich hatte mich während meiner Ausbildung zur Märchenfee auf die Cinderellas spezialisiert und in diesem Fach meine theoretische Prüfung abgelegt. Jetzt stand nur noch die praktische an.

Mir war natürlich klar, dass es nicht jede Cinderella bis zum gläsernen Schuh schaffte. So mancher Fee war das Schicksal dazwischengekommen. Der Fuß der Cinderella passte nicht in den Stöckelschuh oder sie hatte sich vorher in den Müllerssohn verliebt und wollte den Prinzen gar nicht mehr haben. Da war man als Märchenfee machtlos. Am häufigsten scheiterten die Cinderellas an der bösen Stiefmutter. Durch das ständige Gegängel und die schlechte Behandlung verloren diese Mädchen häufig ihr fröhliches, liebreizendes Gemüt und veränderten sich zu garstigen, traurigen oder missgünstigen Wesen, um die ein Prinz von Welt einen großen Bogen machte. Kurz gesagt: Häufig verlief die Geschichte nicht so, wie sie sollte.

Von fünfzehn potenziellen Cinderellas schafften es nur etwa drei zum Ball und nur eine bis ins Herz des Prinzen. Und manche scheiterten schon, bevor sie je den Prinzen zu Gesicht bekamen. Diese hier war genau so ein Exemplar. Sie weigerte sich sogar zu putzen.

»Gib her«, sagte Anna genervt, nahm Cinderella den Lappen aus der Hand und schrubbte auf allen vieren wie eine Wahnsinnige. »Wenn Mama den Dreck sieht, rastet sie völlig aus und ich muss mir den ganzen Tag ihr Gejammer anhören.«

Ich wusste genau, was Anna anspornte. Als klar war, dass Cindy eine Märchengestalt sein musste und sogar Feen zugeteilt bekam, war die gesamte Familie schockiert gewesen. Annas Mama Lucilla hatte sich mit allen Kräften dagegen gewehrt, die böse Stiefmutter der Geschichte zu werden. Lucilla und fies? Mitnichten! Sie wollte ihre Stieftochter unbedingt genauso lieben wie ihre eigenen. Doch leider raubte ihr das weinerliche, tollpatschige und arbeitsscheue Mädchen ähnlich wie mir und Anna die Geduld.

Mittlerweile war Cindy bei Lucilla ein absolutes Reizthema. Sie musste nur zusehen, wie das Mädchen ein Glas von einem Raum in den nächsten trug, schon war es um ihre gute Laune geschehen. Ich bemühte mich dabei stets, auf Cindys Seite zu bleiben, leider war das schwierig. Dieses Mädchen schaffte es, das Glas auf dem Weg viermal fallen zu lassen. Viermal! Am Ende war es Lucilla, die die Scherben aufsammelte. Je häufiger das passierte, desto mehr verwandelte sich Lucilla in die böse Stiefmutter, die sie nicht sein wollte.

Dabei war ich mir sicher, dass Cindy nur halb so tollpatschig war, wie sie uns weismachen wollte. Warum sie sich so verhielt, war mir schleierhaft. Außerdem fehlten mir die Beweise, um sie deswegen zur Rede zu stellen. In der Zwischenzeit trieb sie uns alle in den Wahnsinn.

Anna hatte sich fest vorgenommen, die langsame Verwandlung ihrer Mutter in eine griesgrämige Hexe zu verhindern. Sie wollte ihre fröhliche, gutherzige Mama behalten und kämpfte dafür. Ich bewunderte sie insgeheim für ihre Verbissenheit und hatte sie schon häufiger heimlich auf das Märchenblut getestet. Leider Fehlanzeige. Die liebreizende Anna war nicht mein Schützling. Cindy war es.

»Mama kommt«, informierte uns Emma. Die jüngere der

beiden Stiefschwestern saß am Fenster, schleckte Kuchen-
teig aus der Schüssel und hielt für uns Wache. Sie war rund-
lich für ihre Größe und passte vom Äußeren perfekt in das
Schema des Märchens. Das sah schließlich eine verfressene
Stiefschwester vor. Emma naschte durchaus gern und war
im Gegensatz zu ihrer sonst üblichen Rolle im Märchen
eine Seele von Mensch. Sie war hübsch mit ihren rosigen
Wangen, den dunkelbraunen langen Haaren und der ausdrucksstarken Mimik. Vor allem war sie extrem gutmütig
und freundlich.

Kaum hatte Emma uns gewarnt, brachen Anna und ich
in Hektik aus. So schnell es ging, wischten wir den überall
verspritzten Teig von den Küchenfliesen, banden Cindy eine
saubere Schürze um und warfen den verbrannten Kuchen
in den Müll. Eigentlich durften Märchenfeen nicht aktiv
mithelfen, nur war mir das schon lange egal. Ich wollte
meine gestellte Aufgabe so gut es ging erfüllen. Kostete es,
was es wollte.

Die Haustür klapperte und eine vergnügt pfeifende
Lucilla zog sich im Flur ihren Pelzmantel aus. »Anna«, rief
sie durch die angelehnte Küchentür. »Ich habe gute Neuigkeiten.«

»Wie schön«, flötete ihre Tochter mit zitternder Stimme.
Mittlerweile sah sie ähnlich konfus aus wie ich. Einige
braune Haarsträhnen hatten sich aus ihrem strengen Dutt
gelöst und hingen ihr wirr ins Gesicht. Ich winkte aufgeregt
und bedeutete Anna, ihre Mutter auf dem Flur abzufangen.
Leider zu spät. Die Küchentür ging auf, und Lucilla kam
herein. Sie erfasste die Szene mit einem einzigen Blick.

»Cindy hat gebacken.«

Es roch unangenehm im Raum nach verbranntem Kuchen, in Flammen aufgegangenen Äpfeln und verschmur-

gelten Kastanien. Dass Cinderellas blonde Haare an den Spitzen versengt waren und ihr Gesicht dicke Rußflecken aufwies, überführte sie ganz klar als Täterin.

»Wir haben geübt«, warf ich kleinlaut ein.

»Aha.«

»Und sie wird besser.«

»Aha.«

»Und ... wir gehen dann mal.« Ich schnappte mir hastig Cindys Arm, die weiterhin ihre Hand anstarrte. Bevor wir jedoch aus dem Raum huschen konnten, versperrte mir Lucilla den Weg. Nervös flatterte ich vor ihrem Kopf herum.

Eigentlich bestanden wir Feen nur aus Sternenstaub und guten Wünschen. Um mit unseren Schützlingen sprechen zu können und damit unsere Aufgabe zu erfüllen, nahmen wir menschliche Formen an. Dabei konnten wir unsere Größe und unser Aussehen je nach Bedarf recht frei anpassen, solange wir uns an bestimmte Vorgaben hielten. Zum Beispiel mussten wir uns kleiner als Menschen gestalten. Etwa halb so groß war üblich. Wir sollten außerdem unsere Kleidung der üblichen Mode anpassen und dabei nicht protzen. Der einzige echte Hingucker, den wir uns gestatten durften, waren unsere Feenflügel, die hinten am Rücken aus den Kleidern herausguckten, sodass wir fliegend durch die Gegend huschen konnten.

Ich hatte meine Form vor fünf Jahren festgelegt, als ich in den Haushalt der Familie Sonnenschein gekommen war: blonde Korkenzieherlöckchen, die bis zu den Schultern reichten. Grüne Augen, weil ich Gras so liebte. Und ein sonnengelbes Tuffkleid ohne Ärmelchen, dafür mit bauschigem weißem Unterrock und schlichten grünen Schühchen. Meine kecke Schleife im Haar war eigentlich nicht erlaubt, da sie zu auffällig war, aber sie passte so schön zu den Schuhen.

Feen hatten grundsätzlich lieblich auszusehen. Normalerweise folgte ich dieser Anweisung auch brav, doch gerade war ich einfach nur schweißgebadet. Vor allem, weil ich an Lucillas Blick erkannte, dass es Ärger gab. Noch mehr als ohnehin.

»Ich habe Einladungskarten bekommen. Für alle drei Mädchen«, sagte Lucilla bedeutungsschwanger und richtete sich zu ihrer beeindruckenden Größe auf. Sie überragte ihre Töchter um gut eineinhalb Köpfe, war gertenschlank und grundsätzlich in schlichte Gewänder gekleidet. Ihre Haare trug sie ähnlich wie Anna zu einem strengen Dutt, wodurch ihre ausdrucksstarken Augen noch besser zur Geltung kamen. In das Braun ihrer Iriden mischte sich ein feuriger Rotton, der je nach Verärgerung mal mehr, mal weniger deutlich hervortrat.

Momentan war er ganz klar zu erkennen. Lucilla war gestresst. Wegen ... wegen der Einladungskarten.

Nein, dachte ich panisch. Das ist noch viel zu früh! »Ich dachte, wir hätten noch drei Monate Zeit«, krächzte ich schwach.

»Offenbar nicht.« Lucilla wedelte mit den drei Briefen in der Luft herum. Sie waren schneeweiß, dufteten nach Rosen und waren mit goldenen Buchstaben verziert. Ich hatte sie während meiner Vorlesungen und meiner praktischen Einführungsseminare bereits gesehen und noch nie so sehr gefürchtet. »Was mache ich denn jetzt mit dem Brief an Cindy? Laut dem Märchen soll ich ihren verbrennen. Jetzt mal ehrlich: Können wir uns nicht das ganze Drama um die Kleidersuche sparen? Wenn Cindy so oder so zum Ball geht, kann ich dir den Brief auch direkt überreichen.«

Lucilla hielt mir den Umschlag hin, woraufhin ich hastig ein Stück zurücksurrte. Das Schlagen meiner Flügel war für lange Zeit das einzige Geräusch in der gesamten Küche. Ich starrte den Brief an, als könnte er mich fressen.

Was sollte ich denn jetzt machen? An den Feenrat konnte ich mich nicht mehr wenden. Meine drei Beratungstermine hatte ich allesamt bereits in Anspruch genommen. Noch eine Rückfrage und ich würde durch die verflixte Prüfung rasseln. Mein Dilemma musste ich allein auf die Reihe bekommen. Warum nur hatte ich meinen Schützling behalten, obwohl er denkbar ungeeignet für meine Abschlussprüfung war?

»Wir müssen ihn verbrennen«, brachte ich schließlich hervor. »Sonst gerät noch mehr durcheinander als ohnehin schon.«

Je größer die Abweichung von der Ursprungsgeschichte, desto gefährlicher wurde es. Das hatten mir meine Lehrerinnen beständig eingetrichtert. Aufgrund einer extremen Unstimmigkeit war zum Beispiel die böse Fee aus dem Märchen Dornröschen entstanden. Eine Cinderella hatte sich in einen für Rapunzel vorgesehenen Prinzen verliebt und ihn für sich erobert. Das hatte gleich zwei Welten ins Chaos gestürzt. Eine von Cinderellas Märchenfeen hatte sich so schrecklich gegrämt, dass sie wahnsinnig geworden war. Sie hatte die nächste Cinderella verflucht. Schwups. Geboren war ein neues Märchen – Dornröschen. Etwas Derartiges galt es zu verhindern, daher mussten wir uns so gut es ging an die Vorgaben halten. Kleinere Diskrepanzen waren normal. Je geringer sie waren, desto besser.

In dieser Cinderella-Geschichte waren die Unterschiede zur Ursprungsversion bereits enorm. Eine Stiefmutter, die nett war. Eine Stiefschwester, die Cinderellas Job übernahm, und eine Cinderella, die ... lassen wir das.

Lucilla verdrehte die Augen, stapfte zum weiterhin rauchenden Herd und steckte mit Todesverachtung den Brief in Brand. Wir sahen andächtig dabei zu, wie das Papier von den Flammen verzehrt wurde. Na ja. Fast alle. Cindy tat mal wieder so, als ginge sie all das überhaupt nichts an. Sobald es um das Märchen Cinderella ging, wurde sie ganz plötzlich taub, hatte andere Dinge zu tun oder pfiff in sich gekehrt vor sich hin. So wie jetzt.

»Und was kommt als Nächstes?«, fragte mich Anna.

»Jetzt verarmt ihr, wollt unbedingt die schönsten Kleider tragen und der Prinz taucht in eurem Garten auf.«

»Er kommt wirklich hierher?«

»Das ist recht unterschiedlich. Mal reitet er an eurer Mauer vorbei und lobt euren Apfelbaum. Manchmal rettet er Aschenputtel aus einer schrecklichen Gefahr und ab und zu fragt er auch einfach nach dem Weg. Was das angeht, ist die Erzählung recht variabel.«

»Dass wir verarmen steht fest?«

»Ja. Ihr seid es eigentlich schon, bloß hat euch das die böse Stief... Verzeihung, Lucilla! Bitte schau nicht so finster. Ich bin es nicht gewohnt, dass es eine gute Stiefmutter gibt. Das kam in keinem einzigen Anschauungsunterricht vor. Also ... na ja ... Lucilla hat es euch bislang verschwiegen. Ihr seid arm wie die Kirchenmäuse.«

Wir sahen alle Annas und Emmas Mutter an, die genervt mit den Augen rollte. »Wir können aktuell keine großen Sprünge machen. Ich habe eigentlich alles verkauft, was sich zu Geld machen ließ. Nur meinen alten Pelzmantel wollte keiner haben. Für Ballkleider wird es knapp. Zumindest für drei. Aber dafür haben wir unsere Märchenfee, nicht wahr?«

»Jaaaaa ... mal sehen, was sich in diesem Fall machen lässt. Ich bin noch unsicher, ob es eine Version mit einem zu schüttelnden Baum oder die mit der sehr aktiven Fee ist. Das zeigt sich meist erst im Laufe der Geschichte. Das Bäumchen steht jedenfalls schon auf dem Grab von Cindys Mama, nur hat sie es nicht gepflanzt.«

»Das war ich«, gab Anna zu. Sie hatte das Grab im Garten der Familie von Anfang an gepflegt, obwohl sie Cindys Mutter nie kennengelernt hatte. Anna war einfach eine gute Seele. Leider pfuschte sie mir dadurch gehörig ins Handwerk.

»Jedenfalls musst du dich, liebe Lucilla, nicht um Cindys Kleid kümmern. Deine Sorge sollte einzig und allein deinen Töchtern gelten. So ist die Geschichte angelegt.« Ich atmete tief durch und sah meinen Schützling an. »Cindy, wir sollten gehen. Dein Taubentraining ist jetzt wichtiger denn je.« Entschlossen schob ich sie aus dem Raum, was fliegend gar nicht so einfach war. Sie stemmte sich gegen mich, doch ich blieb hartnäckig.

»Am wichtigsten ist eigentlich, dass ihr diesen stinkenden Kessel im Schuppen endlich entsorgt. Was ist das überhaupt für ein Zeug, das ihr da abgestellt habt?«, rief uns Anna hinterher.

Ich ignorierte den Einwand geflissentlich und gab ihr lediglich im Stillen recht. Der blubbernde, teerartige Inhalt besagten Kessels war das Ergebnis von Cindys Versuch, einen Linseneintopf ganz allein zu kochen. Ich wusste bis heute nicht, was sie dort hineingetan haben konnte. Jedenfalls musste das Gemisch magisch reagiert haben und blubberte seither vor sich hin. So etwas kam selten vor, aber es geschah. Auch unmagische Menschen konnten auf diese Weise versehentlich einen Zaubertrank brauen.

Das Zeug wegzuschütten war mir nicht gelungen. Es ließ sich auch nicht wegputzen oder abschöpfen. In meiner Not hatte ich den Kessel schließlich im Schuppen abgestellt, wo er ungestört köcheln und die Fensterscheiben schwarz und die Decke grünlich färben konnte.

Kessel oder Tauben? Beides bereitete mir graue Haare. Die Tauben waren allerdings dringender. Also lotste ich Cindy unbarmherzig Richtung Buchenhain. An dieser Stelle hatte ihr Vater einst seine Gattin beerdigt und Lucilla wenige Jahre später auch ihn. Anna hatte dafür gesorgt, dass beide Gräber hübsch aussahen: Sie hatte sie mit bunten Blumen bepflanzt, dank einer wunderschön blühenden Flieder- hecke vor Blicken geschützt und mit einem Haselnuss- strauch gesegnet. Ebenjener Strauch war mein Ziel, denn darin gurrten und trällerten die Vögel, darunter eine ganze Schar Tauben.

Die Tiere reckten erfreut ihre Hälse, als sie mich sahen, und duckten sich, als sie Cindy erkannten. Den Tauben schwante, was ihnen blühte.

»Wehe, ihr verdrückt euch«, rief ich schon von Weitem. Die übrigen Vögel machten, dass sie fortkamen. Nur die Täubchen ergaben sich in ihr Schicksal. Sie blieben sitzen und warfen mir böse Blicke zu.

Anders, als es im Märchen angedeutet wurde, mussten die Tauben das Erbsensortieren erst lernen. Vor allem war es wichtig, dass sie die jeweilige Cinderella mochten und ihr gern halfen. Was das anging, hatte ich so meine Probleme.

Seitdem Cindy versehentlich eine Taube durch einen gigantischen, wenig damenhaften Riesennieser so erschreckt hatte, dass sie tot vom Ast gefallen war, sah die übrige Vogel- schar das zierliche Mädchen mit ganz anderen Augen. Sie hielten sie für eine Mörderin. Punkt. Und genau wie Drachen vergaßen Tauben leider nie etwas.

»Hier.« Ich drückte Cinderella einen Laib Brot in die Hand und ermunterte sie mit einem Handwedeln, die einzelnen

Stückchen an die Tauben zu verfüttern. Cindy handelte daraufhin gewohnt pragmatisch. Je schneller eine Aufgabe erledigt war, desto besser. Kurzerhand warf sie den ganzen Laib in den Busch, woraufhin die Tauben empört aufflatterten, oder zumindest fast alle. Eine wurde tödlich getroffen. Fassungslos starrten wir auf das erschlagene Federvieh. Mein Hirn war in dieser Sekunde vollkommen leer gepustet. »Zwei zu null für dich gegen die Tauben«, brachte ich schließlich wenig hilfreich hervor.

»Es ... es tut mir so leid«, flüsterte Cindy und fing prompt an zu weinen. So heftig, dass ihr Gesicht innerhalb von Sekunden rot anlief. Weiße und dunkelrote Punkte erschienen überall auf ihrer Haut, gefolgt von einem schrecklichen, herzzerreißenden Schluchzen. Diesmal nahm ich ihr die Trauer tatsächlich ab, was nicht immer der Fall war. Manchmal war ich mir sicher, dass sie schauspielerte. Heute sah das jedoch anders aus. Sie war wirklich schockiert über den Tod der unschuldigen Taube. Ich tätschelte ihr wie paralysiert die Schulter, unfähig, etwas Feenmäßiges zu tun oder zu sagen.

Die Tauben hatten sich indes auf die höchste Buche geflüchtet und gurrten uns von oben vorwurfsvoll an. Ich konnte es ihnen nicht verdenken.

»Verzeihung? Ist hier jemand in Not? Muss hier jemand gerettet werden?«, erklang es da von hinter der Fliederhecke.

Ich erfasste innerhalb von Sekunden, was sich hier anbahnte. Diese Stimme klang so lieblich, so wunderschön und gleichzeitig so verflixt männlich, wie es nur einem Prinzen gebührte. Nein! Oh, bitte, bitte nein! Wie hatte ich nur so dumm sein können, Cindy ausgerechnet nach draußen zu lotsen? Die Briefe waren verschickt! Die Einladung zum Ball war erfolgt. Der Prinz unterwegs.

Ausgerechnet ebenjener Mann stand vermutlich hinter der Hecke und war im Begriff, zum ersten Mal einen Blick auf seine Zukünftige zu werfen. Leider lief der gerade grünlich glibbernder Schnodder aus der Nase, den sie mit einem Gänsehaut verursachenden Rotzgeräusch hochzog. Mir war sofort klar: Ich musste dringend etwas tun. Wenn der Prinz Cindy so sah, konnten wir einpacken! Dann war es das mit unserem romantischen Balltanz und dem gläsernen Schuh. Und meine Feenkarriere würde beendet sein, bevor sie überhaupt angefangen hatte.

Der Fremde ohne Prinzenstatus

M ir standen buchstäblich die Haare zu Berge. Ja, wirklich! Ich spürte, wie sich meine blonden Engelslöckchen sträubten. Jedes einzelne für sich. Ich tat drei Dinge – im Märchen tun wir immer drei Dinge, allerdings meist logische und sinnvolle, anders als jetzt – aus Reflex. Erstens schlug ich Cindy spontan nieder. Zweitens verwandelte ich mich in Menschengröße und drittens ließ ich mein glitzerndes, üppiges Feenkleid zu einem grauen Fetzen aus Leinen werden.

In der gleichen Sekunde steckte der vermeintliche Prinz seine neugierige Nase in unseren Garten und sah sich suchend um. Hilfe! Er hatte sogar sein Schwert gezogen! Dabei bemerkte ich durchaus, dass er nicht nur riesig war, sondern auch gut gebaut. Kurze braune Haare, ein kantiges Kinn, breite Schultern und lange Beine. Herrje. Dieser Mann war die triviale Verkörperung eines wahren Prinzen.

»Komm nicht näher«, sagte ich schnell und benutzte dabei versehentlich die viel zu vertrauliche Anrede, eines Prinzen vollkommen unwürdig. Momentan war aber auch nicht klar, ob er wirklich der Prinz war. Ein winziges Fünkchen Hoffnung hatte ich noch, dass alles ein dummer Zufall war. Vielleicht war er ein gut aussehender Schweinehirt auf der Durchreise? Wobei Schweinehirten mit Schwertern schon eher ungewöhnlich waren.

Abrupt blieb der Mann stehen und musterte mich überrascht. Seine dunkelbraunen Augen wurden riesig, als er Cindy lang gestreckt im Gras liegen sah. Sie war mit dem Gesicht voran auf die Erde geplumpst, die Arme weit ausgebreitet.

»Was ist passiert?«, rief der Fremde und wollte zu ihr hasten, doch ich vertrat ihm den Weg und hob die Arme wie zum Kampf, die Fäuste geballt, das Kinn gereckt.

»Keinen Schritt weiter«, drohte ich.

»Ich will euch nichts tun, sondern helfen. Was ist mit deiner Gefährtin geschehen?«

»Ich habe sie versehentlich niedergeschlagen.« Feen logen nie und verbogen lediglich gern die Wahrheit bis zur Unendlichkeit. »Versehentlich« traf bei meiner Tat nicht ganz zu. Spontan war wohl das bessere Wort, nur wollte ich nicht kleinlich sein.

»Warum tust du denn so etwas?«

»Wir haben geübt. Da ist es einfach so passiert. Ein Unglück.« *Das* traf jedenfalls zu.

»Was habt ihr denn geübt? Kampfkunst?«

»So etwas in der Richtung.« Meine Magie protestierte gegen diesen Satz und warnte mich eindringlich, nicht noch mehr zu lügen. Hey! Das war nicht gelogen. Wirklich jede Übungsstunde mit Cinderella glich einem Kampf!

»Willst du dich nicht um sie kümmern?«

»Selbstredend, jedoch erst, nachdem du gegangen bist. Es wäre ihr gewiss nicht recht, wenn du sie so sehen würdest.«

»Also ehrlich. Ist das nicht egal?«, schalt er mich sanft. Erst jetzt bemerkte ich, dass er für einen Schweinehirten verteufelt gut angezogen war. Allein sein Waffengurt musste so viel kosten, wie ein Schweinehirt im ganzen

Leben nicht verdienen konnte. Meine Hoffnung starb einen erbärmlichen Tod. Zeit, Klarheit zu schaffen.

»Bist du ein Prinz?«, platzte ich heraus.

»Wie kommst du denn darauf?«

»Du bist sehr schick gekleidet, sauber gewaschen und hast gute Manieren. Außerdem willst du einer Frau in Not helfen. Da liegt der Schluss nahe, dass ...«

»... ich ein Prinz bin?« Der Mann klang amüsiert. »Was kennst du denn für grobschlächtige Männer, wenn du aus meinem Erscheinungsbild ableitest, ich könne adelig sein?«

»Ich hab so meine Erfahrungen gesammelt ...«, gab ich vage von mir und ließ dabei unerwähnt, dass mein Wissen hauptsächlich aus Märchenbüchern, Abhandlungen über edle Gesellen oder Stammbaumrecherche von blaublütigen Nachkommen gespeist wurde. Meine Erfahrungen waren also eher theoretischer Natur.

Ich musterte den Mann vor mir noch mal eingehender. Der dunkle Mantel mit der bestickten weißen Borte musste sündhaft teuer gewesen sein, genau wie das weiße Seidenhemd und das perfekt an seine Statur angepasste Wams. Statt einfacher Beinlinge trug er eine neumodische dunkle Hose aus einem mir unbekannten Stoff, die wiederum in hohen Lederstiefeln endete. Wenn er kein Prinz war, dann zumindest ein Adelsmann.

»Warum liegt denn da eine tote Taube neben deiner Ohnmächtigen? Kannst du das erklären?«, riss mich der Fremde aus meiner Betrachtung.

O nein! Die Taube hatte ich ganz vergessen. Das arme Ding. Schnell, schnell! Eine Halbwahrheit her. So langsam geriet ich in Bedrängnis. »Das war ein ganz schlimmer Unfall.«

»Inwiefern? Woran ist die Taube denn verstorben?«

»Sie wurde erschlagen.«

»Brutal! Wer war das?«

Ich deutete schweigend auf meinen Schützling am Boden. Zeit, mit der Wahrheit herauszurücken. »Sie hat die Taube versehentlich mit einem Kanten Brot getroffen. Ich habe sie danach niedergeschlagen. Aus Reflex.« Das war jetzt endlich mal wahr, selbst wenn ich die Zwischeninformationen ausließ. Das Warum und Weshalb war momentan nebensächlich.

Cindy stöhnte in dieser Sekunde und rekelte sich. Sie fasste zur gigantischen Beule an ihrem Kopf, während ihr Gesicht noch im Gras steckte. Ich trat hastig zwischen sie und unseren unwillkommenen Gast.

»Also? Bist du der Prinz von Burginsland?«

Zu meiner unendlichen Erleichterung schüttelte der Mann vor mir den Kopf. »Nein, der bin ich nicht. Und da wir das jetzt geklärt haben: Darf ich euch endlich helfen?«

Erst jetzt bemerkte ich, wie angespannt ich gewesen war. Nur langsam lockerte ich meine verkrampften Finger, massierte meine verhärteten Schultermuskeln und nickte.

»Gern«, sagte ich erleichtert. Wenn er nicht der Prinz war, konnte uns nichts passieren.

Im Märchen Cinderella war der wahre Prinz meist namenlos. Unsere Lehrer hatten uns den Tipp gegeben, dass er in der modernen Zeit entweder Michael, Andreas oder Hans hieß. Da wir derzeit im Königreich Burginsland lebten, war es diesmal ein Andreas. Das war gut, denn die Andreasse unter den Prinzen waren meist freundliche, entspannte Männer. Behauptete zumindest meine Ahnen-Sachkundelehrerin.

Der Fremde trat neben mich und half mir, die jammernde Cindy aufzurichten. Ich hatte sie ordentlich am Kopf erwischt, und die Beule war recht ansehnlich. Durch ihren Sturz hatte sie sich noch zusätzlich das Auge blau geschlagen. Ups.

»Setz dich hier hin«, sagte der Fremde fürsorglich und dirigierte die schwankende und recht orientierungslose Cindy auf einen liegenden Baumstamm. Von hier aus sollte sie eigentlich mit den Tauben trainieren, doch die waren weiterhin garstig und verstimmt. Ihr Gurren klang eindeutig drohend.

Ich ließ mich neben Cindy nieder und hielt ihre Hand, während der Fremde ihren Kopf untersuchte. Zum Glück blutete es nicht.

»Bin ich schon wieder über meine Schnürsenkel gestürzt?«, fragte Cindy mit brüchiger Stimme.

Mein schlechtes Gewissen nagte an mir. Welche Märchenfee schlug schon ihren Schützling nieder? Wenn das meine Prüfer erfuhren! Da würde ich direkt eine Sechs in Behandlung von Schutzbefohlenen kassieren. »Alles für den guten Zweck«, murmelte ich.

Der Fremde warf mir einen fragenden Blick zu und hielt gleichzeitig drei Finger vor Cindys Nase. »Wie viele Finger siehst du?«

Cindy blinzelte wie eine Eule. »Vier?«

Ich seufzte. Da war es wieder. Cindy stellte sich dümmer an, als sie in Wirklichkeit war.

»Der Schlag muss heftig gewesen sein«, schlussfolgerte der Fremde hingegen. Okay. Das war natürlich auch eine Option. Eine, die mir Angst machte. Was, wenn ich zu kräftig zugeschlagen und Cindy bleibende Schäden davongetragen hatte? O nein. Wie schrecklich. Prompt fing ich mir einen sehr wütenden Blick von meinem Gegenüber ein.

»Hey! Das war alles ein Versehen«, rechtfertigte ich mich. »Ich wollte sie nicht so hart treffen.«

»Hast du aber, und jetzt ist ihr Gehirn Matsch. Gutes Mädchen, wie heißt deine Begleiterin? Weißt du das noch?«

Cindy wandte sich mir zu und starrte mich verwundert an. Sie versuchte verzweifelt, meine verzauberte Gestalt zuzuordnen. Ich hingegen bemühte mich zu erkennen, ob sie mich wegen des Schlages wirklich nicht erkannte oder nur so tat. »Ich habe keine Ahnung«, sagte sie schließlich langsam.

»Klarer Fall von Gedächtnisverlust«, schlussfolgerte der Fremde. »Sie sollte sich ausruhen. Am besten in einem dunklen Raum. Hast du Kopfweh?«

»Mein Schädel zerspringt.«

Ich tätschelte ihr beruhigend die Schulter und war einerseits erleichtert. Es wäre fatal gewesen, wenn Cindy mich als Märchenfee entlarvt hätte. Feen durften sich nicht in Menschen verwandeln. Das war verboten. Andererseits machte ich mir Sorgen. Was, wenn ...

»Jetzt erkenne ich dich«, rief Cindy in der Sekunde. »Du bist meine Mä...«

»Märri«, unterbrach ich sie hastig. »Richtig. Ich bin Märri mit einem *ä* statt *a*.« Autsch. Meine Magie kniff mich so heftig wie noch nie. Das gab garantiert eine Eintragung und einen Vermerk in mein Ausbildungsprotokoll. Bei meiner Rückkehr ins Feenreich würde ich ganz sicher zum Rapport gerufen.

Der Fremde sah mich erstaunt an. »Wie eine Märri mit ä siehst du nicht gerade aus.«

»Wie sieht denn eine Märri aus?«

»Na ja ... keine Ahnung. Gibt es den Namen mit ä überhaupt?«

»Wie reizend. Für meinen Namen kann ich nichts.« Aua! Das Piken wurde heftiger.

Cindy rieb sich den Kopf. »Ich dachte, dass du wie meine Märchenfee aussiehst«, murmelte sie.

Ich erstarrte und hielt die Luft an. Zum Glück war unser Fremder wirklich mies im Schlussfolgern. Er lachte dreckig. »Da wäre sie eine recht fiese Märchenfee. Sie hat dich gnadenlos niedergeschlagen. Nicht gerade feenhaft.«

Er lachte weiter, woraufhin ich vor Wut mit den Zähnen knirschte. Dieser Mann ging mir jetzt schon auf die Nerven. Zum Glück war er nicht unser Prinz, und wir mussten uns nicht langfristig mit seiner ungehobelten Art auseinandersetzen.

»Du kannst jetzt gehen«, sagte ich verschnupft.

»Ich denke, ich bleibe noch eine Weile. Ihr zwei seid ein so seltsames Gespann. Das will ich mir noch ein bisschen angucken.«

Zu meiner Empörung setzte sich der Fremde auf den Baumstamm neben mich und streckte sich genüsslich. Ich starrte seine beeindruckenden Muskeln an, die bei dieser Aktion hübsch zutage traten. War klar, dass unser unwillkommener Gast auch noch attraktiv war.

Ja, auch wir Feen hatten Gefühle. Wir unterdrückten sie nur beständig. Ab und zu bemerkte ich allerdings, dass ich eine Frau war.

In der Sekunde kotzte Cindy uns vor die Füße. Ich sprang mit einem Schreckensschrei auf, während der Fremde gelassen blieb und ihr den Rücken rieb. »Das ist der Schlag gewesen, meine Liebe. Gleich geht es dir besser.«

Ich kam mir sofort wie die schlechteste Fee der Welt vor. War ich vermutlich auch. Statt mich um meinen Schützling zu kümmern, starrte ich angeekelt meine besudelten Schuhe an. Bäh.

Cindy begann natürlich prompt zu jammern und zu weinen. Der Fremde blieb ruhig und tätschelte ihren Rücken. Ich hingegen musste tief durchatmen, um nicht gänzlich aus meiner Haut zu fahren. Wie sollte ich aus Cindy jemals eine alltagstaugliche Prinzessin machen?

Ich vergaß den Gedanken sofort, als ich Anna wie eine Furie aus dem Haus kommen sah. »Alarm«, rief sie so laut sie konnte. »Prinz im Anmarsch! Cindy, sofort ins Haus! Versteck dich!«

Cindy fuhr zusammen und sprang wild schwankend auf. »Ein Prinz?«, rief sie panisch. »Wo?«

»Da vorn.« Anna deutete hektisch in Richtung Feld. Worauf sie zeigte, konnten wir von hier jedoch nicht sehen, da die Fliederbüsche im Weg waren.

»Falscher Alarm«, winkte ich ab und deutete auf unseren Gast. »Beruhigt euch wieder.«

Anna war mittlerweile näher gekommen und dann wie angewurzelt stehen geblieben. Ihre Augen wurden riesig, als sie Cindys derangierte Gestalt erblickte, mich in meiner Menschengestalt erkannte und den Fremden bemerkte. Sie wurde leichenblass. »Der Prinz«, flüsterte sie manisch.

»Kein Prinz«, wiederholte ich. »Der da sieht nur königlich aus, ist es aber nicht. Einzig ein Mann, der auf sein Äußeres achtet.«

Wie aufs Stichwort kam ein anderer Mann um die Hecke herum. »Eure Hoheit? Wir müssten dringend weiter, sonst kommen wir zu spät zu unserer Audienz.«

Audi-WAS? Und was noch viel schlimmer war: Eure Hoheit? Ich starrte den neu hinzugekommenen Fremden entsetzt an, der verdächtig nach einem Pagen aussah. Danach den vermeintlichen Nicht-Schweinehirten-Schrägstrich-angeblich-kein-Prinz, der wie zuvor vollkommen entspannt auf dem Baumstamm saß und uns von oben bis unten lässig musterte.

»Hey«, rief ich empört. »Du hast gesagt, du bist kein Prinz.«

»Ich bin zumindest nicht der Prinz von Burginsland, also beruhigt euch.« Der Mann stand auf und verbeugte sich kurz vor Anna, die etwa fünf Meter von uns entfernt stehen geblieben war und ihr Gegenüber mit weit aufgerissenen Augen anstarrte. »Mylady. Danke, dass ich mich in Eurem Garten ein wenig ausruhen durfte. Ihr habt wirklich interessante Dienerinnen, nur solltet Ihr sie voreinander schützen. Diese hier ...«, er deutete unverschämterweise auf mich, »... erscheint mir ein wenig grobschlächtig. Sie trachtet der anderen nach dem Leben.« Er zwinkerte mir zu und machte ernsthaft Anstalten, hinter dem Pagen aus unserem Garten zu verschwinden.

»Ich bin grobschlächtig?«, brüllte ich ihm wutentbrannt hinterher. »Wer ist so dreist, seine wahre Identität zu verschleiern? Sag mir gefälligst, wer du bist!«

Er blieb abrupt stehen und drehte sich zu mir um. »Ich bin ein anständiger Mann, der den Feierlichkeiten der Königsfamilie von Burginsland beiwohnen wird. Wir sehen uns auf dem Ball, liebe Märri.« Er betonte den Namen so, dass klar war: Er glaubte nicht eine Sekunde, dass ich wirklich so hieß.

Ich spürte, wie ich rot anlief. Von meinen verzauberten Fußspitzen bis zur letzten Schuppe auf meiner Kopfhaut. Beim Glitzerstab des Feenrates, war das peinlich. Ehe mir eine passende Antwort einfallen konnte, war der Fremde bereits verschwunden. Ein Pferd schnaubte, Sättel knarrten. Hastig sprang ich zum Tor zwischen dem Flieder und spähte hinüber. Und da sah ich es.

Eine Armee aus prunkvoll gewandeten Rittern saß auf strahlend weißen Pferden, die schnaubend ihre vergoldeten Geschirre klirren ließen. Der Fremde schwang sich gerade in einen mit zahlreichen Ornamenten verzierten Sattel. Hinter ihm warteten gleich drei Standartenträger plus Trompeter, der justamente in sein Instrument blies und eine Hymne spielte, die mir die Gänsehaut meines Lebens bescherte.

Burginsland. Das war die Hymne unserer Heimat. Nur ... er hatte definitiv behauptet, er sei kein Prinz. Wer war er dann?

Und ... falls er ... wenn er ... sollte er ein Prinz sein und Cindy auf diese schmachvolle Weise kennengelernt haben, also ... falls ... dann ...

Ich spürte, wie mir schwindelig wurde und sich alles in meinem Inneren zusammenzog. Ich bekam keine Luft mehr und die Welt wurde schwarz und trüb, begann zu schwanken und zu zittern. Mir klappten die Beine weg, und ich stürzte zu Boden.

Die störrische Märchengestalt mit Muffensausen

N a prima«, hörte ich Anna seufzen. »Jetzt muss ich mich auch noch um eine Märchenfee mit Panikattacken kümmern. Als wäre ich mit Cindy nicht schon genug bestraft!«

Ich spürte, wie mich das Mädchen auf den Rücken drehte und die Beine hochlagerte. Etwas Kühles berührte meine Stirn. Kalte Wickel? Dann platschte ein Schwall Wasser in mein Gesicht, und ich fuhr hoch.

Cindy und Anna beugten sich beide über mich. Während Cindy erleichtert ob meines wachen Zustandes wirkte, sah Anna höchst empört aus.

»Wach auf, Märchenfee! Es gibt viel für dich zu tun«, sagte sie.

»Anna! Wie kommst du denn auf Märchenfee? Das ist Märri«, widersprach Cindy, doch ich meinte am Glitzern ihrer Augen zu erkennen, dass sie ganz genau wusste, wer ich war.

»Wenn das Märri ist, bin ich Cinderella«, antwortete Anna, die Cindys schauspielerischen Glanzleistungen wie üblich glaubte. Anna hielt ihre Stiefschwester für den dümmsten Menschen auf Erden. Ganz im Gegensatz zu mir.

Ich seufzte und verwandelte mich wieder in meine natürliche Gestalt. Netterweise war mein sonnengelbes Feenkleid wieder sauber, genau wie meine Schuhe. Ein Vorteil einer

Komplettverwandlung. Cindy kommentierte meine plötzliche Veränderung mit einem Quietschen und Anna mit einem Augenverdreher.

»Märchenfee. Da bist du ja. Stell dir vor. Ich glaube, da stand womöglich der Prinz von ... von ...«, hob Cindy an.

»Sprich es nicht aus, sonst wird es nachher wahr«, sagte Anna rasch. »Ob Prinz oder nicht – wir haben ein ernstes Tanzproblem. Der Ball steht an. Schon morgen. Cindy muss ebenfalls hingehen. Wenn sie sich nicht vollkommen blamieren will, muss sie noch viel lernen. Üb mit ihr, Märchenfee. Ich gehe derweil ins Dorf und kaufe uns billigen Stoff und Leinen. Wir können schließlich nicht in unseren alten Straßenkleidern ins Schloss.«

Ich zauberte mich hastig trocken und nickte. »Du hast recht.« Prüfend musterte ich Cindy, die schlimmer denn je aussah. Die Beule wölbte ihre blond gelockten Haare in die Höhe und das blaue Auge schillerte in allen Regenbogenfarben. »Cindy? Du musst dich zusammenreißen.«

»*Du* musst dich zusammenreißen«, korrigierte Anna eisig. »Cindy ist ruhig und entspannt. Du machst hier einen auf hysterische Fee. Soll ich für Cindy jetzt Stoff mitbesorgen oder nicht?«

Ich schüttelte den Kopf. »Nein, das wäre gegen jede Regel. Wir kommen auch so klar.«

Annas Gesichtsausdruck machte deutlich, dass sie das bezweifelte. Dennoch verschwand sie und ließ mich mit meinem Schützling allein. Ich wandte mich Cindy zu und wartete, bis ich ihre Aufmerksamkeit hatte. »Morgen Abend entscheidet sich, wie es mit unser beider Leben weitergeht. Also bitte: Versuch wenigstens, ein klein wenig prinzessinnenhaft zu wirken.«

»Ich geh nicht zu dem Ball.«

»Natürlich gehst du!«

»Nein. Auf keinen Fall. Ich mach mich da nicht zum Affen!«

Das waren ganz neue Töne. Ich sah sie fassungslos an, doch Cindy begegnete meinem Blick vollkommen gleichmütig.

»Ihr sagt alle, dass ich mich dort blamieren werde. Wahrscheinlich habt ihr recht. Also gehe ich gar nicht erst hin. So einfach ist das.«

Mir klappte die Kinnlade nach unten. »Dein ganzes Dasein ist auf diesen einen Moment ausgerichtet.«

»*Dein* ganzes Dasein ist auf diesen Moment ausgerichtet. All die Jahre über musste ich mir anhören, wie wichtig es ist, dass ich auf diesen doofen Ball gehe. All die Jahre hast du gejammert, dass ich nie im Leben das Zeug dafür habe. Ich bin das Gejammer leid, und daher gehe ich nicht hin.«

Wer war bitte die Jammernde in dieser Geschichte? Mir fehlten die Worte. Und doch, ganz klammheimlich musste ich zugeben, dass sie nicht ganz unrecht hatte. Ich hatte in den letzten Wochen wirklich viel gejammert. Je näher der Ball kam, desto reizbarer war ich geworden. Es hing wirklich viel an diesem Moment.

Für sie und für mich.

»Du gehst auf diesen Ball«, sagte ich streng. »Und wenn ich dich persönlich an deinen verfilzten blonden Haarsträhnen dorthin zerren muss!«

Nachdem Cindy und ich noch gut eine Stunde lang zornentbrannt diskutiert hatten, gingen wir mit schlechter Laune auseinander. Mein Schützling sah gar nicht ein, zum Ball zu gehen. Ich sah nicht ein, ihre Wünsche zu akzeptieren. Letztlich zog sich Cindy in ihre kleine Kammer zurück.

Ich hingegen wartete ungeduldig, bis Anna zurückgekehrt war. Sie hatte für ihre wenigen Pennys löchrigen, verwaschenen Stoff bekommen, der schon beim Zuschneiden zerbröselte. Eine Weile sah ich ihr mitleidig bei ihren Anstrengungen zu und half schließlich mit. Es war streng verboten, für jemand anderen zu zaubern als für den eigenen Schützling. Auf magische Weise konnte ich ihr nicht helfen, aber zum Glück war ich auch so im Nähen bewandert. Aus einem löchrigen Stoff ließ sich nur leider lediglich ein löchriges Kleid nähen.

»Ich werde beim Feenrat um eine Ausnahmegenehmigung bitten«, sagte ich schließlich, als das gesamte Kleid der Länge nach mit einem Ritsch zerriss und die sonst so tapfere Anna mit den Tränen kämpfte.

»Vielleicht könnten wir die Vorhänge benutzen?«, schlug Lucilla vor und deutete auf den fadenscheinigen Stoff rechts und links vom Fenster. Ich musterte ihn eingehend und entschied mich dagegen. Erst dann bemerkte ich, dass das Wohnzimmer erstaunlich leer war.

Die teure Vase auf dem Sims war verschwunden, genau wie der Ledersessel und sämtliche gepolsterten Stühle um den ausladenden Esstisch. Stattdessen standen dort schlichte Holzstühle, von denen ich schon vom Ansehen Rückenschmerzen bekam.

Das sonst so üppig gestapelte Holz neben dem Kamin war nur noch ein kleines Häuflein, und sogar die Gemälde darüber waren fort. Jetzt hing dort lediglich eine riesige Streitaxt, über deren Erinnerungswert Emma und ich schon häufiger diskutiert hatten. Lucilla wollte uns nur leider die bestimmt spannende Geschichte der Streitaxt nicht verraten.

Sie hatte im Gegensatz zum Rest der Wohnzimmerausstattung Lucillas Verkaufswut überstanden. »Du hast wirklich alles zu Geld gemacht, was sich zu Geld machen ließ, nicht wahr?«, sagte ich beinahe tonlos.

»Ich fürchte schon.« Lucillas Gesicht hellte sich plötzlich auf, als ihr etwas einfiel. »Wir könnten mein Hochzeitskleid umnähen.«

»Mama! Dieses Kleid ist alles, was dir von deinem Liebsten geblieben ist. Wir können es unmöglich verwenden«, widersprach Anna.

»Es hängt nur im Schrank und verstaubt. Da wäre es schöner, wenn es euch nützen würde. Warte. Ich hole es.«

Ich beäugte indessen mein wunderschönes Feenkleid, das mindestens fünf überflüssige Lagen besaß.

»Denk nicht mal dran«, ging Anna dazwischen, bevor ich etwas Törichtes tun konnte. »Du hast auch so schon genug Ärger am Hals.«

»Hab ich das?«

»Ich sage nur: Kinnhaken und Verwandlung. Zwei garantiert verbotene Dinge für eine Fee.«

Meine Laune hob sich sofort. »Stimmt. Zwei verbotene Dinge! Da fehlt noch die dritte Verfehlung. In der Märchenwelt sind es stets drei Sachen.« Beherzt schnippelte ich mit der Schere quer durch mein Kleid, zuppelte Tüll und Stoff auseinander und legte die Fetzen auf den Boden. Mein Feenkleid sah jetzt natürlich schlimm aus, doch das machte nichts. Bei der nächsten Verwandlung würde es hoffentlich wieder heil sein. Trotzdem starrte mich Anna sprachlos an.

»Du darfst uns nicht helfen. Das ist gegen jedes Märchengesetz. Du bist als Märchenfee eine unglaubliche Fehlbesetzung.«

»Und du als böse Stiefschwester.«

»Hast du denn schon einen Plan, wie du Cindys Kutsche hervorzuzaubern willst? Die Kürbisernte ist dieses Jahr schrecklich mickrig ausgefallen.«

»Ach, ein kleiner Kürbis reicht schon für eine ansehnliche Kutsche.«

»Und die Mäuse? Unser Kater hat sie alle gefressen, seitdem wir kein Geld mehr für sein Futter haben.«

»Mir fällt da bestimmt was ein. Zur Not nehme ich ein paar Tauben und verwandele sie in weiße Pferde. Ein einziges reicht bereits. Die Kutsche wird eben klein ausfallen müssen.«

»Ich habe auch keine Bohnen, Wicken, Linsen oder Erbsen zum Sortieren«, sagte Lucilla, die mit ihrem Kleid über dem Arm ins Wohnzimmer zurückkehrte. Ihr folgte Emma, die beim Anblick der goldfunkelnden Fetzen am Boden vor Freude quiekte.

»Nähst du diesen zauberhaften Stoff in unsere Ballkleider?«, rief sie aufgeregt.

Anna und ihre Mutter wechselten besorgte Blicke, während ich bereits nickte. »Ja, genau das haben wir vor. Ihr dürft zwar nicht den Prinzen erobern, weil der für die Cinderellas vorgesehen ist, aber ein Edelmann sollte machbar sein.«

Wir trennten Lucillas weiß glänzendes Brautkleid auf, um zwei Teile zu erhalten. Eins für Anna. Eins für Emma. Dabei fiel mir wieder Lucillas Anmerkung ein. »Keine Bohnen, Erbsen, Linsen oder Wicken?«, fragte ich besorgt. »Du musst Cindy auf jeden Fall eine Aufgabe zuteilen, damit sie nicht auf den Ball gehen kann. So sieht es das Märchen vor.«

»Das Märchen sieht bestimmt auch nicht vor, dass die Märchenfee die Kleider für die Stiefschwestern näht«, warf Lucilla ein.

Sofort ließ ich den Stoff fallen. »Stimmt. Ach, ich weiß auch nicht.« Verzweifelt vergrub ich das Gesicht in meinen Händen. Dann wurde mir klar, was ich da tat. »Jammere ich in letzter Zeit zu viel?«, fragte ich besorgt.

»Natürlich nicht«, sagte Anna eindeutig ironisch.

»Niemals«, sagte Lucilla voller Sarkasmus.

»Auf jeden Fall«, sagte Emma aufrichtig.

Na toll. »Cindy will nicht auf den Ball gehen. Sie sagt, ich hätte sie zu sehr gedrängt. Sie will endlich eine selbstbestimmte Frau sein. Ohne Zwänge und Vorherbestimmungen.«

»Tja, das hast du jetzt von deinem Geschwafel.« Anna klang amüsiert.

»Welches Geschwafel?«

»Du predigst seit Jahren, dass Cindy selbstständiger sein soll. Jetzt ist sie es, und prompt gefällt dir das auch nicht. Ist doch toll, dass sie eine eigene Meinung entwickelt hat.«

»Muss das nur ausgerechnet jetzt sein? Kann sie nicht unabhängig werden, wenn sie Prinzessin ist?«

»Märchenfee, sieh der Tatsache ins Auge: Cindy wird niemals Prinzessin.«

»Zum Ball könnte sie wenigstens gehen. Dann wäre meine ganze Arbeit wenigstens nicht für die Katz, und ich rassel nicht durch die Prüfung.«

»Cindy wird bestimmt gehen. Mach dir keine Sorgen.«

»Wirklich? Meinst du?«

»Ja. Sie liebt dich viel zu sehr, um dir das zu versauen.«

Ich war gerührt und beunruhigt. Eigentlich sollte ich alles dafür tun, damit es Cindy gut ging und nicht umgekehrt. Vielleicht sollte ich sie noch mal aufsuchen, um in Ruhe mit ihr zu sprechen. Wir hatten da ein wenig aneinander vorbeigeredet.

Entschlossen stand ich auf. »Wir sehen uns morgen«, sagte ich zu ihnen und eilte in Cindys kleine Kammer. Lucilla hatte ihr eigentlich ein schönes, luftiges Zimmer geben wollen, doch ich hatte protestiert. Bei aller Liebe: Eine so große Abweichung wäre gar nicht gegangen. Ich hatte bereits das Herannahen eines neuen Märchens gespürt und gegensteuern müssen.

»Cindy? Können wir reden?«, fragte ich zaghaft und blickte mich suchend im Raum um. Mein Schützling war nicht da. Wo konnte sie nur stecken? Ich sah zunächst auf dem Dachboden nach, wo sie sich manchmal versteckte, wenn sie sich vor Arbeit drücken wollte. Auch dort war sie nicht. Draußen im Garten auch nicht, im Stall genauso wenig. Ich fand sie schließlich auf dem Feld zwischen den Ziegen, Schafen und Kühen des Nachbarn. Sie streichelte ein Lämmchen und wirkte schrecklich verloren und einsam zwischen den Tieren.

»Es tut mir leid«, sagte ich zu ihr. »Ich hätte dich nicht so bevormunden dürfen. Willst du nicht dennoch zu dem Ball gehen?«

Sie schniefte leise. »Schon«, gab sie zu. »Nur nicht, weil du mich mal wieder zwingst.«

Ich runzelte die Stirn. »Ich zwinge dich nie zu etwas. Ich sporne dich nur an, damit du ein gutes Leben führen kannst.«

»Das ist es ja gerade: Die Gegenwart zählt doch auch. Ich habe den Eindruck, ich muss mich ständig für eine mögliche Zukunft verbiegen. Ich strenge mich für etwas an, was ich gar nicht erreichen will. Prinzen machen mir Angst, genau wie Schlösser, Adelige oder Pferde. Bei den Schafen und Ziegen fühle ich mich viel wohler. Den Ziegenhirten Franz-Werner verstehe ich wenigstens. Er erzählt vom

Wetter und von den Lämmern statt von Weltpolitik und Drachentötern.« Sie wurde rot. »Um ehrlich zu sein, glaube ich, dass er sich ein wenig in mich verliebt hat.«

»Cindy«, hob ich mahnend an und unterbrach mich dann selbst. Hatte sie etwa recht? Drängte ich sie zu sehr in eine Richtung? Womöglich. Vielleicht. Eventuell. »Pass auf. Wir machen das so: Du gehst morgen auf diesen verflixten Ball, und das war es dann. Viele Cinderellas sind nur bis da gekommen, und es ist nicht schlimm, wenn sie an dieser Stelle versagen.«

»Siehst du? Du machst es schon wieder!«

»Was?«

»Du redest von Versagen statt von einer schönen Zukunft, in der ich glücklich bin.«

»Bist du nicht neugierig, wie es auf dem Ball ist?«

»Natürlich! Ich möchte schon gern die vielen schönen Damen sehen und die wunderhübschen Kleider bewundern. Ich bin auch neugierig auf den Prinzen und wie es wäre, von ihm zum Tanz aufgefordert zu werden. Trotzdem reicht es mir völlig, davon zu träumen. Sobald ich darüber nachdenke, es wirklich zu erleben, wird mir ganz anders. Dann möchte ich weinen und mich verkriechen.«

Tiiiiief durchatmen, dachte ich und tat das dann auch. All die Mühen waren umsonst, wenn ich Cindy nicht überreden konnte. Also holte ich zum großen Schlag aus. »Dann tu es nicht für dich, sondern für mich. Nur der eine Ball. Danach darfst du dich jederzeit verkriechen. Nutz doch wenigstens die Chance deines Lebens. Kämpfe für dich und gib nicht auf, bevor du es versucht hast.«

Cindy kniff misstrauisch die Augen zusammen. »Nur noch dieser Ball? Dann muss ich nicht mehr Cinderella sein?«

Ich nickte fleißig.

»Gut. Dann ist es abgemacht. Ich gehe morgen zum Ball, und danach bin ich dich endlich los.« Sie stand auf und hielt mir feierlich die Hand hin. Ich ergriff sie und kämpfte dabei mit einem ganz schlechten Gefühl in der Magengegend. Irgendwie fühlte sich diese ganze Situation nicht richtig an. Zumindest nicht in Anbetracht der Umstände, dass ich hier die Märchenfee war.

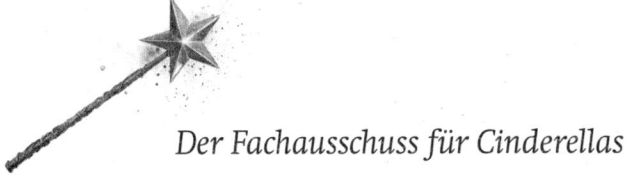

Der Fachausschuss für Cinderellas

Nach dem Zusammenstoß mit Cindy musste ich mich beeilen, um noch rechtzeitig zur Lagebesprechung der Cinderellas zu kommen. Also wechselte ich ins Feenreich, das in einer Art Paralleluniversum aller verschiedenen Märchenwelten über dem gesamten Universum thronte, umgeben von Wolken und einer niemals untergehenden Sonne. Von hier aus konnten wir in die verschiedenen Welten wechseln, die in bestimmten Bereichen mal überlappten, mal ganz eigenständig waren. Wollten wir in eine andere Welt, mussten wir stets über das Feenreich gehen, das eigentlich nur aus einem gigantischen Schloss im Himmel bestand.

Mir war klar, dass mir ein Strafverfahren wegen zu häufigen Lügens drohte, daher hatte ich überhaupt keine Lust auf die Feenwelt. Besonders die Prüflinge wurden heute unter die Lupe genommen und mussten sich für ihr Handeln rechtfertigen. Wie grässlich. Drücken ging nur leider nicht, und vielleicht konnten mir die älteren Feen erklären, was momentan mit Cindy und mir geschah. Das flaue Gefühl ließ sich einfach nicht abschütteln.

Doch kaum war ich bei den anderen Märchenfeen in unserem Unterrichtsraum angekommen, schwieg ich beharrlich. Ich brachte es nicht über mich, meinen Mitschülerinnen und Kolleginnen mein Leid zu klagen. Das war erstens unschicklich für eine Fee, und zweitens wollte ich mir nicht die Blöße geben oder womöglich meine Prüfung in Gefahr bringen. Mein Schützling drehte durch! Auf so etwas hatte uns weder die Lehrerschaft noch unsere Ratgeber vorbereitet.

»Cinderella ist so aufgeregt«, sagte eine Märchenfee und lachte glücklich. Wir waren gemeinsam in unsere Prüfung gestartet und verglichen seitdem unsere Erfolge in ihrem Fall und Misserfolge in meinem. »Endlich ist morgen der Ball! Wir haben so fleißig geübt. Trotzdem habe ich wirklich Angst, dass uns die böse Stiefmutter dazwischenfunkt. Sie ist unberechenbar.«

»Wird deine Cinderella denn das Bäumchen schütteln oder darfst du ihr helfen?«, fragte eine andere Märchenfee beflissen. »Ich freue mich so, dass ich vermutlich helfen darf, denn weit und breit kommt bei uns kein Bäumchen vor.«

»Hach, das ist so wunderbar, wenn wir Feen Teil der Geschichte sind«, seufzte eine dritte. »Wie ist es denn bei dir, Märchenfee?«

Ich brauchte etwas, um zu verstehen, dass ich gemeint war. Wir Märchenfeen hießen leider alle Märchenfee, daher kam man schnell durcheinander. »Ich weiß es nicht«, sagte ich ausweichend. »Mal sehen ...«

»Bei uns ist der Ball noch nicht angekündigt. Meint ihr, eure Cinderellas gehen alle auf den gleichen Ball? Wie aufregend! Dann gibt es ja dieses Jahr viel Konkurrenz untereinander.«

Bitte nicht, dachte ich. Das war schon einmal geschehen und hatte die Cinderella-Feen völlig kopflos werden lassen. Von fünf Prüflingen waren drei durchgerasselt, weil sie vor Hysterie alles vergessen hatten, was wir zuvor hatten lernen müssen. Auf der anderen Seite war ich dieses Jahr eh ein klarer Außenseiter. Meine Cinderella konnte nichts reißen. Falls sie überhaupt zum Ball ging.

»Mein Schützling ist aus dem Rennen«, sagte plötzlich eine Märchenfee. Sofort wurde es totenstill im Raum.

»Was ist passiert?«, fragte ich neugierig.

»Sie hat den Heiratsantrag eines Schweinehirten angenommen.«

Ein Seufzen ging durch die Menge. Wie tragisch! So kurz vorm Ziel. »Das tut mir leid«, sagte ich zu ihr. »Sehr ärgerlich.«

»Eigentlich nicht. Sie ist überglücklich, weil der Junge sie vor den Schlägen der bösen Stiefmutter gerettet hat. Er hat sie geradewegs zum Traualtar geführt, damit ihr kein Leid mehr geschehen kann.«

Diesmal war das Seufzen romantischer Natur. »Wie schön«, sagten die meisten. Auch ich nickte verständnisvoll.

»Dann ist es was anderes. Wir müssen stets das tun, was das Beste für unsere Schützlinge ist.«

Das Ziepen in meinem Magen wurde stärker. Jetzt war es an der Zeit, mein Problem zu schildern, doch ich brachte es nicht über mich. Gute Feen lachten zwar niemals über andere, tratschten jedoch gern. Ich wollte ungern zum Gespött der nächsten hundert Jahre werden.

»Was bedeutet das denn für deine Prüfung?«, erkundigte sich eine der Märchenfeen möglichst beiläufig.

»Ich habe bestanden, wenn auch nur mittelmäßig. Meine Vorbereitungen waren tadellos, die Auswertung meiner Abhandlung sehr gut und mein Schützling hat mir auch zufriedenstellende Noten gegeben. Für eine gute Platzierung hat es leider nicht gereicht, weil wir auf dem Ball nicht zeigen konnten, was Cinderella alles gelernt hat. Das ist für mich in Ordnung. Ich bekomme bald mein Diplom und darf als Co-Fee bei einem Trio mitarbeiten.«

Wir beglückwünschten sie artig und wussten gleichzeitig ganz genau, dass das eher eine Niederlage war. Als Co-Fee würde sie es schwer haben, sich weiter hochzuarbeiten. Die meisten blieben für alle Ewigkeit an ihren jeweiligen Märchen kleben. Eine Weiterentwicklung war so gut wie unmöglich. Das war hart, und ich hatte mir fest vorgenommen, eine gute Note zu bekommen. Dann könnte ich vielleicht sogar als Solo-Fee weiter tätig sein. Ich mochte es, auf mich allein gestellt zu sein und die Fäden in der Hand zu halten. Auf diese Weise konnte man auch schnell mal das Metier wechseln. Rapunzel reizte mich, genau wie der Fischer und seine Frau.

Doch zunächst musste ich meine Prüfung überhaupt bestehen.

Den Rest der Zeit übten meine Mitschülerinnen und ich das Verwandeln von Kürbissen in Kutschen, studierten noch mal die Enzyklopädie für Nagetiere und stellten uns dann dem Cinderella-Fachausschuss. Das war erstaunlich unspektakulär. Unsere Lehrerinnen verlasen lediglich die Namen der Feen, deren Prüfungsphasen noch andauerten, gingen dann die Noten der bereits Ausgeschiedenen durch und befragten die älteren Feen, deren Schützlinge auch noch Chancen auf den Prinzen hatten.

Mein Herz klopfte jedes Mal, wenn der Blick unserer Vorsitzenden über mich hinweghuschte. Da er nicht auf mir ruhen blieb, hatte die Magie offenbar noch keinen Eintrag in meine Ausbildungsakte getätigt. Sonst wäre das gewiss zur Sprache gekommen. Als man uns mit einem »Fee Glück« entließ, konnte ich es kaum glauben. Ich war nicht suspendiert worden und durfte weitermachen wie bisher. In den meisten Fällen geschah die Benotung auf magische Weise von selbst, sodass wir auch keine neugierigen Lehrernasen auf dem Cinderella-Ball befürchten mussten. So etwas gehörte sich für eine Fee nicht. Bespitzeln überließ man der Magie, was an einem vor Jahrhunderten gesprochenen Feenzauber lag. Die damalige Vorsitzende des Prüfungsausschusses hatte einen Benotungszauber kreiert, der für sämtliche Lehrer natürlich angenehm, für uns Schülerinnen jedoch die Hölle war. Diesem Zauber etwas vorzuenthalten war furchtbar schwer. Irgendwann kam auch die kleinste Verfehlung heraus.

Wir Schülerinnen tranken noch einen Feenschnaps zusammen, um unsere Nerven zu beruhigen. Danach verabschiedeten wir uns in dem vollen Bewusstsein, dass unsere Cinderellas morgen zu Todfeindinnen werden könnten.

Immerhin ging es um nichts anderes als die Liebe ihres Lebens und um ein Leben im Überfluss statt in Armut. Und für uns Feen ging es um Prüfungen, Ruhm und Ehre und natürlich vor allem darum, dass unsere Schützlinge glücklich wurden.

Der Ballauftritt mit Nervenproblemen

Ich war definitiv aufgeregter als Anna, Emma und Cindy zusammen. Nur Lucilla kam noch an meine Nervosität heran. Cindy und ich sprachen nicht mehr über unser Versprechen am Vorabend. Wir taten so, als sei alles in bester Ordnung zwischen uns. Stattdessen putzten wir zusammen die Wohnung, bis sie glänzte. Also ich putzte und Cindy half halbherzig mit. Anna wollte uns gern zur Hand gehen, doch wir verscheuchten sie. Sie musste sich gefälligst auf den Ball freuen und sich über Cindy lustig machen – was sie natürlich nicht tat.

»Ich habe Bohnen«, rief Lucilla kurz vor Mittag. Sie kam mit hochroten Wangen in die Küche gelaufen, wo wir gerade eine schlichte Schlumpfnudelsuppe zubereiteten. »Schau, Märchenfee! Damit können wir Cindy quälen.«

Sie warf einen kümmerlichen Bund Bohnen auf den Küchentisch und hüpfte vor Freude auf und ab. »Für Cindy sollte das Herausforderung genug sein, nicht wahr?«

Ich nahm die Bohnen dankbar an und drückte sie in Cindys Hände. »Die musst du pulen und nach Größe sortieren«, sagte ich streng zu ihr. »Sonst darfst du nicht auf den Ball.«

Sofort hellte sich Cindys Miene auf. »Echt? Ich muss nicht zum Ball?«, fragte sie hoffnungsvoll.

Ach verflixt! Das wurde schwieriger als erwartet. Letztlich waren es Anna, Emma und ich, die die blöden Bohnen pulten. Die Tauben weigerten sich beharrlich, genau wie Cindy. Ich überredete meinen Schützling, zumindest ein wenig mitzupulen, damit sie Teil der Aktion wurde. Das musste wohl reichen.

»Macht schneller, sonst kommen wir zu spät zum Ball«, unterbrach Lucilla uns und hielt Anna und Emma ihre Kleider entgegen. »Zeit, euch fertig zu machen!«

Sofort beschleunigte sich auch mein Herzschlag. Endlich war es so weit. Gleich kam unser großer Auftritt. Hoffentlich klappte alles wie geplant.

Ich half Emma in ihre Robe, steckte ihr die Haare hoch und verdrängte gerade noch einige Tränchen. Meine zwei Goldengel sahen so süß und unschuldig aus. So liebreizend. Lucilla und ich umarmten uns gegenseitig und beglückwünschten uns zu diesen wunderschönen Mädchen, die wir gemeinsam großgezogen hatten. Na ja. Ich war erst seit etwa fünf Jahren dabei, und Anna und ich hatten in etwa das gleiche Alter, aber als Fee war das relativ. Wir entwuchsen in Windeseile den Kinderschuhen und wurden schon mit drei Jahren auf die Akademie geschickt. Mit sechzehn bekamen wir unseren Schützling zugeteilt und lebten ab da bei ihnen. In meinem Fall war ich bei den Sonnenscheins eingezogen. Mit einundzwanzig waren wir für gewöhnlich fertig ausgebildete Märchenfeen. Ich würde bei der nächsten Sommersonnenwende einundzwanzig. Es wurde also Zeit!

Endlich kam die überteuerte Mietkutsche und holte Lucilla, Emma und Anna ab.

»Wollt ihr nicht direkt mitkommen?«, fragte Anna kurz vor der Abfahrt. »Was ist, wenn du Cindy keine Kutsche zaubern kannst?«

»Mach dir keine Sorgen. Bis später beim Ball. Und nicht vergessen: Du bist total neidisch auf Cindy.«

Anna verdrehte als Antwort die Augen, dann war sie auch schon aus meinem Blickfeld verschwunden. Ich lächelte ihnen noch eine Weile hinterher und atmete tief durch, bevor ich mich zu Cindy umwandte, die mich griesgrämig beäugte.

»Und jetzt?«, fragte sie.

»Jetzt schüttelst du den Baum auf dem Grab deiner Mama.«

Also schüttelte Cindy. Und schüttelte. Und schüttelte. Doch kein Kleid segelte herab. Nicht mal ein Kittel oder eine Schürze. Nichts. Aus lauter Verzweiflung schüttelte ich irgendwann mit. Leider fiel außer Blättern nichts herunter.

»Lass uns aufgeben«, schnaufte Cindy. »Wie wäre es, wenn wir die Beine hochlegen und du mir ein gutes Buch vorliest? Bälle sind eh überbewertet.«

Nein. Auf keinen Fall. So kurz vorm Ziel gab ich nicht auf. Kurzerhand zauberte ich mir mein wieder sauberes und heiles Feenkleid so groß, wie ich irgendwie konnte. Leider ließ meine Feenmagie nur widerwillig zu, dass ich es drei Nummern weiten wollte. Feenkleider mussten immer perfekt sitzen. Dass ich das jetzt absichtlich anders haben wollte, fand die Magie gar nicht lustig.

Verflixt. Weiter ging nicht. Egal. Ich zog es aus, sodass ich nur noch den fluffigen Unterrock trug, und stülpte es der äußerst störrischen Cindy über. Welch ein Glück, dass Cindy klein und zierlich war. Die hochgewachsene Anna oder die eher fülligere Emma hätten niemals hineingepasst. Selbst an Cindy spannte es überall, doch das war nicht zu ändern.

»Das Kleid stinkt nach Schweiß, und es ist noch immer viel zu kurz für mich und kneift an den Seiten«, schimpfte sie.

»Natürlich stinkt es nach Schweiß! Ich schwitze schließlich aus allen Poren vor Angst, Nervosität und purem Stress. Hier geht es gerade um meine Abschlussprüfung, verhext noch mal. Es ist ernst! Statt eines bodenlangen Kleides trägst du heute halt einen Minirock. Etwas extravagant und gewagt, doch was soll's. Halt still. Ich steck dir jetzt die Haare hoch.« Es war gar nicht so einfach, ohne Magie Cindys Zotteln zu bändigen. Die blonden Strähnen hatten sich noch nie in irgendwelche Frisuren zwingen lassen und standen grundsätzlich leicht vom Kopf ab. Eventuell hätte ich zaubern dürfen, doch ich traute mich nicht, es auszuprobieren. Da es ein Bäumchen in dieser Geschichte gab, war es vermutlich nicht die Variante mit der sehr aktiven Fee. In diesem Fall waren wir verpflichtet, uns zurückzuhalten. Heimlich das Kleid zu zaubern war also nicht drin. Nachher landete das im Protokoll. Die Abweichung zum Ursprungsmärchen war auch so schon gewaltig.

»Deine komischen grünen Schuhe passen mir nicht. Zu klein«, maulte Cindy.

Ich nahm sie ihr kommentarlos weg, schnippelte vorn die Spitze auf und steckte sie wieder an Cindys Füße. Ihre Zehen ragten heraus. Wer nicht zu genau hinsah, hielt sie vielleicht für neumodische Sandalen. Na ja. Ganz vielleicht.

Mittlerweile war die Zeit bedrohlich vorgerückt. Wenn wir bis Mitternacht wieder zu Hause sein wollten, wurde es knapp. Wir waren ja nicht mal losgefahren! Jetzt also die Kutsche.

Ich hatte mir den Kürbis bereits zurechtgelegt. Ein Wink, schon stand da eine hübsche Kutsche. Okay. Es war ein Karren, doch das fand ich nebensächlich. Hauptsache, Cindy konnte darauf fahren. Fehlte nur noch die Maus. Die hatte ich dem hungrigen Kater in letzter Sekunde aus dem

Maul gefischt und wieder aufgepäppelt. Jetzt ließ ich sie aus ihrem Gefängnis und verzauberte sie in ein etwas zu struppiges Pony, das sich nur mit viel Überredungskunst einspannen ließ. Cindy sah mir zweifelnd zu.

Ich bugsierte sie auf den Kutschbock und drückte ihr schwer atmend die Zügel in die Hand. »Los jetzt! Viel Spaß auf dem Ball.«

»Kommst du nicht mit?«

»Nein, natürlich nicht. Das ist dein großer Moment. Du wolltest doch frei und unabhängig sein. Das ist deine Chance.«

»Ich kenne den Weg gar nicht.«

Genervt deutete ich auf das alles überragende riesige Schloss, das weithin sichtbar war. »Da entlang. Der Nase nach.«

»Und wenn mein Pony durchgeht? Oder die Kutsche ein Rad verliert? Was ist, wenn ich vom Kutschbock falle oder meine Schuhe verliere?« Cindy hatte sich so in Rage geredet, dass sie zu weinen begann.

O weh. Das sah gar nicht gut aus. Was jetzt? Ich überlegte nur Sekunden, dann verwandelte ich mich in meine Menschengestalt mit dem alten Kittel und der hässlichen weißen Schürze und schwang mich zu ihr auf den Kutschbock. »Gib her«, sagte ich und ließ die Zügel knallen. Das Pony trippelte ganz mäusemäßig los. Ich spürte Cindys tränenverhangenen Blick aus ihren dunkelbraunen Augen dabei unangenehm von der Seite auf mir ruhen. »Was?«, fragte ich genervt.

»Mit dem Kleid kannst du nicht auf den Ball gehen.«

»Ich gehe auch nicht auf den Ball. Ich setze dich davor ab und warte auf dich.«

»Das kannst du gern versuchen. Ich bleibe einfach sitzen.

So wie du. Das hier ist dein Traum und deine Lebensaufgabe. Nicht meine.«

Also ... dieses störrische ... diese ... grrrr! Ich knirschte den Rest des Weges mit den Zähnen und dachte verzweifelt nach. Konnte ich es wagen, mein Kleid zu verwandeln? Ich war momentan in meiner Menschengestalt. Da war Zaubern verboten. Und durfte ich überhaupt mit auf den Ball?

»Ich hab keine Einladung«, rief ich hoffnungsvoll.

»Ich auch nicht. Meine Einladung hat Stiefmama auf deine Anweisung verbrannt. Wir sitzen also im gleichen Boot beziehungsweise auf dem gleichen Karren.«

Mist. Das stimmte. »Halt mal die Zügel.« Ich drückte sie Cindy in die Hände, kletterte vom Kutschbock auf die Ladefläche und begann damit, die Kisten zu durchwühlen. Sie waren magisch erschaffen und damit Teil der Geschichte. Vielleicht hatte ich Glück.

»Ha«, rief ich triumphierend und zog etwas Kleidähnliches aus einer Kiste hervor. Es war eine dunkelgrüne Pluderhose mit grellbunter Rüschenbluse. Nadel und Faden hatte die Fee stets an der Frau, daher begann ich hastig und eher schlampig zu nähen. Am Ende sah es ungewöhnlich und nicht allzu hässlich aus. Ich zog die Sachen über und schielte auf meine schuhlosen Füße. Und jetzt? Ich fand ein altes Hasenfell, das nur dezent vor sich hin müffelte. Hmmm. Kurzerhand nähte ich daraus mit ein paar groben Stichen zwei Fellschluffen. Schließlich wollte ich mir auf dem Ball keinen Prinzen angeln. Da war es egal, wie ich aussah.

Cindy staunte, als ich derlei ausgestattet zurückkletterte. »Du siehst irre aus«, sagte sie, und ich wusste nicht wirklich, ob das jetzt ein Kompliment war oder nicht.

Unser Karren rumpelte recht einsam daher. Jede Adelige,

die was auf sich hielt, war längst auf der Feier des Jahres. Mittlerweile waren wir in der Hauptstadt von Burginsland angekommen. Burgstolz machte seinem Namen alle Ehre. Die Häuser waren gut gepflegt, die Gärten prunkvoll und die Straßen ohne Schlaglöcher. Über den Wegen hingen bunte Girlanden und Wimpelketten. Dazwischen wehte die Landesfahne mit unserer stolzen Burg darauf. So langsam wurde der Weg auch steiler, was bedeutete, dass wir auf das Schlossgelände zuhielten. Schon bald kam der Kutschenparkplatz in unser Sichtfeld. Die meisten Kutscher hatten ihre Tiere bereits versorgt und langweilten sich, während sie auf die Herrschaften warteten, um sie wieder zurückzukutschieren. Ich parkte unser Gespann neben zwei prächtigen Rappen, wodurch unser Mäusepony noch viel, viel kleiner wirkte. Es fiepte ängstlich.

Ich brauchte gut zehn Minuten Überredungskunst, um Cindy vom Kutschbock zu bekommen. Jetzt, wo sie all die prächtigen Kutschen sah, bekam sie noch mehr Angst. Letztlich drohte ich, sie mit den grobschlächtigen Kutschern allein zu lassen. Das funktionierte. Sie kletterte vom Bock und schlich wie ein geprügelter Hund neben mir her Richtung Burgtor.

»Ich hab so Angst«, flüsterte sie mir zu.

»Was soll schon passieren? Du bist eingeladen, also mach dir keine Sorgen.«

»Der Wächter schaut so grimmig, und wir haben unsere Einladungskarten nicht dabei.«

»Lass mich nur machen. Alles wird gut.«

Wie aufs Stichwort trat uns ein Wachmann in den Weg. »Wohin des Weges?«, fragte er mit donnernder Stimme.

Wir blieben abrupt stehen. Während sich Cindy hastig hinter meinem Rücken versteckte und an meiner Pluder-

hose herumzog, richtete ich mich möglichst ehrwürdig auf.
»Das ist Cinderella Sonnenschein. Sie steht auf der Liste.«

»Und Ihr?«

»Ich bin Märri.«

Der Wachmann musterte mich wie einen besonders lästigen Floh, dann nickte er, als würde ihm der Name etwas sagen. »Man erwartet Euch bereits«, sagte er geheimnisvoll und trat mit einer Verbeugung zur Seite.

Wir passierten ihn sprachlos. Ausnahmsweise musste ich Cindy nicht einmal hinter mir herziehen.

»Du heißt in Wirklichkeit gar nicht Märri«, flüsterte sie in mein Ohr.

»Das weiß er zum Glück nicht. Hauptsache, er hat uns reingelassen.«

»Gute Feen können nicht lügen.«

Doch, sie konnten. Sie durften es nur nicht. Ich war ein wenig erstaunt, wie einfach mir der Name mittlerweile über die Lippen kam. Meine Magie protestierte nicht einmal. Als hätte sie aufgegeben.

Der Eingang zum Festsaal war recht einfach zu finden. Wir mussten nur den vielen Wimpeln folgen, die überall am Wegesrand im Wind flatterten. Musik schallte zu uns herüber. Da musste ein riesiges Orchester spielen.

»In Ordnung, Cindy! Wenn du jetzt gleich durch diese Tür gehst, musst du alles geben«, sagte ich eindringlich zu meinem Schützling. »Schweb die Treppe runter, damit dich alle bewundern können.«

»So wie die da?«

Ein junges Mädchen huschte an uns vorbei eine steinerne Treppe hinauf. Ein Diener erwartete sie bereits, verbeugte sich bei ihrem Anblick und zog eine gewaltige Flügeltür auf. Die Musik wurde lauter und der Lichtschein heller. Das

Mädchen verharrte einen Moment, und jetzt konnte ich auch erkennen, dass es ein atemberaubendes Kleid aus Samt, Seide und Diamanten trug. Es war so wunderschön, dass es nur einem Märchen entsprungen sein konnte.

Klarer Fall. Da versuchte uns eine andere Cinderella in den Schatten zu stellen.

Cindy und ich blieben bei ihrem Anblick abrupt stehen. Zum Glück huschte das fremde Mädchen in dieser Sekunde in den Saal, und die Flügeltür schloss sich wieder. Wir sahen uns schweigend an.

»So sieht eine richtige Cinderella aus?«, fragte Cindy konsterniert.

»Du bist eine richtige Cinderella.«

»Ach ja? Ich trage ein sonnengelbes Kleidchen, das mir viel zu kurz ist, und Schuhe, die vorn abgeschnitten sind. Mein Haar ist ein Vogelnest und meine Schminke nicht vorhanden, sodass meine zahlreichen Sommersprossen noch deutlicher zutage kommen.«

Mist. Ich hatte ernsthaft vergessen, sie zu schminken! Wobei ... bei ihrer ganzen Heulerei war das vermutlich ein Segen. Sie hätte sonst an einen ertrunkenen Pandabären erinnert.

»Du bist wunderschön«, log ich.

»Du auch«, antwortete sie voller Sarkasmus, was mich tatsächlich mit Stolz erfüllte. Mir war nicht klar gewesen, dass sie Sarkasmus oder Ironie kannte.

Ich trat hinter sie und schob sie unbarmherzig die Treppenstufen hinauf. Sie lehnte sich bedenklich gegen mich und kam dennoch der obersten Stufe näher. Der Diener hatte uns längst bemerkt und beobachtete uns amüsiert.

Völlig schweißgebadet vor Nervosität und Anspannung kam ich endlich oben an und musste erst mal meine Hände auf die Knie stützen, um Luft zu bekommen. Cindy war drauf und dran zu fliehen, doch ich bekam einen Rockzipfel zu fassen. Es ratschte unangenehm.

»Ich will das nicht«, sagte Cindy verzweifelt.

»Ich auch nicht, und trotzdem ziehen wir es jetzt durch. Ab mit dir in den Saal.«

»Ich mach das nur, wenn du mitkommst.«

»Natürlich komme ich mit.«

»Versprochen?«

Ich zögerte einen Tick zu lange, sodass Cindys Augen zu schmalen Schlitzen wurden. »Jaja«, beeilte ich mich zu sagen. »Versprochen!« Ich wandte mich an den Diener. »Wie viele Cinderellas sind schon drin?« Die meisten Menschen wussten genau, was um sie herum geschah. Jeder versuchte ständig herauszufinden, ob das eigene Kind, der Nachbar oder der Bekannte womöglich Märchenblut in sich trug. Wer es nicht besaß, war erleichtert und besah sich das Spektakel wie ein Theaterstück. Wer es hatte, musste das Beste daraus machen oder sträubte sich dagegen. So wie Cindy.

Bitte, dachte ich verzweifelt. Lass uns in dieser Welt neben der gerade beim Hereingehen entdeckten Cinderella ansonsten die einzige Aschenputtelversion sein. Doch nein. Wir hatten Pech.

»Vier Cinderellas sind schon drin«, lautete prompt die vernichtende Antwort.

Mir sackte das Blut bis in die Fellschluffen. Wie schrecklich. Gleich vier? Wie sollten wir da nur glänzen? Halt! Mit etwas Glück war Cindy zumindest die letzte Cinderella. Je später der Abend, desto beeindruckender der Auftritt kurz vor Schluss.

Der Diener wirkte mit jeder verstreichenden Sekunde amüsierter. »Wen darf ich ankündigen?«

»Cinderella.«

»Ach wirklich?«

»Ja, Mann. Gibt es ein Problem damit?«

»Märchenfee«, ging Cindy dazwischen. »Hör auf, den freundlichen Herrn anzufahren. Er macht nur seine Arbeit.« Eine Augenbraue wanderte im zerfurchten Gesicht des Dieners in die Höhe. »Märchenfee?«, hakte er unbarmherzig nach.

»Märri. Märchenfee ist nur mein Spitzname.«

»Da bin ich froh. Ich hatte schon Angst um den Berufsstand der Märchenfeen.«

Was wollte er denn bitte *damit* sagen? Bevor ich ihn entsprechend empört anfauchen konnte, hatte er die Tür mit einem Ruck geöffnet und brüllte: »Cinderella und Märri!« Dabei schob er uns mit erstaunlicher Kraft in den Saal hinein und knallte die Tür hinter meinem Rücken zu, um mir den Rückweg abzuschneiden.

Ich erstarrte im Rampenlicht der Aufmerksamkeit. Von hier oben sahen die vielen Menschen wie kleine Punkte aus. Allerdings wie Punkte, die sich allesamt zu uns umdrehten. Es wurde deutlich stiller im Raum, obwohl die Musik weiterspielte.

Und die Treppe erst! Hilfe, war die steil!

»Ich hab Höhenangst«, flüsterte Cindy panisch. »Wo ist das Geländer?«

Eine gute Frage, doch zaudern war nicht drin. »Los jetzt«, sagte ich und schob sie gnadenlos voran. »Vorwärts immer, rückwärts nimmer!«

Sie gehorchte tatsächlich. Mit hochrotem Kopf und eindeutig furchtbar zitternden Knien schaffte sie etwa acht von einhundert Stufen. Dann geriet sie ins Straucheln. Ich hatte eigentlich vorgehabt, mich oben am Treppenaufgang in eine dunkle Ecke zu verziehen. Die Idee verwarf ich umgehend und eilte Cindy hastig zu Hilfe. Zumindest hatte ich das vor. Ich bekam sie noch an ihrem wild rudernden Ellbogen zu packen, dann war es um Cindys Gleichgewicht geschehen. Sie entglitt meinem Griff, und mein Schützling purzelte die restlichen zweiundneunzig Stufen mal mehr, mal weniger sittsam hinunter. Bei jedem Aufprall zuckten sämtliche Gäste zusammen, wahlweise stöhnten sie auch.

Kurz vor dem Moment, wo sich Cindy aufgrund zunehmender Fallgeschwindigkeit sämtliche Knochen brechen konnte, war ein junger Mann zur Stelle und fing sie auf. Er hielt sie für zwei Sekunden, dann kam auch er ins Straucheln und wurde im letzten Moment von einem hinzueilenden zweiten Mann gestützt und stabilisiert.

Das war in etwa die Sekunde, in der ich ebenfalls unten ankam. »Cindy«, rief ich entsetzt. »Alles in Ordnung?«

Sie gab lediglich einen erstickten Laut von sich. Dann verdrehte sie die Augen und erschlaffte im Griff ihres heldenhaften Retters.

»Verdammt, Märri. Du scheinst sie ernsthaft zu hassen. Hast du sie geschubst, um ihr den Auftritt zu versauen?« Ich brauchte einen Moment, um die dunkle Stimme zu erkennen. Das war ... da redete der zweite Mann, der zu dem ersten hinzugeeilt war und jetzt dicht hinter ihm stand. Und das wiederum war niemand anderes als mein Fremder aus dem Garten.

Wir starrten uns einen Moment sprachlos an, doch Cindys schmerzverzerrtes Stöhnen unterbrach unser Blickduell.

»Sie braucht umgehend einen Heiler«, sagte der erste Mann, den ich in diesem Moment endlich erkannte.

Die blonden Locken. Die perfekt gerundete Kopfform mit dem Krönchen darauf. Die hellblauen Augen im makellosen Gesicht. Der zum Küssen geborene Mund und dieser unglaublich gestählte Körper. All das gehörte zu niemand anderem als zum Prinzen von Burginsland. Und ebenjener heiß begehrte Prinz trug meine besinnungslose Cindy an der gaffenden Menschenmenge vorüber, sicher und geborgen in seinen starken Prinzenarmen.

Vor Erstaunen rührte ich keinen Muskel und wäre gewiss nicht mitgegangen, wenn mich nicht ein anderer Mann am Arm gepackt und hinterhergezerrt hätte. Mein Fremder aus dem Garten.

»Ich hab sie nicht geschubst«, erklärte ich ihm aufgebracht. »Sie ist gestürzt. Einfach so.«

»Ja klar. Einfach so. Genauso, wie sie einfach so in deine Faust gerannt ist. Erzähl das einem Dümmeren als mir. Komm jetzt mit. Wir klären das später. Ihr Cinderellas habt echt allesamt einen Knall. Das nimmt langsam beängstigende Ausmaße an.«

»Aber ...«

»Es reicht, Märri. Kein Wort mehr.«

So streng, wie er es sagte, schüchterte er selbst mich ein. Ich klappte den zum Protest geöffneten Mund wieder zu und tapste meinem ohnmächtigen Schützling hinterdrein.

Unseren Auftritt hatte ich mir definitiv schöner vorgestellt. Wenigstens hatten wir die volle Aufmerksamkeit des Prinzen ergattert. Wenn auch anders als geplant.

Der Tanz ohne protokolliertes Ende

D er Prinz trug Cindy in einen Nebenraum und legte sie sanft auf eine mit rotem Samt bezogene Chaiselongue ab. Sie kommentierte das mit einem undeutlichen Stöhnen und rollte ähnlich mit dem Kopf hin und her wie mit ihren Augen.

Anna kam wie aus dem Nichts herangeschossen. »Holt sofort einen Heiler«, rief sie, stieß mich zur Seite und warf sich regelrecht neben ihre Stiefschwester auf die Knie, nahm ihre Hand und tastete ihren Kopf ab. »Cindy? Kannst du mich hören?«

»Hmmmhmmmhmmm.«

»Das war ja ein schrecklicher Sturz. Ich dachte wirklich, dass du das niemals überlebst. Holt jetzt endlich mal jemand einen Heiler?« Sie blaffte ernsthaft den Prinzen an, der sie verdutzt anstarrte.

»Ich mach das«, mischte sich der Fremde aus dem Garten ein. »Und du benimmst dich. Keine weiteren Angriffe auf Konkurrentinnen.« Das ging an meine Adresse.

Anna hatte leider seine Worte gehört. Entsetzt drehte sie sich zu mir um. »Was hast du getan?«

»Nichts! Wirklich nicht. Sie ist ganz allein über ihre Schnürsenkel gestolpert.«

»Nur dass sie keine Schnürsenkel hat.«

Auch wieder wahr. »Sie war nervös. Sie hat sich verhaspelt. Sie ist gefallen. Ende der Geschichte«, sagte ich genervt. Auch ich hockte mich neben Cindy und streichelte ihre Stirn. Der Prinz wartete hinter uns und fühlte sich dabei sichtbar unwohl.

Endlich kam ein Heiler in Form eines gewöhnlichen Elfenmannes: etwas kleiner als ein Mensch, mit spitzen Ohren, bleicher Haut und überdimensionalen Augen. Die Wesen waren artverwandt mit uns Feen, allerdings lebten sie dauerhaft in der Menschenwelt und wandten ihre Magie an, um Geld zu verdienen. Falls er mich als Feenwesen erkannte, ließ er es sich nicht anmerken. Wir Feen konnten leider nicht besonders gut mit Magie Krankheiten kurieren, daher überließen wir das Feld lieber denjenigen, die davon mehr Ahnung hatten.

»Sie hat eine böse Gehirnerschütterung mit einer Platzwunde an der Stirn und einen gebrochenen Daumen. Das Handgelenk ist verstaucht und der Fuß angeknackst. Die Dame tanzt heute definitiv nicht mehr. Wir sollten sie im abgedunkelten Raum in Ruhe schlafen lassen. Ich setze mich dazu und wecke sie in regelmäßigen Abständen. Bald sollte sie wieder in Ordnung sein.« Der Feenmann schmierte Cindy eine grünliche Paste auf die Platzwunde, wodurch sie noch schlimmer aussah als zuvor. Ich warf einen kurzen Blick zum Prinzen, doch der wirkte eher besorgt als angeekelt.

»Ich bleibe bei ihr«, sagte Anna sofort.

»Ich auch«, setzte ich hastig hinzu. Natürlich würde ich meinen Schützling bewachen.

»Das bringt nur unnötige Unruhe. Es reicht, wenn ich hierbleibe.« Der Heiler sah uns beide streng an. »Ihr zwei würdet euch ohnehin nur streiten.«

Anna warf mir einen giftigen Blick zu, woraufhin ich den

Kopf einzog. Vermutlich hatte er recht. Anna war gerade schlecht auf mich zu sprechen.

»Eure Hoheiten, Ihr müsst dringend zurück zum Ball«, mischte sich ein verhutzelter Zwerg ein, dessen Mütze so hoch war, dass der Bommel an der Spitze bis zu meiner Nase reichte. »Als Protokollführer muss ich Euch ermahnen. Eure Eltern sind schon ganz erzürnt über Eure Abwesenheit.«

»Wir mussten uns unbedingt um unseren Gast kümmern. Schließlich ist sie auf unserer Treppe gestürzt.«

»Das war auch wirklich heldenhaft von Euch. Nun ist es an der Zeit, ihr Lebewohl zu sagen.«

Was? Das klang gar nicht gut. »Aber sieht sie nicht liebreizend aus, wie sie da so liegt?«, warf ich schnell ein.

Wir blickten alle zu unserer Cindy hinunter, deren Kleid undamenhaft weit hochgerutscht war und die in dieser Sekunde leise aufschnarchte. Von der schmierigen, schleimigen Paste im Gesicht und ihrer völlig ruinierten Frisur ganz zu schweigen. Fehlte nur noch der Speichelfaden, der ihr aus dem Mundwinkel floss.

Der Protokollführer rümpfte prompt die Nase. »Liebreizend liegt im Auge des Betrachters.« Er hob sein Klemmbrett an und strich eindeutig etwas durch.

»Hey! Hast du grad ihren Namen gestrichen?«, empörte ich mich und war schneller auf den Beinen, als mich jemand aufhalten konnte. Ich entriss ihm das Klemmbrett. »Du hast sie ernsthaft eliminiert!«

»Natürlich. Ihr Auftritt war an Peinlichkeit nicht mehr zu überbieten. Der viel zu kurze Rock ziemt sich nicht für eine Prinzessin, von den Sandalen und der Frisur ganz zu schweigen.«

»Auf die inneren Werte kommt es an.«

Der Zwerg blinzelte mich an und eroberte das Klemmbrett zurück. »Sie grunzt im Schlaf.«

»Ja und? Du bestimmt auch. Wer grunzt nicht mal ab und zu?«

»Märri«, sagte der Fremde aus dem Garten mahnend. »Benimm dich.«

»Ich bin hier nicht diejenige, die Leute von irgendwelchen Listen streicht. Die haben auch Gefühle. Hey! Wehe, du streichst mich jetzt auch, du kleiner, doofer ...«

»Märri!« Der Fremde aus dem Garten hatte meinen Arm so fest gepackt, dass ich mich kaum wehren konnte. Unbarmherzig zog er mich Richtung Tür. »Wir gehen jetzt tanzen«, sagte er.

Ich lehnte mich gegen seinen Griff auf und versuchte dabei, das Klemmbrett zu erwischen. Der Zwerg hielt es hastig aus meiner Reichweite.

»Wer ist das überhaupt?«, fragte der Prinz irritiert und sah Anna fragend an.

»Das ist ... Märri«, erklärte Anna schwach und überließ es seiner Fantasie, ob ihm der Name etwas sagen musste oder nicht.

Der Fremde aus dem Garten hatte mich mittlerweile aus dem Raum bugsiert und schob mich in Richtung Ballsaal. »Ich kann Cindy nicht allein lassen«, protestierte ich.

»Glaub mir: Sie ist ohne deine Anwesenheit sicherer. Lass sie schlafen.«

Auch Anna und der Prinz folgten uns. Ich bemerkte noch, dass sie sich bei ihm untergehakt hatte und wunderschön aussah, dann verschluckte mich der Lärm des Festes und die Menge an neugierigen Blicken. Stickige Luft schlug mir entgegen. Die Musiker kamen einen Moment aus dem Takt, weil auch sie neugierig die Hälse reckten. Als sie den Prinzen erblickten, stimmten sie hastig einen flotten Walzer an.

Der Fremde aus dem Garten war endlich stehen geblieben und wartete auf den Prinzen und Anna. Beide Männer verbeugten sich kurz vor dem Königspaar, das auf seinen Thronen weit über der Menge saß und mit leicht verärgerter Miene zurücknickte.

Sofort fiel mir die Ähnlichkeit zwischen Prinz Andreas und seinem Vater auf. Sie hatten beide blonde, ganz leicht gelockte Haare, blaue Augen und freundliche Lachfältchen im Gesicht.

Und mein Fremder aus dem Garten?

Der sah ganz anders aus. Etwas kräftiger. Noch größer. Irgendwie dunkler.

In der Sekunde forderte Prinz Andreas Anna galant zum Tanz auf und schwebte nur Sekunden später mit ihr an uns vorüber.

»Schöööön«, seufzte ich, und mein Herz überschlug sich vor Freude. Anna sah so hinreißend aus. So perfekt. Mal abgesehen davon, dass sie mir noch einen kurzen, bösen Blick zuwarf.

»Dann wollen wir es ihnen mal gleichtun.« Der Fremde zog mich so unvermittelt an sich, dass ich vor Schreck quiekte.

»Ich kann nicht mit dir tanzen!«

»Natürlich kannst du das. Du kannst deine Konkurrenz eine Treppe runterstoßen, dann sollte ein Tanz mit einem Fremden kein Problem sein.«

Die nächsten Sekunden war ich damit beschäftigt, mein Gleichgewicht zu halten. Der Fremde wirbelte mich so heftig durch den Saal, dass mir ganz blümerant zumute wurde. Ich konnte ein-, zweimal einen Schreckensschrei nicht unterdrücken, als er mich in so abrupte Drehungen und Wendungen zwang, dass ich mir schon bald wie eine Brezel vorkam. Dabei flatterte meine Pluderhose im Luftzug unserer wilden Tanzeinlagen und offenbarte, was ich trug: kein Kleid.

»Interessante Kleiderwahl«, merkte der Fremde aus dem Garten prompt an.

»Das wird der neueste Schrei. Bald tragen das alle so.«

»Auf dem Acker beim Pflügen vielleicht. Auf dem größten, schicksten und opulentesten Ball des Jahrhunderts wage ich das zu bezweifeln.«

»Hey! Ich bin schließlich nicht hier, um mir einen Prinzen zu angeln.«

Jetzt blickte mein Tanzpartner mit eindeutig verblüffter Miene zu mir runter. Er überragte mich beinahe um eineinhalb Köpfe, was enges Tanzen wirklich lästig machte. Ich hatte ständig seinen Hemdknopf im Gesicht, und um mit ihm sprechen zu können, bekam ich Nackenschmerzen. Von solchen Dingen berichteten Liebesromane nie! Da wurde ein großer, starker Mann als etwas Erstrebenswertes dargestellt. In Wirklichkeit nervte es. Sollte ich mich noch mal verwandeln, würde ich mich definitiv größer gestalten.

»Warum bist du denn dann hier?«, fragte er mich.

»Um Cindy zu unterstützen.«

»Die Arme.«

»Sehr witzig. Sie ist hier die Cinderella in der Geschichte, nicht ich. Dass sie die Treppe runtergestürzt ist, finde ich schrecklich.« Zu meiner Überraschung traten mir jetzt wirklich Tränen in die Augen. Ich war verzweifelt und tief beunruhigt. Wir mussten hier dringend weg und den Ball verloren geben, bevor noch ein größeres Unglück geschah.

Der Tanz endete, doch der Fremde ignorierte das. Er

tanzte weiter und änderte nur ganz leicht den Takt, sobald die neue Musik ertönte. Erst jetzt bemerkte ich die bösen Blicke der anderen Frauen. Nach dem Prinzen war mein Tanzpartner der begehrteste des ganzen Saals. Fragte sich nur wieso.

»Wie heißt du überhaupt?«, erkundigte ich mich.

»Wie heißt du? Und erzähl mir nicht, dein Name sei Märri.«

Ich »hrmphte« dazu nur und sah betont in eine andere Richtung. Dann bekam ich meine Antwort eben nicht. Leider siegte meine Neugierde über meine Sturheit. »Lass mich raten. Du bist der jüngere Bruder von Prinz Andreas. Der enterbte Prinz von Burginsland. Derjenige, der in unser Nachbarland Esmarog geflohen ist«, platzte ich heraus. Ja, genau. So musste es sein. Mein Fremder aus dem Garten sah zwar König Friedhelm von Burginsland kaum ähnlich, wohl aber Königin Esmeralda. Seine Haare waren nicht ganz so schwarz, sondern eher so braun wie Ebenholz, doch der strenge Mund und der hohe Wuchs passten, genau wie die stolze Haltung und diese unglaublich dunklen Augen.

»Und wenn es so wäre?«, fragte der Fremde.

»Dann müsste ich augenblicklich diesen Tanz beenden. Esmarog hat die Märchenfeen aus dem Land verbannt, die Märchengestalten verboten und den Wiedergeburtenkult abgeschafft. So etwas gehört sich nicht. Und wenn du mit ihnen paktierst, bist du auch nicht besser. Ob Prinz oder nicht.«

Der vermeintliche Prinz lachte tief und dröhnend. »Sieh dich bitte mal um, liebe Märri. Genau das geschieht, wenn man solche Sachen durchgehen lässt. Völlig durchgedrehte Cinderellas prügeln sich um einen armen Prinzen, aufgehetzt von Märchenfeen.«

»Aufgehetzt?«, rief ich empört.

»Ja, genau. Sie sorgen dafür, dass das Protokoll befolgt wird. Koste es, was es wolle. Der König von Esmarog hat eine Cinderella geheiratet. Ich weiß daher, wovon ich rede.«

»Du weißt gar nichts! Alles nur Hörensagen.«

Der Fremde setzte zum Protest an, doch ehe er den ausführen konnte, wurden wir von dem Zwerg mit der riesigen Mütze unterbrochen. Wir tanzten ihn beinahe um und stolperten beide über seine überlangen gebogenen Narrenschuhe. »Verzeiht, Eure Hoheit. Dies ist schon Euer zweiter Tanz mit der ... Dame.«

Die Verzögerung vor »Dame« hörte ich genau, ebenso wie sein missmutiges Schnalzen. Kaum wahrnehmbar und trotzdem vorhanden. »Es wird Zeit, die Partnerin zu wechseln.«

»Sagt wer?«, fragte ich provokant. Ich konnte nicht anders. Sobald ich den Zwerg sah, ging ich auf Konfrontationskurs.

Mein Fremder aus dem Garten tanzte eine Schleife um den Zwerg herum und blieb dadurch in seiner Nähe. »Das ist noch unser erster Tanz. Wir haben durchgetanzt«, informierte er den Zwerg kühl und zugleich freundlich.

»Die Musik hat zwischendurch geendet. Durchtanzen mag in Esmarog zählen, in unserem Land nicht.«

»Gut, fein. Dann genehmige ich mir noch einen dritten Tanz, und wenn ich will, noch einen vierten. Wo steht, dass das verboten ist?«

»Wenn Ihr noch einen dritten Tanz wagt, dann verlangt das Protokoll im Anschluss einen Kuss als Beurkundung Eures und ihres deutlichen Interesses.«

»Ein Kuss von mir oder von ihr?«

»Das liegt in Eurem Ermessen. Üblich ist, dass die Frau den Erwählten auf die linke Wange küsst.«

»Auf die linke? Nicht auf die rechte?«

»Mir dünkt, Ihr macht Euch über mich lustig. Mir wäre wohler, wenn Ihr Euch nach dem Tanz eine angemessenere Tanzpartnerin zulegen könntet.«

»Angemessener? Soso. Wer legt das fest?«

»Die Wahl der Kleidung, zum Beispiel. Oder die Sprechweise. Oder die Tatsache, dass es keine Märri auf der Gästeliste des Königspaars gab.«

»Auf meiner Liste stand eine Märri. Als Einzige, wenn ich anmerken darf. Das macht sie noch viel interessanter, findet Ihr nicht?«

Der Zwerg kam kurz ins Schwimmen, fing sich aber wieder. Er schnaufte, was vermutlich auch daran lag, dass er allmählich einen Drehwurm bekam. Mein Fremder tanzte weiterhin eng um ihn herum, sodass der Protokollführer sich mitdrehen musste, um sich weiter zu unterhalten.

»Ich bespreche diese Vorgabe mit meiner Tanzpartnerin und suche mir gegebenenfalls eine neue. Wenn das jetzt alles ist, würden wir gern noch diesen Tanz genießen. Ob erster oder zweiter, ist in diesem Fall egal.«

Mein Fremder nickte dem Zwerg noch einmal zu und drehte mich dann mit so viel Schwung quer durch den Raum, dass ich zu fliegen meinte. Der Zwerg war innerhalb eines Lidschlags aus meinem Blick verschwunden. Zum ersten Mal war ich froh über meine Pluderhose. Wäre es ein Kleid gewesen, hätte es bestimmt unziemlich hoch geflattert.

Ich sah ihn streng an. »Der Tanz endet gleich. Du solltest dir eine neue Partnerin suchen, bevor die wartenden Frauen sich prügeln.«

»Sollen sie doch. Dieses Protokoll ist so veraltet wie der Protokollführer hässlich ist.«

»Ich hingegen nehme es durchaus ernst, denn ich habe schon genug Ärger am Hals. Da will ich nicht auch noch einen mies gelaunten Protokollzwerg gegen mich aufbringen.«

»In dem Fall darfst du mir gern gleich ein Küsschen auf die linke Wange geben.« Er zwinkerte mir zu.

»Das hättest du gern. Welches Interesse bekunde ich dann damit? Ich will dich nicht heiraten. Eigentlich will ich niemanden heiraten.«

»Das macht die Sache so ungemein spannend.«

»Ach? Bin ich eine seltene Tierart, die es zu studieren gilt? Ich bin eine Frau, die unabhängig und frei die Liebe ihres Lebens suchen möchte und unpassende Bewerber abblitzen lassen wird. Ist das so ungewöhnlich?«

Mit einem Schlag war der Prinz ernst. Sehr ernst. »Ja, das ist es. Die wenigsten haben die Wahl, selbst ich bin in ein enges Korsett gezwängt. Entgegen der allgemeinen Gerüchte bin ich keineswegs aus meinem Land geflüchtet. Ich bin freiwillig nach Esmarog gegangen, um dort die Gepflogenheiten zu studieren. Dort werden keine Cinderella-Brautschauen veranstaltet, und die Prinzen sind wesentlich freier in ihren Entscheidungen. Das gefällt mir sehr. Mein Vater teilt meine Auffassung, dass Neues nicht immer gleich etwas Schlechtes bedeutet. Was die Cinderella-Sache angeht, zögert er allerdings. Daher hat er leider eine sehr genaue Vorstellung von meiner Zukünftigen.«

»Dann tanzt du mit der Falschen. Ich bezweifle, dass er mich als angemessen ansehen würde.«

»Oh, vertu dich da mal nicht. Er mag aufsässige, naseweise und im doppelten Sinn schlagkräftige Frauen.«

Mir war klar, dass er das als Kompliment gemeint hatte. Trotzdem trafen mich seine Worte bis ins Mark. Es waren

66

alles Charakterzüge, die für eine Märchenfee ganz und gar unangemessen waren. Abrupt blieb ich stehen, zumindest versuchte ich das. Der Fremde aus dem Garten – beziehungsweise der verbannte Prinz von Burginsland – hatte so viel Schwung, dass er mich weiterwirbelte. Dennoch hatte er mein Erstarren durchaus bemerkt.

»Alles in Ordnung?«, fragte er besorgt.

»Ich bitte dich. Du kannst nicht gleichzeitig Prinz, gut aussehend und auch noch einfühlsam sein. Das verkraftet meine Vorstellung von dir nicht. Bitte lass mir meine Vorurteile.«

Ich bemerkte, dass Anna mittlerweile am Rand stand und mich zusammen mit Emma und Lucilla beobachtete. Alle drei hatten die Nase gerümpft und die Stirn gekraust.

Mein neuester Verehrer – falls ich das denn so nennen durfte – hatte die drei ebenfalls bemerkt. Natürlich. Ihm entging kaum etwas. »Deine Familie?«

»Ja«, sagte ich ohne Zögern und überraschte mich damit selbst. Hilfe! Dass die Stieffamilie meiner Cinderella jemals zu so etwas für mich werden konnte, war unbegreiflich. Wie hatte das nur passieren können?

Die Musik endete ganz unvermittelt mit einem Tusch. Wir waren nicht die Einzigen, die irritiert zwei Drehungen weitertanzten, bevor wir stoppen konnten. »Dieser Mistkerl«, fluchte mein Fremder aus dem Garten. »Er hat unseren dritten Tanz extra abgekürzt.«

Mir war heiß vor Aufregung und furchtbar flau im Magen vor schlechtem Gewissen. Cindy! Ich hatte sie schon viel zu lange vernachlässigt. »Das ist mein Stichwort, fürchte ich. Ich muss jetzt wirklich gehen.«

Ich löste mich aus seiner Umklammerung und kam nur zwei Trippelschrittchen weit. Schon hatte er mich wieder zurückgezogen. »Der Kuss«, ermahnte er mich.

»Ernsthaft? So ein Protokoll gibt es vermutlich gar nicht. Das hat sich der …«

Wir zuckten beide zusammen, als der Zwerg wie aus dem Nichts neben uns auftauchte. In der Hand hielt er eine Pergamentrolle, die er kommentarlos ausrollte. Sie reichte bis zum Boden. »Das Protokoll sieht diesen Kuss vor, meine … Dame. Doch sollten wir das an unauffälligerer Stelle hinter uns bringen.«

Ich starrte ihn empört an, während der feine Prinz neben mir feixend lachte. Widerlinge! Allesamt! Die Musik blieb weiterhin beharrlich stumm, vermutlich vom Zwerg zum Schweigen gebracht. Er wollte verhindern, dass wir einen vierten Tanz wagten.

»Fein«, sagte ich kühl. So schnell ich konnte, hauchte ich meinem Tanzpartner ein winziges, minimalistisches, kaum spürbares Küsschen auf die Wange und flitzte dann pluderhosenwehend quer über die Tanzfläche zum Ruheraum meines Schützlings.

Dabei donnerte mir mein Puls so laut in den Ohren, dass ich kaum etwas hören konnte. Meine Lippen brannten, genau wie mein rebellisches Herz, das sich vor Aufregung überschlug. Tausend Schmetterlinge flatterten Pirouetten drehend in meinem Magen, und meine Haut stand buchstäblich in Flammen.

Ich hatte einen Prinzen geküsst.

Ich. Die Märchenfee.

Und verdammt, war das schön gewesen!

Das Kleingedruckte plus Nebenwirkung

Ich warf mich geradewegs vor Cindys Chaiselongue auf die Knie und vergrub stöhnend meine Stirn in den weichen Kissen direkt neben ihrem Arm. Dass mir der Heiler dabei zusah, ignorierte ich.

»Cindy«, flüsterte ich. »Das läuft alles noch schiefer als je befürchtet.«

Die Tür flog mit einem Krachen hinter mir auf, und Anna stürmte herein. »Du hast einen Prinzen geküsst«, quietschte sie fünf Nuancen höher als ihre normale Tonlage.

»Pscht«, machten der Heiler und Lucilla im gleichen Moment.

Ich sprang auf, schnappte mir den störenden Elfenmann und schob ihn kommentarlos aus dem Raum. Dann schmetterte ich die Tür hinter ihm zu und lehnte mich gleich dagegen. Luft! Ich brauchte Luft zum Atmen.

»Weißt du eigentlich, wen du da geküsst hast?«, fragte Lucilla scharf.

»Nein, ja, also, schon ein wenig, so grob zumindest«, gab ich zurück und versuchte, meine brennenden Wangen mit meiner kühlen Handfläche zu löschen. Was hatte ich mir nur dabei gedacht? Und das ganze Königreich hatte zugesehen! Als ich die entgeisterten Blicke der anderen bemerkte, straffte ich mich. »Jetzt guckt nicht so verstimmt.«

»Märchenfee! Du hast einen Prinzen geküsst«, wiederholte Anna.

»Aber nicht *den* Prinzen, um den es hier die ganze Zeit geht. Mein Prinz sucht gar keine Braut, also beruhigt euch. Für die Cinderellas ist nur Prinz Andreas wichtig.«

»Sicher?«

»Äh ... ja ... denke schon. Es gab noch nie zwei Prinzen, daher ... genug Prinz für alle.« Mein lahmer Witz verklang ungelacht im Raum. Kaum jemand verzog auch nur eine Miene.

»Wir verschwinden von hier. Sofort«, bestimmte Lucilla. »Wenn die nämlich herausfinden, dass unsere Märchenfee einen der Prinzen zum Narren gehalten hat, dann gnade uns die Märchenwelt. Ob verbannt oder nicht, ist in dem Fall auch egal. Nicht auszudenken, wenn das jemand erfährt.«

Oh. Daran hatte ich noch gar nicht gedacht. Jetzt, wo Lucilla es erwähnte, klang es durchaus beunruhigend. »Mein Prinz weiß, dass mit mir was nicht stimmt«, rechtfertigte ich mich lahm.

»Er weiß gewiss nicht, dass du eine Märchenfee bist und *uns alle* zum Narren hältst. Das hier ist eine ernste Sache, Märchenfee. Sehr ernst. Prinz Andreas hält diesen Ball nicht zum Spaß ab, sondern um die Braut seines Lebens zu finden. Sein Bruder mag aus der Familie geflogen sein. Trotzdem ist er der Sohn des Königs. Wenn du ihn zum Narren hältst, wird das auf uns alle abfärben.«

Ups. »Das war nicht meine Absicht!«

»Du beabsichtigst nie so etwas, und dennoch stürzt du uns allesamt ins Chaos. Los jetzt. Cindy! Aufwachen und aufstehen!«

Anna und ich zogen Cindy recht grob in die Höhe. Sie

hing danach zwischen uns wie ein nasser Sack. Ihr Kopf rollte kraftlos wie bei einer Marionette ohne Fäden von rechts nach links, und ein Gurgeln quälte sich ihre Kehle hinauf.

»Kopfweh«, murmelte sie.

»Jetzt lass dich nicht derart hängen, Cindy. Wir müssen los«, fauchte Anna undamenhaft. Ihre wunderschöne Hochsteckfrisur war längst ruiniert und ihre Schminke durch den Angstschweiß verlaufen.

Emma hielt uns zuvorkommend die Tür auf, und Anna, Cindy und ich schwankten hindurch. Im Flur blieben wir ratlos stehen. Wo ging es denn bitte hinaus, ohne dass wir quer durch den Ballsaal laufen mussten?

»Gibt es so was wie einen Nebenausgang?«, fragte ich den Heiler, der vor der Tür auf uns gewartet hatte. Er runzelte die Stirn.

»Ihr werdet mit meiner Patientin nirgendwohin gehen. Die Prinzen haben mir aufgetragen, auf die Dame aufzupassen. Dann tue ich das auch.« Entschlossen trat er uns in den Weg.

Ich überlegte gerade, ob wir ihn einfach niederrennen konnten, als die Musik im Ballsaal verstummte.

»Liebe Gäste, liebe Damen und Herren, liebe Freunde und Freundinnen. Es ist mir eine Ehre, Euch auf meinem Ball begrüßen zu dürfen«, erklang die samtene Stimme von Prinz Andreas.

Anna richtete sich unwillkürlich gerader auf. »Er klingt so zauberhaft«, flüsterte sie.

»Und er hat mit dir getanzt«, bestätigte ich. »Das hat definitiv was zu bedeuten.«

»Pssst, ihr zwei! Hört gefälligst zu, wenn euer Prinz zu euch spricht«, ermahnte uns Lucilla. Also lauschten wir.

»Dieser Ball ist anders als normale Feierlichkeiten. Viele haben es bereits geahnt: Dies ist eine Brautschau nach altertümlichem Brauch, so wie es seit Jahrhunderten Sitte im Märchenland ist. Deshalb bitten wir nun jede Dame, mit der wir Prinzen getanzt haben, zu uns auf die Bühne. Lady Galaparos Nauditos, Gräfin von und zu Weidenau, Baronin Margarete Dunkelhain ...«

»Mann, die waren fleißig beim Tanzen«, flüsterte Emma.

»Pssssst«, machten wir alle gemeinsam.

»Komtesse Emaille Schnalle, Anna Sonnenschein ...«

Wir quietschten allesamt und hüpften vor Aufregung im Kreis herum. »Anna, Anna, Anna«, riefen wir durcheinander. Cindy wurde von uns ordentlich durchgeschüttelt, und wir ließen sie beinahe fallen, doch das war egal. Anna war aufgerufen worden zu ... äh ... ja, zu was?

»Du musst los«, drängte ich sie, entzog ihr Cindys Arm und lehnte die halb Ohnmächtige gegen die Wand. Sie rutschte langsam zu Boden und wäre wohl gestürzt, wenn der Heiler nicht hinzugeeilt wäre. »Lauf schnell und zugleich damenhaft. Hach, Anna. Ich bin so ...«

»Aschenputtel Dunkelgrad, Cinderella Sonnenschein ...«

Wir erstarrten in der Bewegung.

»Hat er gerade Cindy aufgerufen?«, fragte Emma entsetzt.

»Hat er. Offenbar zählt ›getragen werden‹ als Tanzvariante.« Sofort sprang ich zu Cindy und zerrte sie in die Höhe. »Cindy, wach auf, Mädchen«, sagte ich eindringlich zu ihr und rüttelte und schüttelte sie wie ein Bettlaken. »Du hast es geschafft!«

»Bin ich tot und hab das Drama hinter mir?«, murmelte sie hoffnungsvoll mit geschlossenen Augen.

»Nein, du Närrin. Der Prinz hat dich erwählt.« Ich gab ihr

zwei Klapse gegen die Wange. »Du musst dich jetzt noch einmal zusammenreißen, meine Süße. Noch einmal!«

»Amarilla Aschenprötel, Baronin Lupine Goldsack und … äh … Märri.«

Während wir vor Schock gefroren, begann der Heiler dreckig zu lachen. »Na, da hat sich der Prinz ja ein Traumtrio zusammengetanzt. Dann mal los, ihr drei. Ab mit euch auf die Bühne.«

»Ich geh da nicht rauf«, sagte ich rasch.

»Und ob du gehst. Wenn Cindy und ich gehen, gehst du auch.«

»Ich löse womöglich einen Skandal aus. Deine Worte.«

»Dann sorg dafür, dass dich niemand heiraten will, und überlass uns die Prinzen. Los jetzt. Wir sollten wirklich gehen.«

Das Gute war, dass wir Cindy jetzt wieder in die Mitte nehmen konnten. Anna und ich schleppten sie den Gang entlang, gefolgt von der höchst hysterischen Lucilla, dem weiterhin lachenden Heiler und einer vor Aufregung herumhüpfenden Emma. Dass sie niemanden abbekommen hatte, machte ihr nichts aus. Es hatte Kuchen und Kekse gegeben, sie hatte mit ihrer Familie getanzt und gefeiert und ihre Schwestern waren im Begriff, ins Königshaus einzuheiraten. Für sie war die Welt in Ordnung. Für mich nicht.

Ich unterdrückte nur mit größter Mühe meinen Fluchtinstinkt, zumal sich sämtliche Köpfe im Saal zu uns umdrehten, sobald wir aus dem Gang stolperten. Es wurde gespenstisch still um uns herum, lediglich das gepresste Schnaufen aus Cindys Lunge war zu hören.

»Ah, da seid Ihr drei. Schön, dass Ihr Euch auch noch zu uns gesellt«, sagte Prinz Andreas zu uns und zwinkerte uns gut gelaunt zu. Seine Eltern standen seitlich hinter ihm und sahen äußerst verkniffen drein. Sie waren mit der Auswahl ihres Sohnemanns eher weniger zufrieden.

Wir schafften es nur mit Ach und ganz viel Krach auf die Bühne und hatten von dort einen wunderbaren Blick in konsternierte Gesichter. Nicht nur das Königspaar war wenig begeistert. Der Rest des Landes auch nicht. Wenigstens schmälerte das meine Aussicht auf Erfolg, denn eins war klar: Ich musste unbedingt verhindern, von Prinz Andreas erwählt zu werden. Nicht auszudenken!

»Jetzt, wo wir uns alle eingefunden haben, darf ich Euch auch unseren Ehrengast vorstellen. Mein älterer Bruder ist endlich wieder aus dem Königreich Esmarog zu uns zurückgekehrt. Wie viele von Euch wissen, gab es einige Unstimmigkeiten zwischen meinem Vater und ihm, doch die sind nun beigelegt. Umso glücklicher bin ich, ihn wieder zurück in den Armen unserer Familie und damit unseres Landes willkommen heißen zu dürfen.« Prinz Andreas winkte seinen Bruder heran und legte ihm brüderlich einen Arm um die Schultern. Beide lächelten sich an.

Süß, dachte ich noch. Dann erstarrte ich. Moment. *Älterer* Bruder? Ich dachte, der enterbte Prinz wäre jünger gewesen! Mist. Hatte ich mir das etwa so falsch gemerkt?

»Endlich gehören unsere Familienstreitigkeiten der Vergangenheit an, und ich bin froh, ihm seinen rechtmäßigen Rang zurückzugeben.« Prinz Andreas trat einen Schritt zurück, hob den Arm und nahm seine kecke Krone vom Haupt, um sie gleich darauf seinem deutlich größeren Bruder aufzusetzen. »Kronprinz Michael, ich freue mich sehr für uns alle. Er kam gerade rechtzeitig zurück, um diesem wunderbaren Ball beizuwohnen und ...«

Nein!, dachte ich panisch. Nein!

»... sich bei dieser Gelegenheit eine Gemahlin aus unserem geliebten Land zu suchen. Ich freue mich sehr, dass Ihr so zahlreich gekommen seid.«

Ich spürte, wie mir das Blut in die Beine sackte. Bis in die Zehenspitzen und noch viel weiter. Auch Anna erstarrte neben mir, drehte sich langsam zu mir um. Wir wechselten einen fassungslosen Blick.

Wieso hatten wir das nicht mitbekommen?

Galant verbeugten sich beide Prinzen vor den Gästen und ließen sich bejubeln, während ich mit meiner Panik rang. Dann erst bemerkte ich Annas Griff, der sich immer stärker um meine Hand schraubte.

»Der Prinz mag dich«, flüsterte sie schockiert.

»Welcher?«

»Der Kronprinz natürlich!«

»Welcher denn? Der alte oder der neue? Oder der alte-neue?«

»Der neue, also der … der aktuelle! Kronprinz Michael natürlich! Der Mann, der den ganzen Abend nur mit dir getanzt hat.«

Oh. Ups.

Verdammt!

Ich war mir sicher, dass es nicht noch schlimmer kommen konnte. Doch es ging schlimmer. Viel schlimmer.

»Wie Ihr sicherlich wisst, kam es zu einem Zerwürfnis mit meinem Vater wegen der Märchengeschichten. Deshalb ging ich nach Esmarog, um die dortigen Gepflogenheiten zu studieren. So etwas wie eine Brautschau gibt es dort nicht. Ich habe lange mit meinem Vater über meine Ansichten diskutiert und bin mittlerweile bereit, mich auf die Cinderella-Wahl einzulassen. Jedoch nur zu meinen Bedingungen«, hob Prinz Michael an. Er drehte sich bei seinen Worten zu mir und zwinkerte mir frech zu.

Mir wurde speiübel. Was kam denn jetzt?

»Prinz Andreas und ich waren uns einig, dass wir die Cinderella-Geschichte nicht exakt wiederholen sollten. Das könnte zu Verwirrungen im Märchenprotokoll führen. Vor allem, weil der Kronprinz ein anderer als ursprünglich vorgesehen ist.«

Hastig blickte ich nach unten und kontrollierte, ob meine Schuhe noch fest saßen. Meine Fellschluffen waren zum Glück so weit von einem gläsernen Schuh entfernt wie ein Eichhörnchen von einem feuerspeienden Drachen. Auch die übrigen Kandidatinnen hatten alle noch ihre Pumps an.

»Wir haben uns daher entsprechend den Vorgaben der Märchenwelt für drei Aufgaben entschieden. Die Gewinnerin bekommt den Prinzen. Sprich: mich. Wer die Aufgabe am schlechtesten ausführt, muss den Wettbewerb verlassen. Auf die Weise wird es pro Aufgabe eine Kandidatin weniger. Bis zum Ende der Auswahl dürfen die Damen natürlich bei uns im Schloss wohnen und uns kennenlernen. Und wer weiß? Vielleicht findet auch mein Bruder auf diese Weise die Frau seines Lebens.«

Ein Raunen ging durch die Menge. Sofort spürte ich, wie sich die Kandidatinnen hoffnungsvoll aufrichteten. Der neue Kronprinz mit seinen seltsamen Ansichten war niemandem geheuer. Nur auf Prinz Andreas waren alle scharf.

Annas stahlharter Griff lockerte sich ein wenig, als sie das hörte. Auch sie schöpfte neue Hoffnung. Die Einzige, die überhaupt nicht reagierte, war Cindy. Sie hing matt zwischen uns und jammerte leise.

»Sodann. Die Damen werden jetzt ihre neuen Räumlichkeiten beziehen und Ihr Übrigen dürft gern die Nacht durchtanzen. Wir danken Euch für Euer Kommen und freuen uns, Euch bald eine neue Prinzessin vorstellen zu dürfen.« Prinz Andreas verbeugte sich noch einmal zusammen mit Prinz Michael, dann wechselten sie ein paar Worte mit dem Königspaar.

»Wenn uns die Damen bitte folgen würden«, sprach uns jemand von der Seite an. Der Protokollführer konnte sich eindeutig aus der Luft formen und war wieder einmal unerwartet neben uns aufgetaucht.

Schnatternd und kichernd folgte ihm die Schar, während Anna und ich uns erst sortieren mussten, um Cindy hinter uns herschleifen zu können. Wir kamen nur zwei Schritte weit, da hatten uns die Prinzen eingeholt. Michael hob Cindy auf seine Arme, als sei sie federleicht, und positionierte sich neben mich. Anna ging mit Andreas hinter uns.

Ich ließ mich umgehend zurückfallen, um Michael loszuwerden. Leider mit dem Ergebnis, dass mir Anna unsanft in die Hacken trat und wie ein Bierkutscher fluchte.

»Märri, geh weiter«, fuhr sie mich an.

»Geh du doch. Bitte schön, Prinz Michael, das ist Anna. Anna, das ist Prinz Michael, die wichtigste Person auf dem Ball.« Ich betonte die letzten Worte besonders deutlich. Sie musste unbedingt ein gutes Wort bei Michael für uns alle einlegen. Besonders für Cindy. Vielleicht war noch nicht alles verloren.

Anna hatte natürlich sofort begriffen, was ich meinte. Sie war aber nicht gewillt, ihren angenehmen Gesprächspartner zu tauschen. Daher überholte sie mich zwar, behielt allerdings Prinz Andreas an ihrer Seite.

Letztlich trottete ich als Schlusslicht hinter allen her und ärgerte mich über mich selbst. Vor allem, weil Prinz Michael die anderen beiden passieren ließ und mit Cindy auf dem Arm auf mich wartete.

»Interessantes Manöver. Etwas weniger subtil wäre gut gewesen, ansonsten clever eingefädelt. Und so völlig undurchschaubar«, amüsierte er sich.

»Ach, sei still. Mit dir rede ich nicht mehr.«

»Wieso das denn?«

»Du hast mich im Garten angelogen!«

»Habe ich nicht. Zu diesem Zeitpunkt hatte ich weder Titel noch Rang. Den habe ich erst bei meiner offiziellen Rückkehr ins Schloss zurückgewonnen. Und so oder so: Ich bin nicht der Prinz von Burginsland. Bin ich nie gewesen. Das war stets mein Bruder, Prinz Andreas. Ich war *Kronprinz*. Wenn du schon Wortklauberei betreibst, dann musst du korrekt sein. Zwischen Kronprinz und Prinz liegt ein Unterschied.«

»Und wenn schon. Ich habe dir bereits gesagt, dass ich mir heute keinen Prinzen angeln will – ob Kron- oder nicht. Außerdem war das eine fiese, fiese Falle! Ihr hättet auf die Einladung draufschreiben sollen, dass die Kandidatinnen in Wirklichkeit dich heiraten müssen.«

»Müssen?« Er klang jetzt nicht mehr ganz so amüsiert. »Das klingt so, als würde ich euch hinrichten lassen.«

»Es wäre nett gewesen, den wahren Heiratskandidaten zu kennen.«

»Du irrst. Es stand drauf. Im Kleingedruckten.«

Oh. Ich runzelte die Stirn, um mich zu erinnern. Leider hatte ich den Brief nie gelesen, sondern sofort verbrannt. Und Anna, Lucilla und Emma waren vermutlich zu aufgeregt gewesen, um sich das Kleingedruckte durchzulesen.

»Kein Mensch liest sich Kleingedrucktes durch. Das war gemein«, sagte ich schwach. »Und dennoch bleibt es bei einer wichtigen Sache: Ich will keinen Prinzen. Das gilt für Andreas genauso wie für dich. Also hör auf, mir schöne Augen zu machen, und such dir eine andere Kandidatin, an die du dich rankletten kannst.«

»Rankletten? Interessante Interpretation meiner zarten Anbandelungsversuche. Bitte entschuldige, falls ich zu aufdringlich gewesen sein sollte. Ich mag dich und wollte mich noch ein wenig mit dir unterhalten. Du hast interessante Weltanschauungen und scheinst mir eine spannende Persönlichkeit zu sein. Wenn du dich jedoch belästigt fühlst, suche ich mir eine gewilltere Gesprächspartnerin.«

Michael wirkte ernsthaft verletzt und ließ mich stehen, was mir sofort leidtat. Ich wollte ihn bereits zurückrufen und ihm versichern, dass ich ihn gar nicht so schlecht fand, und stoppte mich in letzter Sekunde. Nein, Märchenfee! Ich sollte ihn verscheuchen, bevor es noch komplizierter wurde. Er musste sich eine andere suchen und mich ganz schnell als mögliche Heiratskandidatin vergessen.

Die nächsten zehn Minuten schlich ich wie ein geprügelter Hund hinter allen her und kam mir so fehl am Platze vor wie noch nie. Kein Wunder. Ich gehörte hier auch wirklich nicht hin. Ich war eine Fee und kein Mensch. Und schon gar nicht sollte ich als potenzielle Prinzessin angesehen werden.

Als wir endlich unsere Zimmer für die nächste Woche erreichten, war ich unendlich froh. Jede von uns bekam theoretisch einen einzelnen Raum. Anna und Cindy wollten unbedingt zusammen einen haben, und ich drängelte mich mit dazu. Nie im Leben würde ich allein in meinem Zimmer sitzen und mich grämen.

Gleich darauf bereute ich meinen Entschluss. Anna schimpfte mit mir, und Cindy jammerte. Das Schlimme war, dass beide dazu recht hatten. Also ertrug ich ihre schlechte

Laune und versicherte ihnen, dass schon alles wieder gut werden würde.

»Ich werde bei der nächsten Aufgabe so schlecht abschneiden, dass sie mich sofort rauswerfen müssen. Schon ist das Problem erledigt.«

»Und dann?«, fragte Cindy. »Wer hilft uns dann?«

»Du dir selbst.«

»Bei meinem Pech will mich nachher dieser unheimliche Prinz aus Aschmakok.«

»Esmarog. Und er ist gar nicht so schlimm, wie du denkst. Außerdem kommt er nicht von da, sondern er hat dort nur eine Weile gelebt.«

»Dann heirate du ihn, wenn er nicht so schlimm ist.«

»Cindy! Ich bin deine Märchenfee. Ich kann ihn nicht heiraten.«

»Und ich bin Cinderella. Wenn ich schon einen Prinzen heiraten muss, dann bitte den netteren von beiden. Schon allein diese finsteren Augenbrauen und der grummelige Blick. Als wollte er mich fressen.« Cindy lag zusammengerollt auf ihrem Bett und hatte sich die Decke bis zum Kinn gezogen. Jetzt, wo sie im Zimmer war, wurde sie munterer. Sie hob ein wenig den Kopf, um zu Anna rüberzusehen. »Was sagst du dazu?«

»Ich ... ich mag Prinz Andreas.«

»Den mag jeder, nur steht der nicht zur Wahl.«

»Vielleicht ja doch?«

Ich hörte die Hoffnung ganz klar aus Annas Worten heraus und wechselte einen besorgten Blick mit Cindy. Zum ersten Mal überhaupt waren wir uns einig: Da kam ein Drama auf uns zu. Anna hatte sich ernsthaft in Prinz Andreas verguckt.

»Was sind das wohl für drei Aufgaben?«, überlegte Cindy

und zog sich die Decke bis über die Nasenspitze. »Hoffentlich müssen wir nicht mit Drachen kämpfen. Oder Rätsel lösen. Ich bin dermaßen schlecht in so etwas.«

Ich setzte mich auf ihre Bettkante und tätschelte beruhigend ihren Arm. »Egal, was geschieht. Ich bin stolz auf dich, Cindy.«

Sie machte große Augen. »Ehrlich? Warum?«

»Weil du weiter gekommen bist, als ich es je für möglich gehalten hätte.«

»Märchenfee! So etwas sagt man nicht«, schimpfte Anna.

»Aber es ist wahr. Ich meinte es als Kompliment.«

»Du bist im Komplimentemachen in etwa so begabt wie als Märchenfee.«

Also wirklich. Ich wollte empört aufspringen und protestieren, doch Cindy hielt mich mit einem zarten Handwink zurück. »Vertragt euch, ihr zwei. Wir sitzen alle im gleichen Boot, nur drohen wir aus unterschiedlichen Gründen unterzugehen. Anna will Prinz Andreas erobern, nur leider steht lediglich Prinz Michael zur Wahl. Ich will weder Prinz Michael noch Prinz Andreas und habe als Cinderella gute Chancen auf beide. Die Märchenfee hingegen will ... ja, was du hier willst, weiß ich weiterhin nicht so wirklich.«

Wir sahen Cindy schweigend an, dann mussten sowohl Anna als auch ich lachen. Cindy hatte recht! Wir saßen im gleichen Boot, und wenn wir nicht untergehen wollten, mussten wir zusammen rudern lernen.

»Ich denke, Prinz Michael hat sich schon entschieden«, platzte Cindy in Annas und meinen Lachanfall hinein. »Er mag diese komische Märri.« Sie sah mich auf eine ganz seltsame Weise an. So kritisch und missbilligend. »Die Märri mit ä statt a«, betonte sie und gab mir damit zu verstehen, dass sie nach meinem Schlag ins Gesicht mehr mitbekommen hatte als vermutet. Ich starrte sie verdutzt an. »Ich bin gespannt, wie du das jemals wieder geradebiegen willst.«

O ja. Da war ich auch gespannt drauf und mindestens genauso ratlos, denn sie hatte leider recht. Prinz Michael mochte Märri. Warum auch immer.

Die Wahrheit liegt im Auge des Betrachters

Wir schliefen alle schlecht, und das aus unterschiedlichen Gründen. Anna wollte sich ernsthaft einen Prinzen angeln und war entsprechend nervös. Der Druck auf sie war enorm. Cindy hatte Schmerzen und Albträume wegen Prinz Michael. Und ich ... ich hatte das Gefühl, in einer ganz bösen Falle zerdrückt zu werden.

Entsprechend zerstört saßen wir am nächsten Morgen am Frühstückstisch. Gegessen wurde in dem größten und opulentesten Raum, den ich je gesehen hatte. Goldene Lüster, golddurchwirkte Samtvorhänge, goldene Kerzenständer und vermutlich auch vergoldete Kerzen verliehen meiner Umgebung Glanz und Glorie. Noch nie hatte ich fünf Messer und drei Löffel für mein Frühstück zur Verfügung gehabt. Leider hatte ich wirklich und wahrhaftig keine Ahnung, wozu die alle da waren. Um mich nicht zu blamieren, nippte ich lediglich an meinem Honigtee mit Goldglitzer drin und übte mich in unauffälligem Benehmen.

Die Prinzen wechselten alle halbe Stunde die Tische, um sich mit jeder Kandidatin zu unterhalten. Alle waren glücklich und fröhlich – bis auf unser Trio. Wir saßen schweigend und griesgrämig vor unseren leeren Goldtellern und wagten es nicht, etwas zu essen. Bis Cindys Magen vernehmlich grollte.

»Mir reicht es jetzt. Ich hole mir was von den Brötchen

da drüben«, sagte sie entschlossen. »Dafür sind sie schließlich da.«

Vermutlich hatte sie recht. Noch vermutlicher war es eine Falle. Keine einzige Bewerberin hatte sich beim Büfett an der Wand bedient. Alle hatten lediglich von den Gürkchen auf dem Tisch probiert oder sich das von den Dienern angepriesene Miniomelett mit goldenem Honig aus der Gletscherbachregion bestellt. Wo auch immer das sein sollte. »Das ist ein Test«, flüsterte Anna eindringlich und stieß Cindy unauffällig zurück auf den Stuhl.

»Ich habe Hunger! Wie soll ich denn die nächste Aufgabe überstehen, wenn ich vorher gestorben bin? Wie soll mein Körper heilen, ohne gestärkt zu sein?«

»Ich mach das«, seufzte ich, schnappte mir alle drei Teller vom Tisch, stand beherzt auf und stapfte in meinen Fellschluffen zum Büfett. Dort stapelte ich alles, was lecker aussah – also so ziemlich alles –, auf unsere Teller.

»Die Orange ist die Deko, genau wie die kleinen Blümchen bei den Cremetörtchen«, flüsterte mir prompt jemand ins Ohr. Michael. Herrje, hatte der schöne Augen. Sofort rann mir eine Gänsehaut quer über den Körper. Sein Atem an meinem Hals fühlte sich regelrecht unanständig an.

»Die Blümchen sind aus Marzipan, und den kann man essen. Ergo gehören die Blümchen zum Frühstück«, protestierte ich schwach und bemühte mich, meinen davongaloppierenden Herzschlag einzufangen. Der Fremde aus dem Garten hatte mich erschreckt. Genau. Nur deswegen reagierte ich so ... unprätentiös, oder wie immer das auch heißen mochte.

»Und doch ist es die Deko. Halt! Nicht zurücklegen.« Michael lachte leise und dann noch lauter, als er meine Lösung sah. Ich stopfte mir die Blümchen allesamt in den

Mund. Missetat vertuscht. Darin war ich wirklich richtig gut.

»Ich habe mir schon gedacht, dass du die Erste am Büfett sein würdest. Dir ist schon klar, dass wir Prinzen es noch nicht eröffnet haben?«

Blitzschnell schob ich ihm etwas Lachstatar auf den Teller. »Du bist ein Prinz. Du stehst am Büfett. Büfett eröffnet«, erklärte ich. »Und warum hast du dir gedacht, dass ich die Erste am Essenstisch sein könnte? Sehe ich gierig aus?«

»Nein, nur pragmatisch. Alle haben Hunger, jede will was essen. Keine traut sich – außer dir.«

Ich ließ vor Schreck krachend alle drei Teller fallen. Sie zerbrachen in tausend Scherben und verspritzten ihren Inhalt quer über den Boden. »Nein! Sag nicht, das war die erste Aufgabe und ich hab sie gewonnen! Weil ich mutig und bestimmend vorangegangen bin?«

Im Raum war es verdächtig still geworden. Ich bemerkte das nur am Rande, denn ich war viel zu sehr mit meiner Panik beschäftigt. Bitte, bitte! Lass mich nicht gewonnen haben.

Michael bückte sich und hob die ersten Scherben vom Boden. Dabei ignorierte er die herbeieilenden Diener, die sich ohne sein Einverständnis nicht näher heranwagten. Hastig hockte auch ich mich hin und matschte mithilfe einer Serviette die Quarktörtchen zu einem hässlichen Klumpen zusammen, um sie als Ball auf einen noch unversehrten Teller zu schieben.

»Wäre es denn so schlimm, wenn du gewonnen hättest?«, fragte mich Michael provokant.

Ich witterte eine Fangfrage und konterte mit einer Gegenfrage: »Habe ich das denn?«

Er schüttelte den Kopf, woraufhin ich erleichtert aufatmete. Gerade noch mal gut gegangen. Zufrieden sprang ich auf, zog mir einen großen Ersatzteller heran und stapelte diesmal all die Köstlichkeiten in Maßen. Dabei war mir Michaels Blick nur allzu bewusst. Er stand reglos neben mir und sah mir zu.

»Dann bis gleich«, sagte ich möglichst beiläufig zu ihm, als würde ich mich gerade nicht mit dem Prinzen meines Landes unterhalten.

»Dieses Gespräch ist noch nicht vorbei«, rief mir der Prinz hinterher.

Ich ignorierte ihn und kam stolperfrei bei Anna und Cindy an, die mich mit aschfahlen Mienen beobachteten.

»Keine Sorge«, beruhigte ich sie. »Das war kein Test.«

»Märri! Du hast dem Kronprinzen unseres Landes drei Teller auf die Füße fallen lassen.«

»Vor die Füße. Nicht auf die Füße«, korrigierte ich.

»Nein, Märri. *Auf* die Füße.«

Ich blinzelte überrascht und sah dann noch mal genauer hin. Oi, war seltsamerweise das erste Wort, das mir für diesen Schlamassel einfiel. Es stimmte. Michaels Schuhe und Hosenbeine waren mit Cremetörtchen und Zuckerguss bekleckert. Das hatte ich in meiner Aufregung glatt übersehen.

»Hör zu«, sagte Anna eindringlich zu mir. »Ich finde es gut, dass du wirklich alles dafür tust, auf keinen Fall Prinzessin zu werden. Nur bitte ruinier dabei nicht auch noch unseren Ruf. Es hat sich längst herumgesprochen, dass wir dich gut kennen. Den Prinzen mit Tellern zu bewerfen ist kein kluger Schachzug.«

Ich beschloss, ihr Gemoser zu ignorieren, und biss beherzt in mein Omelett aus der anscheinend angesagten Gletschertalregion. Ehrlich gesagt hatte ich keine Ahnung, ob ich in meiner menschlichen Gestalt überhaupt etwas zu mir nehmen konnte. Als Fee lebten wir nur von guten Wünschen. Allerdings schmeckte diese Speise himmlisch! Ich schloss genießerisch die Augen und öffnete sie erst wieder, als ich Stuhlbeine über den Boden scharren hörte. Prompt starrte ich direkt in Michaels gletscherschöne Augen, die vor Belustigung nur so sprühten. Er hatte sich neben mich gesetzt. Einfach so. Vor ihm stand lediglich eine Tasse Kaffee, die er hastig näher zu sich heranzog, sobald er sich meiner Aufmerksamkeit gewiss war. »Nicht dass du mich damit auch noch bewirfst«, sagte er.

Ich beschloss, ihn genauso wie Anna zu ignorieren und strafte ihn betont mit Desinteresse. Währenddessen schob ich mir den Rest des Omeletts in den Mund und spülte es mit Schokoladenmilch hinunter. Köstlich! Das Schweigen am Tisch wurde unangenehm und zum Glück durch Prinz Andreas unterbrochen, der hinter Michael trat und ihm kumpelhaft auf die Schultern klopfte. Er strahlte Anna derart glücklich an, dass es sogar in meinem Magen vor Aufregung kribbelte.

»Dann wollen wir mal an die Arbeit gehen«, sagte er vergnügt. »Es tut mir leid, dass ich es heute nicht mehr an Euren Tisch geschafft habe, doch das hole ich morgen natürlich nach. Ich bin mir sicher, dass Ihr weiterkommen werdet. Michael? Folgst du mir bitte?«

Wir sahen den beiden schweigend nach. Kaum war die Tür hinter ihnen ins Schloss gefallen, sah mich Anna scharf an. »Bist du wahnsinnig geworden? Du kannst den Prinzen nicht mit Nichtbeachtung strafen!«

»Reden ist Silber, Schweigen ist Gold. Deine eigenen Worte. Glaub mir. Meine Antwort auf seine Provokation hätte euch allen nicht gefallen.«

Anna kam zum Glück nicht zu einer weiteren Ermahnung, denn der Protokollzwerg war wieder aus dem Nichts aufgetaucht und scheuchte uns allesamt in einen Raum direkt neben dem Frühstückszimmer. Dieser war für das Schloss geradezu schmucklos, von versilberten Zierleisten an den Wänden und mannshohen Gemälden mit Schlachtszenen mal abgesehen.

In der Mitte stand ein großer Tisch mit genügend Stühlen für jede von uns. Als ich die Stickrahmen erkannte, blubberte es unangenehm in meinem Magen. Anna war eine Meisterin, was Malen anging. Kochen, Häkeln und Nähen konnte sie auch. Nur im Sticken war sie mies. Von Cindy ganz zu schweigen.

Bevor ich mich mit ihnen absprechen konnte, mussten wir schon Platz nehmen. Jede von uns bekam einen mit unseren Namen versehenen Stickrahmen in die Hand gedrückt. Wie von Zauberhand erschienen vor uns Nähkästen voll mit den erlesensten Utensilien. Von Silberfaden bis Goldgarn war alles dabei.

»Eure Aufgabe ist einfach. Ihr habt drei Stunden Zeit, um ein Abbild von Schloss Burginsland zu sticken. Dafür dürft Ihr alles verwenden, was auf diesem Tisch steht. Die Prinzen werden dann die Siegerin und die Verliererin küren. Die Zeit zählt ab jetzt. Viel Erfolg.« Der Zwerg verneigte sich und verschwand mit einem leisen Puff-Geräusch. Gleichzeitig begann eine riesige Uhr auf dem Tisch herunterzuzählen.

Als sei das das Startsignal gewesen, begannen die Frauen wie wild durcheinanderzuwirbeln. Die ersten stritten sich bereits um Stifte zum Vorzeichnen ihrer Kunstwerke, um sie anschließend auszusticken. Andere pikten einander mit Nähnadeln, um das beste Werkzeug zu ergattern.

Ich schnappte mir eine besonders dicke Nadel, die niemand haben wollte. Tristes schwarzes Garn lag ohnehin vor mir, also legte ich los. Ich brauchte exakt drei Minuten und dreiunddreißig Sekunden, was in der Märchenwelt ein gutes Zeichen war, um mein Meisterwerk zu vollenden.

»Ein Strichmännchen vor einem Viereck, über dem ein Dreieck schwebt?«, fragte Cindy verständnislos, als sie mein zufriedenes Grunzen vernahm. Sie selbst war noch mit dem Einfädeln des Garns beschäftigt.

»Das ist der Prinz vor seinem Schloss. Das Viereck sind die Grundmauern, das Dreieck das Dach. Ist doch klar. Gib her!« Ich drückte ihr meinen Stickrahmen in die Hand und nahm mir dafür ihren. Es dauerte etwas, bis ich die besten Fäden zusammengesammelt hatte. Mit viel Bedacht und äußerster Kunstfertigkeit begann ich, ein exaktes Ebenbild des Schlosses in den Stoff zu sticken. Cindy sah mir staunend dabei zu.

»Du darfst gern so tun, als würdest du arbeiten. Stick wenigstens noch was auf meinen Rahmen. Ein Krönchen oder eine Wolke wäre nett. Es ist egal, wie es aussieht. Gewinnen will ich eh nicht«, ermunterte ich sie und offenbarte damit meinen teuflischen Plan.

»Märri«, ermahnte mich Anna flüsternd von der Seite. »Das ist Betrug. Was ist, wenn das auffliegt? Du kannst nicht für Cindy sticken!«

»Kann ich wohl. Siehst du doch. Die Frauen um uns herum sind alle so manisch, die bekommen gar nichts mit. Ich würde dir auch helfen, nur befürchte ich, das lässt du eh nicht zu.«

Anna nickte hölzern und stickte verbissen weiter. Sie wollte definitiv keine Hilfe von mir annehmen, kam allerdings gerade an ihre Grenzen. Sticken war definitiv nicht ihr Ding.

Wir stickten etwa eine Stunde äußerst konzentriert vor uns hin, bis bei Cindy der Groschen fiel. »Wenn du mir ein Kunstwerk stickst, wählt mich nachher der Prinz«, sagte sie schockiert.

»Das ist der Plan.«

»Nein, Märchenfee ...«

»Pssst! Ich heiße Märri! Das hab ich dir seit gestern schon tausendmal erklärt!«

»Nein, Märri, das ist *dein* Plan. Nicht meiner. Ich will nur nach Hause.«

»Nur wird es das bald nicht mehr geben. Deine Familie ist pleite. Ich darf mich als Märchenfee nicht einmischen, um euch diesbezüglich zu helfen. Geld zu zaubern ist bei Höchststrafe verboten. Das bringt den ganzen Wirtschaftsmarkt durcheinander. Wenn wir also mit unserer Heiratsmission keinen Erfolg haben, werdet ihr alles verkaufen müssen, um nicht auf der Straße als Bettlerinnen oder Schlimmeres zu enden.«

»Märri«, zischte Anna aufgebracht. »Hör auf, ihr so schreckliche Dinge auszumalen.«

»Wenn es doch wahr ist.«

Anna holte tief Luft. »Cindy, ich werde uns retten. Versprochen.«

»Mit dem Ding aber nicht.«

Da gab ich Cindy ausnahmsweise recht. Wir starrten alle das Etwas an, das Anna zurechtstöppelte.

»Ist das ein Pferd beim Äppeln?«, fragte Cindy nach einer Weile.

»Das ist das Staatswappen unseres Landes.«

»Sieht aus wie ein Pferd beim Äppeln.«

»In Ordnung, ihr zwei. Stolz hin oder her. Wir müssen jetzt rasch klären, wer was will. Anna, du willst gewinnen.

Cindy, du willst nur noch ein wenig weiterkommen, um eventuell einen netten reichen Mann zu finden, und ich will rausfliegen. Also gib schon her.«

Ich rupfte Anna ihre Kindergartenstickerei aus den Händen und drückte ihr mein bereits deutlich erkennbares Meisterwerk hinein. Es war nicht perfekt und gerade dadurch realistischer.»Stick das Innere des Mauerwerks grau aus, dann sollte es gehen. Ich mach derweil aus diesem kackenden Pferd ein Schloss. Cindy? Sehr hübsches Herz in Pink. Genau das Richtige für markige Männer wie Prinz Michael. Gefällt mir.«

Anna ließ mich gewähren, was wirklich alles sagte. Sie war verzweifelt. Cindy hingegen mochte ihre einfache Aufgabe und stickte dem Strichmännchen eine ungleich gezackte Krone auf. Ich bemühte mich derweil um Schadensbegrenzung bei Annas Werk. Das war knifflig, aber machbar.

»Ich möchte, dass er mich so mag, wie ich bin«, flüsterte Anna.

»Ich weiß, Schätzchen. Das wollen wir alle. Nur erst mal müssen wir ihn blenden, damit er dich so sehen kann, wie du bist.«

»Ich will gar nicht Michael gewinnen, sondern Andreas.«

Genervt ließ ich die Stickerei sinken. »Ein Problem nach dem nächsten, okay? Mit dem Ding hier gewinnst du eh nicht. Da können selbst meine Feenhän... äh ... fähigen Hände nichts dran ändern.«

Noch zehn Minuten. Ich gab alles, bis mir der Schweiß ausbrach. Irgendwann wurde es mir zu gefährlich, denn wir mussten unsere Stickereien unauffällig zurücktauschen. Nicht auszudenken, wenn wir das zu spät begannen. Noch war der Protokollführer fort, doch ich spürte ihn auf magische Weise herannahen. Zumindest bildete ich mir das ein.

»Anna, hier. Besser ging nicht. Cindy, das ist deins und meins ... interessanter Hut!« Zufrieden hielten wir jetzt alle wieder unsere Stickrahmen in den Händen. Keine Sekunde zu früh.

Der Protokollzwerg erschien direkt auf dem Tisch, genau in der Sekunde, in der die Uhr zu bimmeln begann. »Nähnadeln fort, meine Damen«, ermahnte er die letzten manisch Stickenden. Mit einem Fingerschnippen ließ er unsere Namen auf den Rahmen verschwinden. »Damit niemand bevorzugt werden kann«, sagte er in meine Richtung. Ich hätte ihm gern die Zunge rausgestreckt und zügelte mich im letzten Moment.

Bald war es ohnehin vorbei für mich. Dann war ich die Verliererin und flog raus.

Es ziepte in meiner Magengegend ganz unangenehm. Vielleicht hätte ich besser das Omelett weglassen sollen? Nein, daran lag es nicht. Es war vielmehr der Gedanke daran, meine Mädchen allein zu lassen. Allein mit Aufgaben, denen sie vielleicht nicht gewachsen waren. Ich konnte ihnen dann nicht mehr helfen. Sie nicht mehr unterstützen. Bei Cindy war das egal, doch bei Anna machte ich mir große Sorgen. Sie wollte unbedingt Andreas beeindrucken.

Und ja, ganz vielleicht wurde ich ein klein wenig wehmütig, wenn ich an Michael dachte. Dass ich ihn nach meinem Ausscheiden jemals wiedersehen würde, bezweifelte ich. Ja, er war ungehobelt. Ja, er machte sich gern über mich lustig. Er hatte mir jedoch auch schon viele schöne Komplimente gemacht, die ich als Märchenfee gar nicht gewohnt war. Er sah mich so, wie ich war, wenn ich nicht die Märchenfee spielen musste. Und aus einem mir unersichtlichen Grund gefiel ihm, wie ich war.

Mein Stickrahmen schwebte aus meiner Hand und ließ sich geräuschlos auf einer Staffelei nieder, die jetzt überall im Raum herumstanden und von einzelnen Sonnenlichtstreifen beleuchtet wurden. Der Tisch verschwand und auch die Stühle verblassten. Hastig sprangen wir auf. Einige Diener wuselten herein, reichten Tee und Gebäck. Ich biss hungrig in einen Mandelkeks, als eine Fanfare direkt neben meinem Ohr erschallte. So laut, dass ich den halben Keks vor Schreck quer durch den Raum prustete. Ich unterdrückte gerade noch einen Fluch, denn jetzt kam das Königspaar herein und direkt dahinter die zwei Prinzen. Sie hatten sich umgezogen und sahen noch prunkvoller und mächtiger aus. Auf Prinz Andreas' Kopf saß wieder eine kecke, funkelnde Minikrone, allerdings kleiner als die vorherige. Die alte hatte er schließlich Michael zurückgegeben, nur trug dieser keinen Kopfschmuck. Mir gefiel das deutlich besser. Kronen als Statussymbol fand ich merkwürdig, erst recht, wenn sie so pompös waren wie Herrscherkronen.

Wir Auserwählten drückten uns instinktiv eng aneinander und warteten in einer Ecke des Raumes auf das Urteil der vier. Langsam schritten sie die einzelnen Bilder ab. Bei Cindys Werk blieben sie besonders lange stehen und nickten erfreut, genau wie bei Annas. Die Prinzen hingegen hatten sich offenbar in ein anderes Werk verliebt, das ein Schloss ganz in Gold zeigte. Mist. Auf die Idee hätte ich auch mal kommen können! Es sah aus, als funkelte es.

Die Minuten zogen sich dahin. Anna konnte vor Aufregung kaum stillstehen und knabberte nervtötend laut an ihren Fingernägeln. Ich bemühte mich, sie davon abzuhalten. Cindy hatte sich derweil einen Stuhl in der Ecke gesucht, um sich auszuruhen.

Königin Esmeralda blieb kurz vor meinem Bild stehen, und ich sah genau, wie sie ihre Lippen amüsiert verzog. Dann wandte sie sich Cindys Rahmen zu, und ihr Lächeln wurde breiter. Sie mochte das Bild. Ich hüpfte vor Freude innerlich auf und ab.

»Prinz Michael hat sich entschieden«, rief der Protokollzwerg und machte eine Handbewegung, um seiner Hoheit die Verkündung zu überlassen.

Michael trat vor, und wieder kribbelte und krabbelte es in meinem Magen bei seinem Anblick. Sein kurzes braunes Haar stand ihm auf interessante Weise ab. Es wirkte jugendlich und frisch, verwegen und unorthodox, aber keineswegs zu jugendlich, sondern eher rebellisch. Auf eine Rasur hatte er heute verzichtet, als wüsste er genau um seine Ausstrahlung mit dem leichten Tagebart. Der Schatten betonte seine ohnehin ausdrucksstarken Wangen. Und dann erst diese verflixten Grübchen rechts und links auf seinen Wangen.

»Ihr habt zauberhafte Bilder erschaffen. Ich konnte mich kaum entscheiden, doch eins sticht besonders hervor.«

Aufgeregt nahm ich Annas Hand und drückte sie. Wähl Cindy oder zumindest Anna, dachte ich.

Prinz Michael drehte sich um und hob eine Leinwand auf, die ich sehr gut kannte. Sofort ging ein Raunen durch die Menge der Auserwählten. Eine Mischung aus Verwirrung und Empörung. Eine begann sogar, hysterisch zu kichern. Ich konnte es ihr nicht verdenken.

Michaels Wahl war nämlich auf mein Strichmännchen gefallen.

»Ich finde, es zeugt von hohem Selbstbewusstsein und

Mut, so etwas abzugeben. Auf den ersten Blick mag es zu schlicht wirken, doch es bildet eine höhere Wahrheit ab, die mir gut gefällt. Der Prinz muss Herz beweisen, um sich der Krone des Landes würdig zu erweisen. Das ist auch mein Motto. Ohne das richtige Herzgefühl gibt man einen schlechten König ab. Dabei sollte man demütig sein und nicht nur auf Prunk und Überfluss bestehen. Protokollführer? Würdet Ihr bitte den Namen sichtbar machen?«

»Muss ich?«

»Gibt es etwas, das dagegensprechen würde?«

»Die Stickerei an sich?«

»Prinz Michael, willst du dich nicht noch mal umsehen?«, warf jetzt auch der König mit leicht roten Wangen ein.

»Nein, ich habe mich entschieden. Dieses Kunstwerk wird zukünftig meinen Kamin zieren. Wem darf ich dafür gratulieren?« Er sah mich bereits an, bevor mein Name sichtbar wurde. »Märri, welch Überraschung«, sagte er wenig überrascht. »Komm zu mir.«

Meine Beine bewegten sich nicht. Anna musste mich schließlich nach vorn schieben.

»Das da ist viel hübscher«, sagte ich und zeigte auf Cindys Bild. »Oder das.« Ich deutete auf Annas.

Zu meiner Irritation nickte jetzt Prinz Andreas. »Da sprecht Ihr wahr. Auch ich darf mir für heute Abend eine Begleiterin wählen, und ich entscheide mich für dieses hier.«

Er nahm Cindys Bilderrahmen, woraufhin diese ein seltsames Quaken von sich gab und der Rest der Verschmähten leise aufstöhnte. Ich machte gleich mit. So hatte ich das nicht geplant.

Der Prinz wohl auch nicht, denn ihm entglitten kurz die Gesichtszüge, als er den Namen lesen konnte. Anna, die mich mittlerweile neben Michael geschoben hatte, sah ihn traurig an.

»Ich dachte, ich hätte Euer Bild gewählt«, flüsterte Andreas Anna zu.

»So kann man sich irren. Das ist das von meiner Schwester Cindy.« Anna kämpfte mit den Tränen und hatte trotzdem die Muße, mir einen finsterbösen Blick zuzuwerfen. He! Wofür hatte ich denn den verdient?

»Und welche Dame muss uns verlassen?«, fragte der Protokollzwerg mit einem dezenten Naserümpfen. Ihm behagte die Wahl der Prinzen ganz und gar nicht.

Die beiden Männer einigten sich recht schnell auf ein übermäßig prunkvolles Schloss mit der falschen Fahne im Hintergrund. Komtesse Emaille Schnalle brach umgehend in Tränen aus und weigerte sich, den Saal zu verlassen. Zwei Wachen trugen sie schließlich hinaus. Ihr Wehklagen hallte noch zehn Minuten später durch die Gänge.

Ich schüttelte mich und begegnete dabei dem dunklen Blick von Prinz Michael. »Wieso hast du mich gewählt?«, schimpfte ich sanft mit ihm. »Das Bild schrie gerade ›disqualifizier mich‹.« Da verstand ich endlich. Mein Fehler. Ich hatte mich zu deutlich zu erkennen gegeben.

»Ich habe dir beim Frühstück schon gesagt, dass unser letztes Wort nicht gesprochen ist. Wir müssen noch was ausdiskutieren. Ich schlage vor, du machst dich frisch und wir treffen uns in drei Stunden im Innenhof, um uns näher kennenzulernen. Du darfst dich gern etwas freizeittauglicher anziehen. Es wird ganz ungezwungen.«

»Sehr witzig. Geht meine Pluderhose auch? Ich habe nämlich keine Wechselsachen mit.«

Er lachte leise. »Ein wirklich praktisches Kleidungsstück«, versicherte er mir. Dann nahm er zu meiner grenzenlosen

Irritation meine Hand und hauchte einen perfekten Handkuss darauf. In Verbindung mit seiner anschließenden Verbeugung sorgte diese Geste dafür, dass es mir buchstäblich den Atem verschlug.

Dieser Mann! Diese Aura! Dieser ... Prinz.

Panik mischte sich unter meine Verzückung, hatte aber keine Gelegenheit, mich zu lähmen. Wir wurden nämlich recht unsanft aus dem Raum bugsiert und zu unseren Räumen geleitet, wo wir uns *frisch* machen durften.

»Der Ankleideraum der königlichen Hofdienerinnen steht Euch selbstverständlich zur Verfügung. Ihr dürft Euch dort gern neue *Kleider* aussuchen.« Der Hofzwerg betonte Letzteres besonders und sah bezeichnend auf meine Pluderhose.

Ich ignorierte ihn, denn Anna brach gerade in Tränen aus und warf sich schluchzend auf ihr Bett. Ihre melodramatische Reaktion war so ungewöhnlich, dass Cindy und ich sofort alarmiert waren. Rasch schloss ich die Tür, während sich Cindy auf Annas Bettkante setzte und ihren Rücken streichelte.

»Ich wollte unbedingt von Prinz Andreas erwählt werden«, schluchzte sie.

»Beim nächsten Mal klappt es bestimmt«, sagte Cindy.

Anna zog sich ihr Kissen über den Kopf und weinte nur noch lauter. Dann jedoch warf sie das Kissen so heftig sie konnte nach mir. Es traf mich an der Brust, was nicht wehtat und mich trotzdem bis ins Mark erschütterte.

»He, wofür war das denn?«, protestierte ich.

»Du bist an allem schuld!«, rief Anna erbost.

»Ich? Wieso ich?«

»Du hast Cindys Stickerei so wunderschön gestaltet, dass Andreas sie für mein Kunstwerk gehalten hat. Du hast dafür gesorgt, dass Cindy gewinnt. Immer dreht sich alles nur

um Cindy. Cindy ist Cinderella. Cindy ist für Großes vorherbestimmt. Cindy wird einmal Königin«, äffte Anna jemanden nach, der ganz gewiss nicht nach mir klang.

»Aber ...«, hob ich an.

»Nichts, aber! In meinem ganzen Leben richtet sich alles
nach Cindy. ›Nein, Anna, du darfst nicht so nett zu ihr sein.
Denk dran, du bist die böse Stiefschwester.‹ Nein, bin ich
nicht. Ich bin nicht böse oder gemein oder hinterhältig. Ich
bin Anna, die nette Schwester«, brüllte mich die gerade
wenig nette Schwester an. »Ständig hast du an mir rum-
genörgelt und mich kleingehalten. Du hast mich zu etwas
geformt, das ich nicht bin. Ich war nie neidisch auf Cindy.
Nie! Jetzt bin ich es, und daran bist nur du schuld.«

»Es ist nun mal meine Aufgabe, Cindy zu helfen.«

»Und genau das ist so gemein. Ich bin auch noch da. Ich
habe genauso ein Anrecht auf die Liebe meines Lebens wie
Cindy. Warum bekommt sie eine Märchenfee und ich nicht?
Das ist so ungerecht.«

»Sei froh, dass du keine Märchenfee hast«, warf Cindy
zaghaft ein.

Nach diesen Worten hätte man die viel besungene Steck-
nadel fallen hören können. Erschrocken sah ich Cindy
an. »Cindy, wie kannst du so etwas denn sagen?«, rief ich
fassungslos.

Das Mädchen zog den Kopf ein. Röte schoss ihr in die
Wangen. Ihr war sichtbar unwohl zumute, doch sie straffte
sich und sah mich ernst an. So ernst wie noch nie. »Du hast
stets gesagt, dass Lucilla die böse Stiefmutter ist. Dass sie
mich zum Putzen verdonnert, mich in einer dunklen Kammer schlafen lässt und verhindert, dass ich auf einen Ball
gehen darf.«

»Das ist ja auch so.«

»Nein, Märchenfee. Lucilla ist nicht die böse Stiefmutter der Geschichte. Sie hat mich zu gar nichts gezwungen. Das warst grundsätzlich du. Du hast mich zu den demütigendsten Aufgaben gedrängt. Du hast verhindert, dass ich ein wunderschönes Zimmer bekomme und stattdessen neben dem Kamin schlafen muss. Du hast mit aller Kraft dafür gesorgt, dass meine Einladungskarte zu dem wunderbarsten Ball des Jahres verbrannt wurde. Die Liste könnte ich noch endlos fortsetzen. Du bist hier nicht die Märchenfee. Du bist die böse Stiefmutter.«

Der Feenrat ohne Gnade

Ich fühlte mich, als hätte mir jemand den Boden unter den Füßen weggezogen. Schockiert starrte ich Cindy an, unfähig, etwas zu sagen, zu denken oder zu tun. Das konnte sie nicht ... das ... sie ...

»Cindy«, sagte Anna sanft. »So etwas darfst du nicht sagen.«

»Darf ich wohl. Seit ich klein bin, verbietet mir jeder den Mund. Ich weiß, dass ich nicht besonders klug oder weitsichtig bin. Ich durchschaue viele Dinge erst viel später. Aber in dieser einen Sache bin ich mir absolut sicher. Die Märchenfee ist die böse Stiefmutter.«

»Aber es ist meine Aufgabe, dich anzuleiten und darauf zu achten, dass die Märchenvorgaben befolgt werden. Das machen alle Feen so. Nicht nur ich. Noch nie ist jemand auf die Idee gekommen, dass wir deshalb böse Stiefmütter sind«, murmelte ich fassungslos.

»Dann bin ich entweder besonders schlau oder ihr besonders dumm«, entgegnete Cindy trocken.

Darauf fiel mir keine Erwiderung ein. Das, was Cindy da gesagt hatte, bedrohte meine ganze Existenz. Mein ganzes Dasein.

»Ich ... muss gehen«, sagte ich beinahe tonlos und verschwand mit einem leisen Feenklingeln in meine Welt. Das hatte ich noch nie getan, denn eigentlich rannte ich vor keiner Herausforderung fort. Doch das hier hatte eine ganz andere Dimension angenommen.

»Märchenfee«, rief eine Märchenfee, vor der ich mich recht abrupt sichtbar gemacht hatte. Ich befand mich im bunt blühenden Schlossgarten und saß neben der anderen Fee auf einer zierlichen Bank. Da ich nun wieder meine Feengestalt angenommen hatte, trug ich wie durch Zauberhand mein sonnengelbes Kleidchen. Obwohl ich es längst zweckentfremdet hatte, war es mit einem Schlag wieder so hübsch wie zuvor. Zumindest im Moment.

»Wie schön, dich zu sehen«, sagte die Fee. Als sie mein bleiches Gesicht bemerkte, wurde sie schlagartig ernst. »Alles in Ordnung mit dir?«

»Nein. Nichts ist in Ordnung. Meine Cinderella-Geschichte endet in einer Katastrophe.«

»Lass mich raten: Deine Cinderella hat sich in eine Dienstmagd verliebt. Oder in den Leibwächter des Prinzen? Alles schon da gewesen. Mach dir keine Sorgen.«

»Nein. Viel schlimmer. Viel, viel schlimmer.«

Also erzählte ich es ihr. Alles. Wirklich alles. Und mit jedem Wort, das aus meinem Mund kam, wurde die Märchenfee neben mir bleicher und mir wurde elender. Von wegen, dass es einem besser ging, sobald man sich alles von der Seele geredet hatte. Ich hatte den Eindruck, es nur noch schlimmer zu machen.

»Also das ... ist tatsächlich besorgniserregend. Wir sollten den Feenrat einberufen. Sofort.«

Ehe ich sie aufhalten konnte, hatte sie bereits eine goldene Glocke gebimmelt, die vor ihr in der Luft herumschwang. Einen Augenblinzler später befand ich mich in einem kreisrunden Saal, vollgestopft mit schlichten Holzbänken, die höher schwebten, je näher sie zur Wand stan-

den. Jeder einzelne Platz darauf war mit einer Fee besetzt.
Einen Moment herrschte verdutzte Stille im Raum, dann
redeten alle durcheinander.

»Wer hat diesen Rat einberufen?«, riefen die meisten.

»Ich hab keine Zeit. Bei meiner Rapunzel klettert gerade
der Prinz den Turm hinauf.«

»Und wir sind kurz vorm Heiratsantrag.«

Ich meinte, meine Fee von der Bank erkannt zu haben.
Sie stand auf und bat um Ruhe. »Gute Feen, ich habe euch
gerufen, weil sich gerade etwas Schreckliches ereignet. Eine
von uns steckt in Schwierigkeiten. In so großen, dass wir
es keine Sekunde ignorieren dürfen.« Dann gab sie meine
Geschichte in allen erniedrigenden Einzelheiten wieder,
nur deutlich nüchterner und mit weniger Weinkrämpfen
und Schluchzern dazwischen. Auch auf das Haareraufen
verzichtete sie.

Nachdem sie ihre Ausführungen beendet hatte, herrschte
betroffenes Schweigen. Dann redeten wieder alle durcheinander, bis sich eine Märchenfee durchsetzte. »Wo ist die
betroffene Märchenfee?«, rief sie.

Ich wäre gern sitzen geblieben, doch das hätte alles noch
schlimmer gemacht. Also stand ich mit gesenktem Kopf auf
und hob beschämt die Hand. »Hier«, piepste ich kleinlaut.

»Du bist noch eine Schülerin«, sagte eine Lehrerin von
mir entsetzt.

»In der Abschlussklasse«, bestätigte ich traurig und sah
meine Prüfung davonsegeln.

»Warum hast du denn nicht früher um Hilfe gebeten?«,
fragte eine andere Märchenfee, die ich aus meinem Cinderella-Fachausschuss zu kennen meinte. »Wir hätten dir
bestimmt helfen können, bevor es zu so einem Schlamassel
kommt.«

»Ich dachte, ich hätte alles im Griff, und dann ging alles so schnell«, gab ich zu. »Außerdem hatte ich Angst, durch die Prüfung zu fallen.« Wenn, dann wollte ich auch ehrlich sein.

»Und was machen wir jetzt?«, fragte eine am hinteren Ende des Raumes.

»Ich fürchte, wir müssen den Märchenalarm auslösen«, sagte eine andere.

»Den was?«, rief der ganze Raum.

Eine recht betagte Märchenfee erhob sich in die Lüfte, damit man sie gut sehen konnte. »Den Märchenalarm«, wiederholte sie. »Es ist schon Jahrhunderte her, dass er nötig war. Deshalb kennt ihn kaum noch jemand. Zuletzt haben wir ihn ausgelöst, als die Märchenfee ausflippte und sich in die böse Fee verwandelte. Ein neues Märchen entstand. Dornröschen.«

»Ich flippe nicht aus«, versicherte ich rasch.

»Und dennoch bist du unabsichtlich ein Teil des Märchens geworden.«

Mir wurde kalt, als ich das hörte. War das so? »Ich bin nicht die böse Stiefmutter. Das hat Cindy falsch verstanden.«

»Das denke ich nicht. Du willst es nur nicht wahrhaben, aber Cindy könnte durchaus recht haben.«

»Ihr macht das doch alle so. Seit Jahrhunderten. Als zu Beginn von Cindys Geschichte noch die anderen beiden Märchenfeen dabei waren, agierten sie noch schlimmer als ich. Sie haben Lucilla sogar verboten, Cindy zu trösten. Das sei ihre Aufgabe, haben sie gesagt. Wo seid ihr zwei denn? Meldet euch!«

Meine alten Schulkameradinnen erhoben sich und wirkten dabei ähnlich zerknirscht wie ich. »Wir haben uns nur an das Protokoll gehalten und dafür gesorgt, dass die Geschichte ordentlich abläuft. Als wir bemerkten, dass das mit dieser Cinderella ein Ding der Unmöglichkeit war, haben wir abgebrochen. Nur die Märchenfee wollte das nicht wahrhaben. Sie hatte Ehrgeiz.«

Ich sah die Märchenfeen sprachlos an. Also wirklich ... wollten sie etwa andeuten, ich hätte mit ihnen aufgeben und mich zurückziehen müssen? »Cindy brauchte uns«, sagte ich scharf. »Wir konnten sie unmöglich ihrem Schicksal überlassen.«

»Sie hatte es gut bei Lucilla. Das Märchen war schon vorbei, bevor es begonnen hatte«, sagte die Märchenfee, die bislang geschwiegen hatte. »Cindy hatte nicht den Hauch einer Prinzessin an sich und auch nicht den klugen Verstand einer Cinderella. Selbst das Umfeld stimmte nicht. Nicht jede Märchengestalt kann ihr Schicksal erfüllen.«

»Warum habt ihr mir das denn nicht gesagt?«, flüsterte ich fassungslos. »Warum seid ihr einfach abgehauen?«

»Es wäre unhöflich gewesen, dich zu bevormunden.«

»Unhöflicher, als mich ans Messer zu liefern?«

»Du hättest auch recht haben können. Deine Cinderella hat es schließlich bis zum Ball geschafft und darf jetzt mit einem Prinzen einen ganzen Tag verbringen. Vielleicht wird sie doch noch in die Königsfamilie einheiraten und alles wird gut?«

Eine kurze Stille beherrschte den Raum, dann redeten alle durcheinander.

»Es gibt drei Aufgaben zu erfüllen«, verschaffte sich die älteste Märchenfee Gehör. »Drei Aufgaben, die anders sind als in jeder Cinderella-Geschichte. Natürlich gibt es stets Abweichungen, aber *drei* Aufgaben ist kein gutes Zeichen. Es hat neues Märchenpotenzial.«

Ein kollektives Aufkeuchen hallte durch den Saal.

»Du hast deine Aufgabe in drei Minuten dreiunddreißig erledigt?«, hakte sie unbarmherzig nach.

Ich nickte kleinlaut.

»Und der Prinz hat dich auserwählt?«

Wieder nickte ich noch kleinlauterer.

Die alte Märchenfee atmete tief ein. »Dann haben wir es hier mit einem neu entstehenden Märchen zu tun. Und unsere Märchenfee ist eine handelnde Märchenfigur.«

»Nein«, protestierte ich schnell. »Bin ich nicht.«

»Doch, das bist du. Die Frage ist, ob du eine gute oder böse Figur bist.«

Mir traten Tränen in die Augen. »Ich bin eine Märchenfee.«

»Aktuell gibst du dich als jemand anderes aus und bist zuvor eine böse Stiefmutter gewesen. Das sieht nicht gut für dich aus.«

Der Satz erschütterte auch noch den letzten Rest Selbstbewusstsein in mir. Kraftlos landete ich auf dem Tisch und blieb dort wie betäubt sitzen. Die Märchenfeen rechts und links von mir rückten ein wenig von mir fort, als hätte ich eine ansteckende Krankheit. Eine Märchenfigur! Das war ihnen unheimlich.

»Sollte sie der Antagonist sein, müssen wir herausfinden, wen wir vor ihr zu beschützen haben«, warf eine Märchenfee ein.

Zu meinem Entsetzen nickten alle beipflichtend, bis jemand piepste: »Und was ist, wenn sie die Prinzessin ist? Dann müssten wir ihr helfen.«

Mir schwirrte der Kopf von all den Möglichkeiten. Keine einzige gefiel mir. Das war alles noch viel schlimmer als befürchtet. Und jetzt? Am liebsten wäre ich geflohen. Ganz weit weg. Seltsamerweise zog es mich zu Lucillas Häuschen, wo ich mich am wohlsten fühlte. Hier hatte ich immerhin die letzten Jahre gewohnt. Es war zu meinem Zuhause geworden.

Ich überlegte ernsthaft, ob ich verduften sollte. Nein, das hatte ich im Schloss getan und war in einen noch schlimmeren Schlamassel geraten. Ich musste mich dieser Sache stellen wie eine richtige potenzielle Prinzessin.

»Was soll ich denn jetzt tun?«, rief ich in die Runde – und zwar so laut, dass mich wirklich alle hörten. Ich erhob mich wieder in die Luft, um einen besseren Überblick zu behalten. »Soll ich hierbleiben und mich raushalten? Für euch würde ich das tun. Oder zurückgehen und mich rausprüfen lassen? Kämpfen?«

Schweigen. Danach leises Gemurmel. Jede Märchenfee hatte eine andere Meinung zum Ausgang der Geschichte.

»Ich denke, du musst zurück«, beschied die alte Märchenfee. »Warte die nächste Prüfung ab. Vielleicht kristallisiert sich dann heraus, welchen Charakter du hast.«

Ich schluckte. Zum ersten Mal in meinem Leben konnte ich nicht nach Märchenvorlage handeln, sondern musste selbst entscheiden. Ein unheimlicher Gedanke. »Und was wird aus meiner Cindy? Aus Anna und Emma?«

Die Märchenfeen zuckten mit den Achseln. »Cinderella ist weiter im Rennen um die Gunst von Prinz Andreas. Sie könnte sogar noch das Herz des Kronprinzen erobern. Vielleicht ist die Märchenfee nur eine ungewöhnliche Nebenhandlung.«

»Der Meinung bin ich auch«, sagte die Vorsitzende des Prüfungsausschusses. Als ich sie sah, rutschte mir mein Herz bis zum kleinen Zeh. Ich konnte einpacken. Die Prüfung war verloren. Zu meiner Überraschung wirkte die

kluge Fee eher wissenschaftlich interessiert als prüfungs-
vernichtend zornig. »Wir müssen allerdings einsehen: Das
hier ist keine Cinderella-Geschichte. Es gibt keine böse
Stiefmutter – zumindest nicht die vorhergesehene – und
kein Schuhdrama. Die Tauben haben sich geweigert, Cinderella zu helfen, von der Sache mit dem Bäumchenschüt-
teln ganz zu schweigen. Es gab kein Traumkleid für Cindy.
Das hier wird eine andere Geschichte. Neu und spannend.
Ich bin ganz sicher, dass Cindy zwar keine Cinderella ist,
wohl aber die Prinzessin.« Jetzt sah sie mich scharf an. »Du
hingegen scheinst der Bösewicht der Geschichte zu werden, daher halte dich zurück. Du darfst auf keinen Fall den
Prinzen abbekommen. Stellt euch nur vor: Eine Märchenfee
schnappt der wahren Prinzessin die Liebe ihres Lebens vor
der Nase weg.«

Erneut keuchten alle Anwesenden kollektiv auf. Sogar
ich machte mit. Dann wurde mir bewusst, was ich da tat
und stemmte entrüstet die Hände in die Hüften. »So etwas
würde ich niemals tun.«

»Das hast du schon. Du hast die erste Aufgabe gewonnen.«

»Versehentlich!«

»Dann streng dich mehr an, zu versagen. Dieses Märchen
hat Sprengstoffpotenzial. Ihr bekamt drei Aufgaben, und
die erste wurde in drei Minuten dreiunddreißig erledigt.
Hier braut sich etwas anderes zusammen. Wir müssen acht-
geben, dass es kein zu grausames Schreckmärchen wird.
Sonst muss nachher ständig wie bei Hänsel und Gretel eine
arme Hexe sterben. Das haben wir damals verbockt und
darf nicht noch mal geschehen. Für dich gilt jetzt: kein Zaubern. Keine Gute-Fee-Aktionen. Du musst dich menschlich
verhalten, damit sich das Märchen entfalten kann. Auf keinen Fall darfst du den Prinzen ergattern. Das ist unnormal

und deutet auf ein Schreckmärchen hin. Die böse Schwiegermutter, verkleidet als Fee, bekommt den Prinzen. Da gruselt es mich direkt.«

»Ich *will* keinen Prinzen heiraten, eine Prinzessin werden oder habe vor, auf die böse Seite zu wechseln«, quiekte ich erschrocken. »Ich will eine Märchenfee bleiben!«

»Märchenfee«, sagte die älteste der Märchenfeen. »Das hast du selbst zu verantworten. Jetzt müssen wir sehen, wie wir unseren Berufsstand aus diesem Schlamassel rausbekommen. Das bedeutet für dich erst mal, dass du keine Märchenfee mehr sein kannst.«

»Und wer passt dann auf Cindy und Anna und Emma und Lucilla auf?«

»Die müssen allein klarkommen. Zumindest so lange, bis wir Klarheit gewonnen haben. Märchenfee und Märchenfee.« Die älteste Märchenfee sah zwei meiner Kolleginnen an. »Ihr zwei übernehmt ab sofort den Schützling dieser Märchenfee. Ihr seid jetzt die neuen Märchenfeen. Der betroffenen Märchenfee entziehen wir das Prüfungsmandat und verbieten ihr das Zaubern, bis wir klarer sehen.«

Nein! Wie vom Donner gerührt starrte ich den Feenrat an und tat dann das Einzige, was mir übrig blieb: Ich machte, dass ich aus diesem Irrenhaus verschwand.

Ein Abend als potenzielle Prinzessin

Ich kam in unserem Zimmer im Schloss heraus und fand Cindy und Anna auf meinem Bett vor. Die beiden klammerten sich aneinander und weinten sich die Augen aus. »Wer ist gestorben?«, fragte ich alarmiert und nahm dabei am Rande wahr, dass ich ganz selbstverständlich wieder Menschengröße angenommen hatte und meine dunkelgrüne Pluderhose mit der Rüschenbluse und den Fellschluffen trug, jene Kleidungsstücke, die ich ganz zu Anfang auf der Kutsche zusammengesucht hatte. Offenbar verband die Magie diese Sachen mit meinem menschlichen Aussehen. Verrückt. Wenigstens funktionierte sie noch so weit, dass ich mich überhaupt verwandeln konnte und sie mir Kleidung verpasste.

Anna quiekte auf, als sie mich erblickte. Schon lag sie in meinen Armen und schniefte mir ins Ohr. »Wir dachten, du wärst fortgegangen«, schluchzte sie. »Wir dachten, wir hätten dich vertrieben und müssten jetzt ganz allein klarkommen.«

»Nicht ganz«, sagte ich schwach. »Aber nah dran.«

Anna trat einen Schritt zurück und musterte mich besorgt. »Was ist los, Märchenfee?«

»Märri. Ich heiße ab sofort nur noch Märri. Der Feenrat hat soeben beschlossen, dass ich nicht mehr länger für Cindy zuständig bin. Ich glaube, er hat mich sogar entfeeifiziert. Falls es das überhaupt gibt. Vielleicht bin ich auch nur keine offizielle Märchenfee mehr oder ... ach, ich weiß es einfach nicht. Ich weiß nur, dass es schrecklich ist.«

So also sah es aus, wenn jemandem buchstäblich alles aus dem Gesicht fiel. Anna sah dabei sogar noch verhältnismäßig liebreizend aus. Schließlich klopfte Cindy neben sich aufs Bett. »Erzähl«, forderte sie mich auf.

Ich tappte niedergeschlagen zu ihr, und sie nahm mich in die Arme. Ein seltsames Gefühl. Erschrocken machte ich mich von ihr los. »Ich habe dich nie in die Arme genommen«, sagte ich.

»Natürlich nicht. Du warst schließlich in der Rolle der fiesen Stiefmutter gefangen.«

»Ich war *nicht* die böse ... oder? Nein ... ja ... wie schrecklich.«

Ich vergrub mein Gesicht in den Händen und weinte. Ja, wirklich! Ich weinte zum ersten Mal in meinem ganzen Leben. Wie immer perlten bei uns Feen dabei funkelnde Diamanten aus meinen Augenwinkeln. Wenigstens dazu war ich noch imstande. Ein wenig Fee steckte wohl weiterhin in mir. Feentränen waren etwas ganz Besonderes, nur beachtete sie momentan niemand. Anna und Cindy nahmen mich besorgt in die Mitte und trösteten mich, bis ich mich einigermaßen wieder im Griff hatte.

»Ich bin froh, dass du nicht mehr meine Märchenfee bist«, sagte Cindy in meine abgehackten Schluchzer hinein.

»Cindy, jetzt ist langsam gut. Dreh nicht das Messer in der Wunde um.«

»So meine ich das gar nicht. Wenn Märri nicht mehr meine Fee ist, muss sie mir nicht ständig vorbeten, was ich kann oder nicht. Sie muss sich an keine Märchengesetze halten und mich auf nichts vorbereiten. Das wird vieles einfacher machen. Ich mag dich nämlich, Märri. Also dich als Märri. Nicht als Märchenfee.«

»Ich mag auch die Märchenfee«, warf Anna ein.

»Wirklich?« Cindy klang bedenkenswert ungläubig.

»Na klar! Ich war stets neidisch auf dich. Du hattest zu jeder Zeit jemanden, der sich um dich gesorgt hat. Der dir geholfen hat. Der an deiner Seite war. Das ist total toll.«

»Vor allem ist es anstrengend.«

»Du bist zu hart zu deiner Fee. Sie hatte nur dein Bestes im Sinn.«

Ich nickte fleißig. »Ich wollte dich nie quälen.«

»Aber ich war auch nie gut genug für dich. Egal! Damit ist jetzt Schluss. Wenn du nicht mehr die Märchenfee bist, bin ich auch nicht mehr länger Cinderella.« Ich wollte dieses Missverständnis rasch aufklären, denn da warteten zwei neue Feen auf sie, die sie auf ein anderes Märchen als das der Cinderella vorbereiten wollten. Letztlich verkniff ich mir eine entsprechende Bemerkung, denn Cindy war so schön in Fahrt. »Anna, Märri! Ich habe mich entschlossen. Ich nehme mein Leben selbst in die Hand.«

Wir starrten sie schweigend an und warteten auf das große Finale, nur kam da nichts. »Und das heißt? Was hast du vor?«, hakte Anna vorsichtig nach.

»Weiß ich nicht. Das muss ich mir erst noch überlegen. Zunächst werde ich mich mit dem Prinzen treffen und herausfinden, ob er für meine Schwester gut genug ist.«

»O Cindy.« Anna fiel Cindy um den Hals, indem sie sich quer über mich warf und mir dabei den Ellbogen ins Gesicht stieß. Ich ignorierte das ganz einfach. Stattdessen umarmte ich meine beiden Liebsten und freute mich mit ihnen.

Bis mir klar wurde, was das bedeutete.

Wenn Cindy ihr Leben selbst in die Hand nahm, musste ich das auch tun. Aber was wollte ich damit anfangen? »Die Feen haben mir verboten, den Prinzen zu erobern«, sagte ich leise.

»Du magst ihn ohnehin nicht so richtig, selbst wenn ich mich mittlerweile frage warum. Er ist zwar unheimlich, doch durchaus charmant und hat was an sich. Etwas Verwegenes. Erotisches.«

Das waren ganz neue Töne aus Cindys Mund. Sofort schöpfte ich Mut für meinen von Anfang an gefassten Plan. »Ich weiß jetzt, worauf das hier hinausläuft«, sagte ich eifrig. »Ich bin garantiert die Böse in der Geschichte. Erst habe ich dich, liebe Cindy, unterdrückt, um dein Selbstwertgefühl zu zerstören. Anna habe ich eingeredet, dass sie zu etwas Schlechtem geboren wurde. Und jetzt will ich auch noch den heiratswilligen Prinzen ganz für mich allein. Folglich gilt es das zu verhindern. Cindy! Du musst mich stoppen und Prinz Michael für dich erobern, bevor ich das tun kann. Das ist die einzig schlaue Lösung.«

»Nein, bitte nicht. Ich finde den Prinzen sexy. Mehr nicht. Lass mich wieder zurück zum Ziegenhirten.«

»Aber Anna hat sich in Prinz Andreas verguckt. Wer erobert dann Prinz Michael, wenn du es nicht tust? Vergiss nicht: Er ist reich, sympathisch und kann unsere Familie vor dem Ruin retten.«

»Wenn du es so sagst …«

»Also abgemacht. Du eroberst Prinz Michael und Anna Prinz Andreas. Ich hingegen scheide aus, so schnell es geht.«

Die zwei sahen mich zweifelnd an.

Es klopfte an der Tür. Ehe wir antworten konnten, schwang sie auf und der Protokollzwerg stand auf der

Schwelle. »Seid Ihr umgezogen?«, fragte er mit zusammengekniffenen Augen.

»Nein. Gib uns noch zehn Minuten«, antwortete ich und zog meine beiden Mädchen hinter mir her. Wir rannten den Zwerg regelrecht um und stürmten kichernd den Gang entlang zum Umkleideraum der königlichen Hofdienerinnen. Dort kleidete ich die beiden in die schönsten Gewänder, die ich finden konnte. Ich selbst entschied mich für ein rosafarbenes Tüllmonster, das einem Mann von Welt ganz bestimmt nicht gefallen konnte.

»Prinz Michael und ich treffen uns auf dem Innenhof, um von dort zu unserer Spätnachmittagsplanung aufzubrechen. Ihr zwei begleitet mich dorthin. Wenn er euch in euren wunderschönen Kleidern sieht, wird er entzückt sein.« Ehe Cindy und Anna protestieren konnten, hatte ich sie schon aus dem Ankleideraum, über den Gang und rüber zum bereits erwähnten Innenhof geschleppt. Dort platzierte ich sie so, dass das Licht besonders vorteilhaft auf ihre jeweilige Schokoladenseite fiel. Erst anschließend bemerkte ich, dass ich weiterhin meine Fellschluffen trug und mein Kleid hoffnungslos durch den Matsch zog. Egal. Ich war hier nicht wichtig, sondern meine Begleiterinnen.

Hufgetrappel erklang. Zwei Pferde trotteten um die Ecke, so wunderschön und erhaben, wie es nur Vollblüter sein konnten. Ihr Fell glänzte in der Abendsonne wie poliert. Auf dem schwarzen saß Michael, auf dem fuchsfarbenen Andreas. Beide stutzten, als sie uns bemerkten. Vermutlich, weil hier eine zu viel stand.

»Er hat nur Augen für dich«, murmelte Anna in meine Richtung.

Das stimmte. Michaels Blick hatte sich regelrecht an mir

festgesogen. »Das liegt am Kleid«, erklärte ich im Brustton der Überzeugung. Ich erinnerte schwer an ein gezuckertes Sahnebaiser mit rosafarbenem Überzug.

Die beiden Prinzen zügelten ihre Pferde und lächelten zu uns herab. Prinz Andreas schwang sich umgehend aus dem Sattel und verbeugte sich vor jeder von uns. Mir fiel durchaus auf, dass er bei Anna etwas länger verharrte und ihr sogar einen Handkuss gab.

Erst dann bemerkte ich die Hand, die vor meinem Gesicht baumelte. »Wollen wir?«, fragte Michael vom Pferd herab.

Ich machte große Augen. »Ich soll zu dir raufkommen? Im Leben nicht. Ich kann nicht reiten.«

»Ich dafür umso besser. Vertrau mir. Vor mir im Sattel bist du sicher.«

»Auf keinen Fall.«

»Dann sitz halt hinten.«

»Glaub nicht, dass ich mich hysterisch an dir festklammere. Das kannst du vergessen. Ich gehe zu Fuß. Oder ...« Mein Gesicht hellte sich auf. »Du könntest Cindy mitnehmen. Sie reitet gern und ist Zweite geworden. Anna könnte Andreas Gesellschaft leisten.«

»Ich bin in meinem ganzen Leben noch nie geritten«, protestierte Cindy.

»Hör nicht auf sie«, versuchte ich zu retten, was zu retten war. »Sie ist nur bescheiden.«

Michael sah mich zwei Sekunden mit völlig ausdruckslosem Gesicht an, dann packte er unvermittelt mein Handgelenk und zog mich mit einer bemerkenswert unangestrengten Bewegung zu sich aufs Pferd. Leider nicht rittlings, sondern quer über seine Beine, sodass ich wie ein Mehlsack drüberhing.

»Lass mich runter, du ungehobelter Kerl«, fluchte ich und

verstummte, als das Pferd angaloppierte. Mein Magen tat ab diesem Moment seltsame Sachen. Ich würgte trocken.

»Wer ist hier ungehobelt? Wir hatten eine romantische Verabredung. Was machst du? Du versuchst mir deine Kumpanin aufzudrängen. Wer tut so etwas?«

Ich konnte nicht antworten, denn mein Mageninhalt wurde mir durch die Bewegungen des Pferdes unangenehm in die Speiseröhre gedrückt. Zusätzlich zur ungemütlichen Position kämpfte ich nun auch noch gegen Seekrankheit an.

»Wenn du mir versprichst, dich zu benehmen, setze ich dich ordentlich aufs Pferd.«

»Du Fiesling!« Ich strampelte, aber das nützte nichts. Letztlich gab ich auf. »In Ordnung. Hilf mir auf.«

Der Prinz zügelte das Pferd und sorgte dafür, dass ich meinen Körper aufrichten konnte. Vermutlich waren meine Haare jetzt genauso fluffig wie mein Kleid und mein Gesicht mindestens genauso schweinchenrosa. Wenigstens bekam ich wieder Luft. Ich ächzte leise. Dann wurde mir bewusst, dass ich halb auf Michaels Schoß saß. Unverzüglich begann ich zu zappeln und rettete mich schließlich mit einem tollkühnen Sprung auf den Boden, wo ich prompt auf die Nase flog.

Michael kommentierte das mit einem tiefen Seufzen. »Wo ist das Problem, Märri?«, fragte er genervt. »Ist es so schlimm, einen Abend mit mir zu verbringen?«

»Das nicht, nur möchte ich gern selbst entscheiden, mit wem ich mich verabrede. Dass ich durch Schiebung einen Wettbewerb gewonnen habe und dadurch zu dieser Verabredung gekommen bin, ist eher peinlich.« Ich rappelte mich auf und zog mir das Tüllkleid nach unten. Gras und Blätter hatten sich darin verfangen.

Michael stieg von seinem hohen Ross, sodass wir uns

endlich halbwegs auf Augenhöhe befanden. Gut. Er war eineinhalb Köpfe größer als ich, eine Nebensächlichkeit, für die er nichts konnte. Der Wille zählte. Er sah mich mit schief gelegtem Kopf an. »Es war keine Schiebung, dass du den Wettbewerb gewonnen hast.«

»War es wohl. Mein Kunstwerk war das hässlichste von allen.«

»Aber ich wollte mich gern mit dir verabreden und fand es deshalb besonders schön.«

»Und wenn es jemand anderes gemacht hätte? Was dann?«

Er lachte in seiner typisch herablassenden Weise. »Das Teil schrie nach Märri. Ich war mir absolut sicher. Daher kannst du dir auch sicher sein, dass ich mich ausschließlich mit dir verabreden wollte.«

Oh. Wenn man das so betrachtete ... »Das schmeichelt mir natürlich«, gab ich zu. »Es ist nur leider so, wie es ist. Ich bin an keiner romantischen Beziehung interessiert.«

Michael wartete, bis ich endlich vom Gras zu ihm hochblickte, und sah mir so intensiv in die Augen, dass ich mich unruhig zu bewegen begann. »Du lügst«, stellte er fest.

Ich spürte, wie mir die Röte ins Gesicht schoss. »Woher willst du das wissen?«

»Weil du mich magst. Du bist nur zu stolz, das zuzugeben. Außerdem willst du mir aus einem mir unbekannten Grund deine Freundin aufquatschen. Nein, sag jetzt nichts. Lassen wir das Thema vorerst ruhen. Stattdessen sollten wir den Tag genießen. Schau! Es ist schon alles vorbereitet.«

Er deutete auf einen Hügel mit saftig grünem Gras. Gelbe Butterblumen und weiße Margariten buhlten um das Auge des Betrachters. Dazwischen flog der Samen von übergroßen Pusteblumen umher. Sie erinnerten an Seifenblasen oder an faustgroßes Konfetti. Unter zwei wunderschön gewachsenen Apfelbäumen stand ein Tisch mit weißer Decke, natürlich ebenfalls mit Blumen dekoriert. Die zwei dazu passenden Stühle waren mit Hussen verhüllt. Direkt hinter diesem Arrangement schloss sich ein buntes Tulpenfeld an, das sich bis zum Horizont erstreckte.

»Ich hab eine Pollenallergie«, sagte ich spontan. Allein die Wiese schwitzte Romantik aus jeder Pore beziehungsweise Polle. Von dem hübsch gedeckten Tisch ganz zu schweigen.

Michael ignorierte mich natürlich und zog mich vorwärts. Ich stapfte wenig damenhaft hinter ihm her, während das Pferd grasend zurückblieb.

Wie sollte ich denn bitte verhindern, dass ich mich in den Prinzen verliebte, wenn er solche Sachen arrangierte? Allein der Blick, mit dem er mich jetzt bedachte, verwandelte meine Beine in Wackelpudding und meinen Willen, ihn auf Abstand zu halten, in Asche.

Er zog mir höflich den Stuhl zurück, damit ich mich setzen konnte. Ich blieb beharrlich stehen. Vor allem, weil ich soeben die Armee an Dienern erblickte, die mich allesamt anstarrten. Ach herrje.

»Was hast du noch geplant?«, fragte ich misstrauisch.

»Das ist unser Abend, um uns kennenzulernen.«

»Ich bin keine Romantikerin«, log ich, woraufhin ich auf das Zwicken meiner Magie wartete, doch das blieb aus. Nanu? Was war das? Ein fürchterlicher Verdacht kam in mir auf. Meine Magie! Hatte der Feenrat etwas damit angestellt, damit ich wirklich nicht mehr zaubern konnte? Mich selbst verwandeln ging noch, doch das war seit jeher eine andere Sache in Bezug auf Magie.

Michael bemerkte wohl, dass ich blass geworden war. Er drängte mich rasch auf den Stuhl und schenkte mir Wasser ein. Dann hockte er sich neben mich und nahm sogar meine Hand. Erst dachte ich, das sei romantischer Natur, aber nein. Er fühlte lediglich meinen Puls.

»Du hast wirklich eine Panikattacke«, sagte er entsetzt. Die Fassungslosigkeit in seinem Gesicht ließ ihn unverschämterweise noch attraktiver aussehen. Erwachsener. Männlicher. »Wegen eines hübsch gedeckten Tisches und ein wenig Romantik?«

»Du allein machst mir Angst. Das geht mir alles zu schnell. Ich will nicht heiraten, auch wenn du eine gute Partie bist.«

Seine Züge wurden weicher. Er berührte mich kurz an der Schulter, als wollte er sich rückversichern, dass es mir gut ging. Dann zog er sich den Stuhl von gegenüber heran und setzte sich neben mich. Ein Diener trat hinter dem Apfelbaumstamm hervor, doch Michael verscheuchte ihn mit einem Wink. Stattdessen schenkte er mir Kaffee ein und schob mir ein gigantisches Stück Torte auf den Teller. »Iss. Zucker hilft dir vielleicht über den Schock hinweg.« Er lachte leise in sich hinein. »Mir ist es schon passiert, dass Damen bei meinem Anblick in Ohnmacht gefallen sind. Das fand ich schon schräg. Diese Situation hingegen ist noch mal eine Nummer seltsamer.«

Ich schob mir einen riesigen Bissen vom Kuchen in den Mund, um nicht antworten zu müssen. Wenn du wüsstest, wie schräg das wirklich ist, dachte ich stumm. Du sitzt hier neben der Märchenfee, die dich eigentlich mit ihrem Schützling verkuppeln sollte.

»Was kann ich tun, damit du dich wohler fühlst?«, fragte Michael, nachdem er selbst einen Happen vom Kuchen genascht hatte. Von meinem Kuchenstück, wohlgemerkt.

»Nicht so perfekt sein?«, schlug ich zaghaft vor.

Er lachte mich wieder schamlos aus. »Dagegen bin ich machtlos.«

»Dann müssen wir diesen Tag entromantisieren. Sonst überstehe ich ihn nicht.«

»Du bist schon ein komischer Kauz, Märri.«

»Ich weiß. Du allerdings auch. Das ist mein Kuchen! Nimm dir gefälligst dein eigenes Stück.«

Ich zog meinen Teller aus seiner Reichweite und musste mit ihm lachen. Die Anspannung zwischen uns verpuffte sofort, und eine Weile alberten wir fröhlich herum. Dann fiel mir die Lösung unseres Problems ein. Ich stand auf, ging zu den wartenden und etwas konsterniert blickenden Dienern und schickte einen von ihnen zurück zum Schloss, um etwas für mich zu holen. Danach guckten die restlichen zwölf Diener noch konsternierter. Mir war das egal. Ich setzte mich hochzufrieden neben Michael und vertilgte das dritte Stück. Keine Märchenfee mehr sein zu dürfen machte hungrig.

Der Diener kehrte zurück und legte linkisch ein Spielbrett auf unseren Tisch. Ich räumte die Kuchenteller zur Seite, damit wir Platz hatten.

»Du weißt, dass ich eigentlich noch eine romantische Bootsfahrt und ein gemütliches Picknick mit Sonnenuntergang geplant hatte?«, fragte Michael, während er mich bei meinen Vorbereitungen beobachtete.

»Mag sein. Ist mir nur egal. Erst spielen wir.«

»Was denn?«

»Das unromantischste Tischspiel, das es gibt. Mensch ärgere dich nicht. Du fängst an, und glaub ja nicht, ich lasse dich gewinnen, weil du ein Prinz bist.«

Er lachte laut, nahm den Würfel aus meiner Hand und umfasste sie frech, obwohl das gar nicht nötig gewesen wäre. »Du bist eine spannende Persönlichkeit.«

»Und du ein Prinz, den ich gleich schlagen werde. Los!«

Also spielten wir eine sehr lange und sehr blutige Partie Mensch ärgere dich nicht. Wir schenkten uns wahrlich nichts, und durch das viele Fluchen verflog auch der letzte Rest Romantik an diesem Tisch. Ich hatte einen Heidenspaß und Michael ebenso. Nachdem ich ihn knapp geschlagen hatte, verlangte er eine Revanche, die ich ihm huldvoll gewährte. Diesmal verlor ich haushoch.

»Noch eine letzte Runde. Der Gewinner entscheidet über den Rest des Abends«, sagte er. Logisch, dass ich alles gab, doch kurz vor dem Ziel kickte er mein letztes Püppchen aus dem Rennen und schaffte es selbst ins Häuschen.

»Dann lass uns mal Bootfahren gehen«, sagte er zufrieden, stand auf und zog mich auf die Beine. Ich gehorchte brav und folgte ihm zu einem Teich, den ich dank des Hügels noch nicht bemerkt hatte.

Wasserrosen blühten zartrosa, Schilf raschelte in der sanften Brise und weiße Schwäne zogen ruhig ihre Bahnen. Es war ein Postkartenmotiv. Der perfekte Ort, um jemanden rumzukriegen.

»Gut geplant«, lobte ich meinen Prinzen und hüpfte bereits ins Ruderboot, bevor er mir galant hineinhelfen konnte. Rasch setzte ich mich auf den Platz mit den Ruderstangen und hielt Michaels belustigtem Blick stand. »Ich rudere, damit das hier nicht zu kitschig wird.«

Der Prinz akzeptierte meinen Einwand, machte die Leinen los und setzte sich auf den Platz, der eindeutig für mich vorherbestimmt gewesen war. Rosenblätter lagen auf dem hölzernen Sitz, plus Spitzensonnenschirm.

Er lehnte sich vergnügt gegen die schmale Bootskante und beobachtete, wie ich mich mit den Rudern abmühte. »Hast du das schon mal gemacht?«

»Sei still. Ich muss mich konzentrieren. Das ist kniffliger als gedacht.« Nachdem wir zwei-, dreimal den Steg gerammt hatten, bekam ich ein Gefühl für meine Aufgabe. Wir entfernten uns im Schneckentempo vom Ufer und drehten uns danach lediglich im Kreis. Ich schimpfte leise vor mich hin.

Michael spannte gelassen den Sonnenschirm auf und machte es sich bequem. »Du ...«

»Wehe, du kommandierst mich rum. Konzentrier dich gefälligst auf deine eigene Aufgabe.«

»Die da wäre?«

»Hübsch aussehen, rumseufzen und mich anschmachten. Wie es eben von einer richtigen Prinzessin erwartet wird.«

Er lachte und ertrug es tatsächlich eine kleine Ewigkeit, dass ich wie ein betrunkener Seemann im Kreis paddelte. Dann beugte er sich entschlossen vor, um mir ein Ruder aus der Hand zu nehmen. Ich entzog es ihm in letzter Sekunde. Als er nicht lockerließ, begannen wir miteinander zu rangeln, bis das Boot gefährlich ins Wanken kam.

»Finger weg«, schimpfte ich mit ihm. Leider entglitt mir das eine Ruder, und auch Michael versäumte es, es festzuhalten. Mit einem Platsch fiel es ins Wasser und schwamm fröhlich wippend von uns fort. »Na toll. Das hast du super hinbekommen.«

»Ich? Du hast das Ruder nicht festge... Vorsicht!«

Ich hatte uns präzise genau in ein Gebüsch mit wunderschön blühenden Blüten manövriert. Die Äste schrammten am Boot entlang. Ein Knarren ertönte, danach das Geräusch von splitterndem Holz. Wasser blubberte durch ein winziges Loch ins Boot.

Michael seufzte. »Du hast uns ernsthaft auf Grund gesetzt.«

»Hier. Rette uns!« Ich hielt ihm auffordernd das verbliebene Ruder entgegen.

»Wie denn? Das Boot steckt fest.« Michael nahm trotzdem das Ruder und wollte mich von meinem Platz verscheuchen, aber ich weigerte mich, ins hintere Teil des Bootes auszuweichen. Da war es nass. Wir drückten uns daraufhin aneinander vorbei, damit wir die Plätze tauschen konnten. Dabei kam ich ihm natürlich viel näher als geplant.

Zum ersten Mal roch ich ihn. Er duftete gut. Nach frischer Luft und etwas Blumigem. Vermutlich nach der Wiese, durch die wir gelaufen waren.

Das Boot wankte heftiger denn je. Michael hielt mich ganz instinktiv an der Hüfte fest, damit ich nicht über Bord purzelte. War das Triumph in seinen Augen? Er sah mich von oben herab so seltsam an. Seine Augen glitzerten übermütig, die Hand lag definitiv viel zu lange auf meinem Rücken, und irrte ich mich oder zog er mich absichtlich etwas näher an sich heran?

Um diesem viel zu verführerischen Griff zu entkommen, ließ ich mich nach hinten plumpsen und landete recht unsanft auf der vorderen Bank. Der auf dem Boden liegende Schirm war mittlerweile nass, genau wie meine Schuhe und Strümpfe.

»Das Boot läuft voll«, informierte ich Michael nüchtern.

»Sag mir was Neues.« Er mühte sich mit dem Ruder ab und versuchte, das Boot vom Ufer abzustoßen, allerdings hielt uns das Gebüsch weiter tapfer gefangen. Er testete verschiedene Winkel, um sich mit dem Ruder abzustoßen. Nichts half. »Ich glaube …« Er unterbrach seinen Satz, als er mich bemerkte.

Ich hatte mir meine Schuhe ausgezogen und war gerade dabei, mir das Kleid über den Kopf zu ziehen.

»Was tust du da?«, fragte er entsetzt.

»Ich bereite mich auf eine Partie Schwimmen vor. Das Boot geht unter.«

»Nicht, wenn ich es verhindern kann.« Zur Untermalung seiner Worte knackte es lautstark, und eine kleine Fontäne blubberte ihm vom Boden aus entgegen. »Na gut. Das Boot geht unter.«

»Sag ich doch.« Ich stand auf der Sitzbank, um so lange es ging nasse Füße zu vermeiden. Langsam bekam das Bötchen Schlagseite. Es war nur eine Frage der Zeit, bis wir unter Wasser lagen. Ich musterte den Busch, der uns gefangen hielt. An der Stelle kamen wir nicht an Land. Dazu war er zu dicht gewachsen und zu stachelig. Wir würden uns verheddern und untergehen. Daneben war das Seerosenfeld, das zwar nett aussah, aber gefährlich sein konnte. Froschtrolle wohnten gern unter solchen Bereichen und verteidigten ihre Seerosen bis aufs Blut. Ich hatte keine Lust, mich von einem erbosten Froschtroll unter Wasser zerren zu lassen. Blieb also nur der Steg. »Wie gut, dass ich uns noch nicht besonders weit gerudert habe«, stellte ich nüchtern fest. Dann atmete ich tief durch und sprang mit einem zumindest geplant eleganten Sprung ins Wasser. Es wurde ein Bauchplatscher. »Verdammt, ist das kalt«, prustete ich, als ich wieder auftauchte. Vor Schock hatten sich sämtliche meiner Muskeln verkrampft. Ich bekam die Gänsehaut meines Lebens.

»Der Teich wird von einem Gebirgsbach gespeist«, erklärte Michael. Er hüpfte in voller Montur neben mir ins Wasser und fluchte beim Auftauchen ähnlich wie ich. »Eins muss man dir lassen: Das war die unromantischste Bootsfahrt, die ich je erlebt habe.«

»Ich bin halt gründlich.« Ich grinste ihn frech an und

schwamm Richtung Ufer. Er folgte bibbernd und überholte mich dabei. Ich schwamm schneller. Er auch.

»Musst du aus allem einen Wettkampf machen?«, fragte er genervt. »Entspann dich mal.«

»Wie denn? Das Wasser ist dafür viel zu kalt.« Endlich waren wir am Steg angekommen. Ich bemühte mich, das Holz zu fassen zu bekommen. Vergebens. Ich war zu klein. Stehen ging auch nicht. Alles, was meine Füße berührten, war Schlick, der keinen Halt gab. Michael hingegen zog sich bereits elegant aus dem Wasser. Sein Hemd klebte ihm dabei an der Haut und zeichnete akribisch jede seiner Muskelpartien ab. Mir war bislang gar nicht aufgefallen, wie sportlich er aussah.

Er setzte sich auf den Steg, ließ die Beine baumeln und blickte auf mich runter. »Wieso willst du immer das Ruder in der Hand behalten? Bildlich und nicht bildlich gesprochen.«

»Musst du das wirklich ausgerechnet jetzt besprechen?« Ich hielt ihm meine Hand entgegen, damit er mich hochziehen konnte. Er ignorierte mich absichtlich und setzte eine strenge Miene auf.

»Ist deine Erziehung schuld, dass du grundsätzlich gewinnen willst?«

»Will ich gar nicht. Im Gegenteil. Ich muss dringend verlieren!« Ich hatte meine Hand wieder zurückgezogen und sah mich nach einer anderen Möglichkeit um, an Land zu gehen. Dieser Mistkerl ließ mich schmoren!

Ärgerlicherweise hatte ich seine Aufmerksamkeit ausgerechnet auf das gelenkt, was ich unbedingt verschweigen wollte. »Wieso musst du verlieren?«, hakte er unbarmherzig nach.

Ich blieb ihm die Antwort schuldig, denn ich hatte einen

Bereich am Ufer entdeckt, an dem ich an Land klettern konnte. Kaum hatte ich Boden unter den Füßen, bereute ich das. Mücken stoben von den Pflanzen auf, die am Wasser wuchsen. So viele, dass ich bald von einer schwarzen Wolke bedeckt war. Kreischend stürmte ich zurück ins Wasser und tauchte unter, um die Viecher loszuwerden.

Michaels fieses Gelächter hörte ich sogar noch untergetaucht. Na warte! Der Teich war erstaunlich tief und ich eine gute Schwimmerin. Märchenfeen liebten das Wasser genauso wie das Fliegen. Also tauchte ich bis zum Steg, kam wie ein Hai an die Oberfläche und schnappte nach Michaels Fuß. Das Lachen verging ihm, als er neben mir ins Wasser fiel.

Wir balgten noch ein wenig herum, bis ich vor Kälte kaum noch meine Beine spürte. Meine Zähne klapperten so laut, dass Michael Mitleid mit mir hatte. Als er sich diesmal am Steg hochzog, half er mir danach ebenfalls raus. Tropfend und frierend standen wir uns gegenüber, bis ich die schwarzen Flecken auf seiner Haut bemerkte. Meine Augen weiteten sich vor Schreck.

»Sind das ... sind das Blutegel?«, rief ich entsetzt und starrte die schneckenartigen Wesen angeekelt an.

»Mist.« Michael hatte sie jetzt auch bemerkt und zog an einem. »Kaltwassersaugis. Sie kommen nur in besonders reinem Weiherwasser vor.«

»Bäääh.« Mich schüttelte es. Gleich darauf begann ich zu kreischen, als ich die Dinger auch an mir entdeckte. »Mach sie weg, mach sie weg.« Ich hüpfte wie eine Irre auf der Stelle und versuchte sie abzustreifen. Vergebens. Zu gern hätte ich sie weggezaubert, aber das wäre zu auffällig gewesen. Außerdem war ich mir längst nicht mehr sicher, ob ich das überhaupt noch konnte. Der Feenrat musste meine

Magie blockiert haben. Zumindest fühlte ich sie nicht mehr in mir.

Michael fing meinen herumhüpfenden Körper ein und dirigierte mich sanft Richtung Tisch. »Wir bekommen die Dinger nur mit Feuer ab. Komm.« Tropfend und bibbernd liefen wir zum Baum, wobei der Prinz frech einen Arm um meine Schulter gelegt hatte. Vermutlich, um mich zu wärmen. Oder warum sollte er das sonst tun?

Der Tisch war verschwunden, stattdessen lag dort eine Decke auf dem Boden mit ganz vielen Kissen darauf. Ein weißer Baldachin flatterte über unseren Köpfen. Kerzen waren drum herum arrangiert, genau wie Obstschalen und Krüge mit Saft, Wein und Wasser.

Ich schnappte mir kommentarlos eine Kerze und hielt die Flamme an den Saugi. »Wer gibt so hässlichen Viechern so niedliche Namen?«, fragte ich und fluchte ausgiebig, als ich mich verbrannte. Wenigstens ließ das Vieh los und plumpste zu Boden. Es hinterließ eine feuerrote Stelle auf der Haut, die mit winzigen Blutpunkten übersät war.

Meine Gänsehaut verstärkte sich jetzt nicht nur wegen der Kälte.

Michael nahm mir vehement die Kerze aus der Hand. »Setz dich. Ich mach das, bevor du dir überall Brandwunden zufügst. Hier. Eine Decke.« Er wickelte mich darin ein, zwang mich auf den Boden und kümmerte sich danach um meine von Saugis übersäten Arme.

Ich ließ das etwa drei Sekunden zu, bevor mir bewusst wurde, was er da tat. »Ich muss nicht wie eine Prinzessin in Nöten gerettet werden. Das kann ich auch allein.« Entschlossen pflückte ich ihm die Kerze aus der Hand, doch als ich den Saugi näher betrachtete, drehte sich mir beinahe der Magen um. »Nein, besser nicht. Du musst das machen.«

Michael drückte mir ein Schnapsglas in die Hand. »Trink. Du bist bleich wie ein Gespenst.«

Ich stürzte den Schnaps runter und hielt danach zitternd still, bis Michael mir die ekligen Dinger von der Haut geflämmt hatte. »Das ist wahrhaftig das schlimmste Kennenlernen aller Zeiten«, brachte ich zwischen meinen klappernden Zähnen hervor. »Hey! An den Brüsten mach ich das selbst.«

»Fein. Hier.«

Die nächste halbe Stunde waren wir damit beschäftigt, uns zu entegeln. Es war eine erniedrigende, peinliche und durch und durch eklige Angelegenheit. Hinzu kamen die vielen Mückenstiche, und schon bald wusste ich nicht mehr, ob das Brennen oder das Jucken auf meiner Haut schlimmer war.

Ich entschied mich für Alkohol als Lösung. Ein Schnaps, ein Egel, ein Schnaps. Damit kam ich gut klar. Michael sah mir amüsiert dabei zu, bis ich ihn doppelt sah und nicht mehr sprechen konnte.

»Eigentlich wollte ich mit dir den Sonnenuntergang betrachten und mir dabei einen Kuss von dir stehlen«, sagte er leise.

»Dumm jelaufen«, nuschelte ich. »Prost!«

Nachdem der letzte Saugi losgelassen und von Michael entsorgt worden war, wühlte ich mich in die vielen Kissen und Decken und rollte mich zu einer kleinen Kugel zusammen. Mir war kalt, ich war betrunken, und das alles war mir schrecklich peinlich. Michael setzte sich neben mich, wobei er vermutlich nur einen kleinen Deckenhügel sehen konnte.

Ich brachte es ernsthaft fertig, einzuschlafen. Durch die Kälte, die Saugis und den Alkohol war ich völlig erschöpft. Als ich wieder erwachte, war es stockfinster um mich herum, und ein munteres Feuer prasselte am Rand der Decke. Die Wärme zog mich sofort an. Michael erwartete mich bereits.

»Geht es wieder?«, fragte er besorgt.

»Ja. Nur mein Stolz ist mit den Saugis verschwunden. Außerdem habe ich mörderische Kopfschmerzen vom Alkohol.«

»Ich fand es eigentlich ganz spannend, dich von einer anderen Seite zu sehen.«

»Von welcher Seite denn?«

»Du spielst immer die Starke. Diejenige, die alles unter Kontrolle haben muss. Die vorlaut ist und sich betont nicht für mich interessiert. Heute Abend habe ich hinter deine Fassade geblickt.«

»Und die wäre?«

»Du bist auch nur ein Mädchen, das vom Prinzen gerettet werden will.«

Ich schmetterte ihm ein Kissen um die Ohren. Er duckte sich und hob ergeben die Hände. »Vorsicht mit dem Feuer. Du hast schon ein Boot versenkt. Lass wenigstens den Baldachin heile.«

Weiterhin frierend setzte ich mich so dicht an die Flammen, wie ich es wagen konnte. Mein Unterkleid klebte mir unangenehm feucht auf der Haut. Selbst meine Haare tropften noch. Lange konnte ich also nicht geschlafen haben.

Wir schwiegen eine geraume Zeit und trockneten vor uns hin. Auch Michael zitterte leicht. Als ich seinen nachdenklichen Blick bemerkte, schüttelte ich den Kopf. »Vergiss es. Wir werden uns nicht aneinander wärmen.«

»Schade. Sieh nur, die Sterne über uns. Den Sonnenuntergang hast du verschnarcht, aber die Nacht ist auch ganz romantisch.«

»Diesen Abend könnte nichts und niemand romantisch werden lassen. Mir ist kalt, ich bin nass, mir tut wirklich alles weh, und ich habe den Eindruck, dass mein rechtes Auge zuschwillt.«

»Da muss ich dir recht geben. Es schwillt zu.«

Na prima. Schaudernd zog ich mir die Decke fester um die Schultern. »Wir sollten diesen Abend für beendet erklären.«

Michael wirkte traurig. »Können wir nicht noch einen Moment hier sitzen? Wir werden um Mitternacht im Schloss erwartet. Da haben wir noch eine Stunde Zeit. Oder frierst du arg schrecklich?«

Ich zögerte, weil ich ihn nicht enttäuschen wollte. Er hatte es mit mir schon schwer genug gehabt. »Na gut«, gab ich nach. »Allerdings nur, wenn es was zu essen gibt.«

Das gab es. Reichlich. Michael zauberte von überall verschiedene Töpfe, Teller und Platten hervor. Ich futterte mich quer durch und vergaß darüber sogar, dass ich aus meinem rechten Auge nicht mehr gucken konnte.

»Falls dir zu kalt in deinen Sachen ist, hätte ich da eine Lösung. Das Kleid dort auf der Kleiderpuppe ist mein Geschenk für dich. Jede Gewinnerin bekommt so eins von mir. Am Ende wähle ich dann zwischen den drei Gewinnerinnen aus – falls es denn so viele werden. Vielleicht löst du noch eine weitere Aufgabe als beste Kandidatin von allen.« Er zwinkerte mir schelmisch zu.

Ich vergaß die Dattel im Speckmantel, die ich mir gerade in den Mund stopfen wollte. Stattdessen starrte ich den Traum von einem Ballkleid an. Es bestand aus dunkelblauer Seide und war über und über mit Halbmonden bestickt. Dazwischen glitzerten Edelsteine, so wertvoll wie ein ganzes Schloss. Mir klappte vor Staunen die Kinnlade runter.

»Ich habe noch nie etwas so Opulentes und gleichzeitig Verschwenderisches gesehen«, sagte ich ehrfürchtig. »Dieses Kleid kann ich unmöglich tragen.«

»Warum nicht?«

»Ich müsste Angst haben, dass man mich klaut. Es ist unfassbar schön!«

»Dann probier es an!«

Hektisch schüttelte ich den Kopf. »Im Leben nicht. Hast du nicht bemerkt, dass in meiner Gegenwart schlimme Dinge geschehen? Frag Cindy oder das Boot, von den Saugis und den Mücken mal ganz abgesehen.«

Der Prinz blieb gelassen. Er wirkte weder beleidigt noch brüskiert. Vermutlich hatte er mit solch einer Reaktion bereits gerechnet. »Überleg es dir. Es ist auch ganz egal, was du trägst. Du siehst selbst im Unterkleid und mit Sahne unter der Nase wunderschön aus.«

Sahne ... Ich wischte mir über den Mund und entdeckte neben Sahneresten auch noch so manch andere vergessene Krümel.

»Ich mag es, dass du das Essen genießt und dabei nicht ständig über dein Gewicht jammerst. Hast du den Ziegenkäse schon probiert? Er ist köstlich!«

Ich war Michael dankbar, dass er von dem unangenehmen Gespräch ablenkte bezüglich des verschwenderischsten Kleidungsstückes diesseits und jenseits dieser Welt. Offenbar hatte er erkannt, dass ich dieses Kleid niemals anziehen würde. Es stand mir auch gar nicht zu. Ich war keine Prinzessin. Keine Auserwählte.

Ich war die böse Stiefmutter, die sich als Märchenfee ausgab und der Prinzessin den Prinzen ausspannte.

Die zweite Aufgabe mit Schöpfproblemen

Als Michael und ich den Burghof betraten, wurde es auf einen Schlag totenstill. Mir war nicht klar gewesen, dass sich der gesamte Hofstaat versammeln würde, um uns zuzujubeln. Ihr Jubel blieb ihnen allerdings im Hals stecken. Wir sahen fürchterlich aus.

Auch Prinz Michael hatte dank der Saugis jede Menge runder Blutergüsse. Seine Kleidung war knittrig und feucht, seine Schuhe verschwunden und seine sonst so neckische Frisur in sich zusammengefallen. Gegen mein Antlitz sah er jedoch noch wie der frische Morgen aus. Ich war zusätzlich von roten Mückenstichen übersät, mein Auge bekam ich nicht mehr auf, und ich trug nur noch mein wenig ansehnliches Unterkleid mit einer Decke darüber.

Die Königin schluckte hörbar, als sie mich sah.

»Hättest du mal das Halbmondkleid angezogen«, feixte Michael frech.

»Hättest du mir mal gesagt, dass ich wie eine Zuchtstute vorgeführt werde«, zischte ich zwischen zusammengebissenen Zähnen hervor.

Der Protokollzwerg machte es auch nicht besser. »Unsere Hoheit, Prinz Michael von Burginsland, und ... Märri«, verkündete er überflüssigerweise. Dabei starrte er mich an, als sei ich sein schlimmster Albtraum – was vermutlich auch zutraf.

»Ich hoffe, ihr hattet einen schönen Abend«, hauchte Königin Esmeralda kraftlos. Ich rechnete es ihr hoch an, dass sie nicht auf der Stelle umdrehte und ins Schloss flüchtete.

»Er war anders als erwartet, ungewöhnlicher als gedacht, aber schöner, als es gerade aussieht«, antwortete Michael vergnügt. Er verbeugte sich galant vor seinen Eltern. Ich knickste unbeholfen hinterher und bemerkte erst jetzt, dass ich barfuß unterwegs war.

»Nun gut, Sohn. Ich denke, wir sollten nun alle zu Bett gehen. Morgen wird ein aufregender Tag. Um neun Uhr treffen wir uns im großen Ballsaal, wo die zweite Aufgabe stattfinden wird.« Der König nickte mir zu, und ich meinte, einen leicht amüsierten Ausdruck um seinen Mundwinkel entdeckt zu haben. Ja! Er zwinkerte mir sogar zu. Ich knickste mit hochrotem Kopf gleich noch mal und flüchtete mich zu Cindy und Anna.

Umsichtig, wie sie nun mal war, warf mir Anna umgehend ihren Mantel über die Schultern. »Auf diese Geschichte bin ich gespannt«, sagte sie und brachte mich in den Duschraum, wo ich mir den restlichen Schlamm aus den Haaren waschen konnte. Ich staunte nicht schlecht über die fantastische Vorrichtung, die ich dort vorfand. Aus den Wänden kamen Wasserfälle. Es dampfte im ganzen Raum, denn das Wasser war angenehm warm.

Anna half mir beim Säubern, während Cindy auf einem Hocker saß und mich über jede Einzelheit des Abends ausquetschte. Anders als Anna fand sie meine Erzählung urkomisch. Sie kringelte sich vor Lachen.

»Und wie war es bei dir?«, fragte ich sie, um von meiner Persönlichkeit abzulenken.

»Ganz in Ordnung. Wir sind eine Runde im Burggarten gelaufen, und er hat mir einen Handkuss gegeben.«

»Das war alles?«

»Das war alles. Was erwartest du denn? Prinz Andreas hatte eigentlich mit einer anderen ausgehen wollen.« Cindy warf Anna einen langen Blick zu. Die kämmte nur noch schmerzhafter meine verknoteten Haare, bis ich sie stoppte.

»Aua! Das tut weh!«

»Das geschieht dir recht. Du blamierst unsere ganze Familie.«

»Ich habe nur dafür sorgen wollen, dass Prinz Michael den schlimmsten Tag seines Lebens mit mir verbringen musste.«

»Und? Hat es funktioniert?«

»Nicht so ganz, aber zumindest hält mich die Königin für eine Fehlbesetzung als Prinzessin.«

Anna war so nett, nicht weiter zu schimpfen und ihren Frust an mir auszulassen. Schon bald kletterten wir in unsere Betten und schliefen erschöpft ein.

Am nächsten Morgen zog ich mir hastig ein einfaches Kittelkleid über, bevor es zum Frühstück ging. Neben meiner Pluderhose war das mein liebstes Kleidungsstück. Keine Ahnung wieso. Ich fühlte mich darin sogar wohler als in meinem sonnengelben Tuffkleidchen. Noch schnell eine weiße Schürze dazu, schon war ich für den Tag gewappnet. Hoffentlich. Diesmal standen die Brötchen direkt auf unseren Tischen, sodass ich nicht erneut ein Massaker am Büfett verursachen konnte. Sehr umsichtig, fand ich.

Leider musste ich mein Frühstück unterbrechen, denn der Protokollzwerg scheuchte uns zu unserer nächsten Aufgabe. Die anderen Mädchen konnten vor Aufregung kaum still stehen, ich hingegen war hauptsächlich damit beschäftigt, meine Mückenstiche zu kratzen. Das war eine prima Ablenkung von der Anspannung im Raum.

Ich bemerkte die riesigen Behälter erst, als ich direkt davorstand. Sie waren beinahe so hoch wie ich und so breit wie mein ganzer Arm lang. Eigentlich sahen sie aus wie Fässer, nur waren sie durchsichtig. Darin blubberte Wasser vor sich hin. Auf einem kleinen Schemel lagen ein großer Topf und ein Löffel. Mehr nicht.

»Willkommen zur zweiten Aufgabe«, hob der König an. Er, seine Frau und seine Söhne warteten bereits auf uns. Michael zwinkerte mir zu, während mich Königin Esmeralda mit einem abfälligen Blick bedachte. Ich konnte es ihr nicht verdenken. Ihr Sohn sah aus, als hätte er mit einem Troll gekämpft, der eine Saugglocke als Waffe benutzt hatte.

Der König trat neben einen der seltsamen Behälter und klopfte mit dem Finger dagegen. »In diesen Glasfässern befinden sich dreihundert Liter Wasser. Eure Aufgabe ist es, euer Fass mithilfe des Löffels zu leeren. Wer es als Erste schafft, hat gewonnen. Bei wem das meiste Wasser drin ist, hat verloren. Hat es innerhalb von zwölf Stunden niemand geleert, gewinnt diejenige, die das meiste Wasser abgeschöpft hat. Ihr dürft das Wasser nicht mit der Hand oder dem Topf schöpfen, es trinken oder das Fass umschubsen. Der Löffel darf als einziges Hilfsmittel für die Aufgabe benutzt werden. Sonst zählt es nicht. Das abgeschöpfte Wasser dürft ihr gern in die Rinne am Rand des Zimmers laufen lassen.«

Er nickte uns verschwörerisch zu. Dann trat er zu seiner Familie, und der Protokollzwerg plusterte sich vor uns auf. »Bitte sucht Euch jede ein Glasfass aus.«

Ich zog Anna und Cindy hastig an den äußeren Rand und nahm mir selbst das mittlere der drei.

»Möge die Schnellste gewinnen«, rief Prinz Michael und läutete eine filigrane Glocke.

Sofort brach Hektik aus. Ich beobachtete, wie sich sämtliche Mädchen Löffel und Topf schnappten, auf den Schemel sprangen und von dort versuchten, das Wasser mit dem Löffel in den Topf zu schaufeln. Auch ich testete diese Vorgehensweise und erschrak. Das war mühsamer als gedacht. Auch Anna fluchte leise vor sich hin und löffelte verbissen weiter. Als wir den ersten Topf voll hatten, stand Cindy zum ersten Mal auf der Leiter und starrte in den Behälter.

»Cindy! Beeilung!«, rief ich ihr zu.

»Vom Vorbeugen bekomme ich Rückenschmerzen.«

Anna hatte ihren Topf bereits in der Rinne am anderen Ende des Saals entleert und kam mit hochrotem Kopf zurück. Purer Stress strahlte von ihr aus. Ich warf einen kritischen Blick in die Runde. Die Mädchen waren jede für sich vollkommen auf ihre Aufgabe konzentriert. Königin und König hatten den Saal bereits verlassen, während die Prinzen uns eher gelangweilt zusahen.

Ich begegnete dem Blick des Protokollzwergs und wusste, dass ich Cindy noch nicht helfen konnte. Das wäre zu auffällig gewesen. Also schöpfte ich lustlos an meinem Bottich herum. Das Gute an der Aufgabe war, dass ich sie ganz einfach verlieren konnte. Ich musste nur die Lahmste sein. Nicht weiter schwer, würde ich sagen. Es sei denn, Cindy stellte sich noch tollpatschiger als sonst an. Erneut wurde mir bewusst, dass sie nicht zwingend gewinnen wollte. Ja, sie hatte nicht länger protestiert, als ich ihr meinen fulminanten Plan unterbreitet hatte. Richtig begeistert war sie allerdings nicht gewesen. Entsprechend lustlos verhielt sie sich gerade und jammerte extralaut bei jedem Löffelchen Wasser, das sie in ihren Topf schöpfte. Anna hingegen war so geschwind wie ein fleißiger Zwerg. Sie leerte bereits die zweite Ladung in die Rinne und rannte zurück. Bei den übrigen Bewerbern wurde die Schöpfgeschwindigkeit bereits merklich langsamer. Bei Anna nicht.

Als der Protokollzwerg nicht hinsah, sprang ich geschwind zu Cindys Behälter und schöpfte ihr Wasser in meinen Topf. Hoffentlich gab es keinen Abwehrzauber, der meine Mogelei aufzeichnete. Auf der anderen Seite war Cindy garantiert die Letzte, wenn ich ihr nicht half.

Die nächsten Stunden beschäftigte ich mich erst mit meinem Wasserbottich und tat nur so, als würde ich dort arbeiten. Sobald ich mich unbeobachtet fühlte, schöpfte ich für Cindy.

»Ich würde gern rausfliegen«, flüsterte sie mir dabei ins Ohr. »Lass mich verlieren.«

Ich schüttelte den Kopf. »Cindy! Je länger du im Rennen bleibst, desto höher ist die Wahrscheinlichkeit, dass ein netter Mann auf dich aufmerksam wird. Wenn du das gar nicht willst, musst du keinen Prinzen heiraten, aber versuch wenigstens, dich hier zurechtzufinden. Euer Erbe ist beinahe aufgebraucht. Wovon wirst du leben, wenn du nicht arbeiten willst? Um weiterhin deinen Tagträumen nachzuhängen, musst du einen reichen Mann finden. Das geht am besten hier im Schloss. Vergiss deinen Ziegenhirten. Er wird auf Dauer nicht für dich sorgen können. Willst du dein ganzes Leben lang auf dem Feld arbeiten und von der Hand in den Mund leben?«

Das saß. Ich erkannte es am Blitzen in Cindys Augen. Endlich waren meine Argumente zu ihr durchgedrungen. »Ich muss nicht den Prinzen heiraten?«

»Wenn du das nicht willst, dann nicht. Nur lass dich wenigstens auf diese Welt ein. Vielleicht gefällt sie dir.«

Als sie lächelte und mit einem Schlag für ihre Verhältnisse wie der Blitz schöpfte, war ich hochzufrieden. Endlich hatte ich einen Durchbruch erzielt. Cindy kämpfte für ein gutes Leben. Ein Leben jenseits von Armut und Verzweiflung. Sie musste bei dieser Aufgabe auch nicht zwingend Erste werden, um weiter im Rennen zu bleiben. Eine mittlere Platzierung reichte völlig. Für das Verlieren war ich zuständig. Mein Fass war mittlerweile nach wie vor das vollste und damit war ich die Letzte. Ein Stich ging durch mein Herz. Ich sabotierte mich gerade selbst, obwohl das bedeutete, von Prinz Michael Abschied zu nehmen. Dabei war der Abend wirklich toll gewesen. Nein. Besser als toll. Er war zauberhaft und wunderbar gewesen.

Es durfte nur nicht sein. Der Prinz und ich – wir waren Geschichte. Daher blieb mir nichts anderes übrig, als mit purer Absicht zu verlieren.

Der Protokollzwerg kam zurück und ließ seinen strengen Blick über uns gleiten. Ich stand zum Glück wieder an meinem Fass und löffelte im Schneckentempo. Was war das nur für eine Aufgabe? Wir schaufelten schon seit Stunden Wasser. Dennoch waren die meisten Glasfässer weiterhin fast bis zur Hälfte gefüllt. Sogar mir tat der Rücken weh!

»Cinderella«, sprach der Protokollzwerg und jagte mir damit den Schreck meines Lebens ein. Hatte er etwas bemerkt?

Cindy wurde ebenfalls blass und drehte sich zitternd zu ihm um. Anna erstarrte ebenfalls. Synchron wandten wir uns dem Zwerg zu.

»Draußen warten zwei Feen auf Euch. Sie sagen, es sei dringend, und sie ließen sich nicht abwimmeln, obwohl ich wirklich alles versucht habe. Es ist Euch überlassen, ob Ihr Euch mit ihnen treffen wollt und Eure wichtige Aufgabe unterbrecht.«

Mir stellten sich alle Nackenhaare plus Beinhärchen auf. Zwei Feen? War das etwa das Duo, das ab sofort auf Cindy aufpassen sollte? Was wollten die? Ausgerechnet jetzt?

Cindy warf mir einen fragenden Blick zu. Ich konnte nur die Schultern hochziehen. »Das musst du entscheiden«, sagte ich. »Vermutlich sind das deine neuen Märchenfeen.«

Weil ich ihr die Entscheidung überlassen hatte, sah Cindy Anna fragend an. »Was meinst du?«

»Geh hin und frag sie, nur mach schnell!«

Also huschte Cindy davon, dem Protokollzwerg hinterher. Ich machte mich rasch wieder über Cinderellas Glasfass her.

»Lass Cindy Zweitletzte werden«, schlug Anna vor. »Du wirst ohnehin verlieren. Warum mühst du dich für sie ab?«

»Weil ich nicht will, dass jemand Cindy für faul hält.«

»Aber das ist sie.«

»Sie hat andere Qualitäten. Sie ist herzensgut, ehrlich und freundlich. Das sieht man nur leider erst, wenn man sie näher kennenlernt. Also helfe ich ihr.«

»Zum letzten Mal. Wenn du rausfliegst, ist sie auf sich allein gestellt. Du schiebst das Unausweichliche nur auf.«

»Ich weiß«, sagte ich bedrückt. Das Problem bereitete mir seit Stunden Bauchgrimmen. Ich konnte unmöglich für uns beide so schnell schöpfen, dass keine von uns verlor. Dazu waren die anderen zu fleißig.

Ich warf einen Blick in die Runde. »Du musst schneller arbeiten«, ermahnte ich Anna. »Da liegen mindestens vier andere Kandidatinnen vor dir.«

Ab da schöpfte ich sowohl bei Cindy als auch bei Anna mit. Die protestierte vehement dagegen, doch das ignorierte ich. Auf keinen Fall konnte ich zulassen, dass Anna im Mittelfeld lag. Sie musste Zweite werden, um sich endlich mit Prinz Andreas treffen zu dürfen.

Die Tür klapperte, und ich sprang hastig vom falschen Fass fort, um zur Rinne zu sprinten. In der gleichen Bewegung erstarrte ich. Cindy war zurück und blieb wie eine Statue mitten im Raum stehen. Ihre Augen waren riesig. Sie war bleich und weinte.

Sofort ließen Anna und ich alles stehen und liegen und eilten zu ihr. »Was ist los?«, fragte ich besorgt, während Anna ihre Stiefschwester bereits umarmte.

»Die Märchenfeen sind noch schlimmer als du«, flüsterte Cindy fast tonlos.

Noch schlimmer? Na, danke auch! Allerdings war das hier nicht die Zeit, pikiert zu sein. »Was haben sie gesagt?«, hakte ich unbarmherzig nach.

»Sie haben mir eine finstere Zukunft vorausgesagt, wenn ich mich nicht anstrenge. Sie sagen, dass eine böse Fee meinen Platz einnehmen wird und mich verdrängt. Ein Leben in Armut und ohne die wahre Liebe steht mir bevor.«

Ich war sprachlos. So dermaßen sprachlos, dass ich mich mindestens eine Minute nicht rührte. Erst als mich Anna schüttelte, kam ich wieder zur Besinnung. Entschlossen krempelte ich die Ärmel auf und stapfte Richtung Tür. »Na warte. Wenn ich die zu fassen kriege.«

Anna erwischte mich in letzter Sekunde und zog mich vehement zurück. »Du darfst den Märchenfeen gern später eine reinhauen«, sagte sie spitz zu mir. »Zunächst müssen wir das hier gewinnen. An die Arbeit, ihr zwei!«

Sie schob uns zurück zu unseren Plätzen und drückte Cindy den Löffel in die Hand. Da sie jedoch bittere Krokodilstränen in das Fass weinte, füllte sie es eher auf.

»Ich will nicht als Bettlerin enden«, schluchzte sie.

»Das wird auch nicht geschehen. Die Feen wollten dir nur Angst einjagen«, versuchte ich sie zu beruhigen.

»Wer tut denn so etwas Grauenhaftes? Wieso setzen sie mich noch mehr unter Druck als du? Ich kann so nicht atmen. Nicht arbeiten. Nicht leben. War ich mit dir nicht schon bestraft genug?«

Autsch. Ich zuckte sichtbar zusammen.

»Sie meint es nicht so«, mischte sich Anna sanft ein.

»Doch, sie meint jedes Wort genau so, wie sie es gesagt hat, und sie hat recht. Wir Feen behandeln euch Märchengestalten manchmal unmöglich. Cindy! Ich lasse nicht zu, dass sie so mit dir umgehen.«

»Wie willst du das verhindern? Du wirst verlieren und uns verlassen.«

Hatte ich erwähnt, dass sich Cindy oft nur dumm verhielt, es aber nicht war? Hier hatten wir den Beweis. Verflixt. Sie hatte recht. Ich würde verlieren.

Rasch warf ich einen Blick in die Runde. Die anderen Frauen waren unfassbar fleißig gewesen. Konnte ich die letzte von ihnen überholen, damit ich die vorletzte wurde? Und schaffte ich es parallel, Anna an die Spitze und Cindy in der Mitte zu platzieren?

Es musste gelingen!

Also schaufelte ich um mein Leben. Ich war bald schon schweißgebadet, mein Rücken tat weh, genau wie mein Kopf. Ständig hatte ich Angst, dass mich der Protokollzwerg erwischte oder eine andere Kandidatin bemerkte, was wir hier taten. Mein Fass leerte sich endlich ebenfalls. Trotzdem lag ich weit, weit zurück. Magie einzusetzen wagte ich nicht, wobei ich ohnehin bezweifelte, dass das gelingen würde. Ich hätte es testen müssen und dadurch erfahren, ob der Feenrat mir meine Kräfte genommen hatte. Wenn das so wäre ... nein! Ich konnte nicht mal daran denken. Daher verdrängte ich das Problem und verzichtete aufs Zaubern.

Wenigstens hatte ich durch pure Willenskraft erreicht, dass Cindy mittlerweile im Mittelfeld lag, doch bei mir sah die Sache schlecht aus. Ich war weit abgeschlagen vom Rest. Wie sollte ich das jemals aufholen?

Wir schöpften und schöpften und schöpften. Stundenlang. Eine Kandidatin brach weinend zusammen, dann die nächste. Mehrere gönnten sich kurz Pausen und schliefen an ihre Glasfässer gelehnt für kurze Zeit ein, dann machten sie weiter. Alles verschwamm zu einem Brei. So müde war ich noch nie in meinem Leben gewesen. Auch Anna sah mitgenommen aus. Cindy, die mittlerweile aktiv mithalf, jammerte schon lange nicht mehr. Dafür war sie zu geschwächt.

Als die Tür sich erneut öffnete und die Königsfamilie eintrat, hielten wir uns alle kaum noch auf den Beinen. Die meisten von uns hatten durchnässte Ärmel, Schuhe und Röcke. Wir zitterten und konnten vor lauter Rückenschmerzen kaum noch stehen. Trotzdem arbeiteten wir weiter.

Michael trat beinahe lautlos neben mich und musterte mein Fass. Er wirkte enttäuscht. »Versuchst du schon wieder zu verlieren?«, fragte er und klang dabei so traurig, dass es mir geradewegs ins Herz stach. »Ich dachte, wir könnten diesen schönen Tag wiederholen.«

»Nerv nicht«, antwortete ich ruppig und meinen blanken Nerven entsprechend. Ich konzentrierte mich seit etwa einer halben Stunde ausschließlich auf meinen Wasserbottich, aber es sah übel aus.

»Noch eine Minute«, rief der Protokollzwerg.

Michaels und mein Blick kreuzten sich. Wir wussten beide, wie unmöglich es für mich war, meinen Rückstand noch aufzuholen. Dass ich selbst so dermaßen traurig darüber war, überraschte mich wohl am meisten. Er hingegen wirkte irritiert.

»Du wolltest gar nicht verlieren«, sagte er verblüfft.

Ich schöpfte als Antwort wie eine Irre und wusste gleichzeitig, dass es hoffnungslos war. Nein! Mist! Verflixt!

Konzentrier dich, Märchenfee, dachte ich und verharrte in der Bewegung.

Wir mussten den Löffel benutzen, um das Wasser aus dem Bottich zu bekommen. Von Schöpfen war nie die Rede gewesen!

Ich sah Michael ernst an. »Entweder das klappt jetzt oder es tut mir sehr leid. Ich wollte dich nicht enttäuschen.«

»Noch zehn Sekunden«, krähte der Protokollzwerg. »Meine Damen, noch ...«

Ich nahm den Löffel und stieß ihn so fest ich konnte gegen die Glaswand. Er schabte mit einem unangenehmen Laut dran vorbei, der mir und vermutlich allen anderen eine Gänsehaut bescherte.

»Noch fünf Sekunden!«

Zweiter Versuch. Diesmal veränderte ich den Winkel und knallte den Löffel erneut gegen das Glas. Es knackte. Risse entstanden, die sich ausbreiteten, größer und größer wurden. In der gleichen Sekunde entstand ein Loch so breit wie meine Faust, und eine regelrechte Springflut fegte mich von meinem Höckerchen runter. Wasser ergoss sich in den ganzen Raum, durchnässte die edlen Schuhe der Königsfamilie, den hübschen Rocksaum der Königin und spülte sogar den Protokollzwerg von den Füßen. Ich sprang hastig wieder auf und versuchte das Loch mit den Händen zuzuhalten. Es durfte nicht alles Wasser raus. Nur so viel, dass ich im Mittelfeld landete. Aber das Loch war mittlerweile so breit wie zwei Fäuste nebeneinander und dazu noch sehr weit unten. Von dort zog sich zu allem Überfluss auch noch ein Riss bis zum Boden des Fasses, sodass auch der letzte Tropfen herausfloss.

Sämtliche Anwesenden begannen zu fluchen, als das Wasser sie erreichte. Nur einer lachte. Michael. Er klatschte sogar in die Hände. »Gratuliere. Wenigstens eine hat es kapiert.«

Ich stand mitten in der Wasserlache, tropfte und zitterte. Ups. Das hatte besser geklappt als gedacht. Eigentlich hatte ich nur ein klitzekleines Loch reinpiken wollen, um aufzuholen.

»Die Zeit ist um«, rief der Protokollzwerg etwas weniger enthusiastisch als zuvor. »Niemand schöpft mehr.«

Die meisten Kandidatinnen waren trocken geblieben, da sie noch auf ihren Schemeln standen. Sprachlos starrten sie zu mir und meinem leeren Bottich. Ich wagte es kaum, Anna anzusehen. War sie sehr wütend? Vermutlich. Leider war mir die Lösung erst so kurz vor Ende eingefallen.

»Schiebung«, rief eine der Kandidatinnen. »Sie hat gemogelt. Das Fass einzuschlagen war nicht erlaubt.«

»Sie hat den Löffel als Hilfsmittel benutzt, um das Wasser rauszubekommen. Von Schöpfen war nie die Rede gewesen«, protestierte Michael.

»Da hat er recht«, gab der Zwerg widerwillig zu. Er hatte sich mittlerweile wieder auf die Beine bemüht und blickte verärgert an seiner nassen Kleidung herab. »Sie hat es auch innerhalb der Zeit geschafft und damit die Aufgabe gelöst.« Er nickte mir mit finsterer Miene zu. »Märri hat gewonnen. Erneut.«

Ach Mist.

Der Zwerg wedelte mit der Hand und sämtliche Behälter begannen zu leuchten. Zahlen erschienen auf dem Glas, die den Wasserstand anzeigten. Bei mir stand eine fette Null.

»Märri hat gewonnen. Lady Galaparos Nauditos ist zweite geworden, dicht gefolgt von Anna Sonnenschein. Herzlichen Glückwunsch! Aschenputtel Dunkelgrad muss uns hingegen verlassen.«

Aaaaah! Das war ein Fiasko. Endlich brachte ich es fertig, Anna anzusehen. Die lehnte kraftlos gegen ihr Fass und hatte nicht mal die Energie, mich böse anzufunkeln. Sie sah traurig aus. Einfach nur traurig.

Michael trat an mich heran und hielt mir seine Hand hin. Er lächelte so breit, dass ich es erwidern musste. Zitternd nahm ich seine Hilfe an und mühte mich auf die Beine. Mein Rock klebte unangenehm nass an meinen Beinen. Selbst von meinen Haaren tropfte es.

»Gut gemacht«, brachte Königin Esmeralda mit leicht gequältem Gesichtsausdruck hervor. Sie nickte mir anerkennend zu und funkelte danach den Protokollzwerg an. »Ich hoffe, bei der nächsten Aufgabe werden die Zuschauer nicht wieder in Mitleidenschaft gezogen.«

Der Protokollzwerg verneigte sich hastig. »Verzeiht, meine Königin. Die Lösung war tatsächlich nicht vorgesehen gewesen. Dennoch gilt die Aufgabe als gelöst.«

»Ich hole dich um fünfzehn Uhr im Burghof ab«, sagte Michael leise zu mir und drückte aufmunternd meine Hand. »Schlaf erst mal und komm zu Kräften. Am Abend werden wir mit meinen Eltern speisen. Zuvor haben wir noch etwas Zeit für uns.«

Ich nickte schwach, ließ ihn los und trat neben Cindy. Die sah mich ernst an. »Du hast gewonnen. Schon wieder«, sagte sie mit Grabesstimme.

»Tut mir leid. Das war so nicht geplant.«

Anna warf mir einen tödlich beleidigten Blick zu und stapfte stumm an mir vorüber, um den Saal zu verlassen.

Cindy seufzte tief. »Sie ist wirklich sauer«, stellte sie fest und klopfte mir aufmunternd auf die Schultern. »Glückwunsch zur gewonnenen Aufgabe, selbst wenn mir schleierhaft ist, wie du dich aus diesem Schlamassel befreien willst.«

Das wusste ich auch nicht so recht, aber ein Problem nach dem nächsten. Erst mal hatte ich da noch ein Hühnchen mit zwei gewissen Feen zu rupfen. Beziehungsweise vier Flügelchen zu stutzen.

»Bring mich zu deinen Märchenfeen«, sagte ich entschlossen zu Cindy.

»Keine Ahnung, wo die sind.«

»Dann komm mit mir in den Park. Da tauchen die bestimmt sofort auf.«

Also liefen wir am Pulk der erschöpften Frauen vorbei und schlugen statt den Weg in unser Schlafgemach den zum Park ein. Es war ein sonniger, wunderschöner Tag, und die Bäume begrüßten uns mit einem sanften Rauschen ihrer Blätter. Die Blumen öffneten sich spontan gleich noch etwas weiter, als sie meine Präsenz erkannten. Selbst in meiner Menschengestalt fühlten sie, wer ich war. Das tröstete mich. Ein wenig Magie strahlte ich wohl noch ab.

Es dauerte nur Sekunden, bis die zwei Feen mit einem leisen *Dingeling* vor uns auftauchten. Die eine trug ein blaues Tuffkleid und die andere ein rosafarbenes Tutu mit geringelten Söckchen. Beide hatten etwa die Größe meines Oberkörpers angenommen. Eine beliebte Länge. Nicht zu winzig und zugleich nicht zu riesig für eine Fee.

Ihr Lächeln wirkte aufgesetzt, als sie mich musterten.

»Märchenfee«, grüßten sie hölzern.

»Märchenfeen«, grüßte ich eisig zurück. Wütend stemmte ich die Hände in die Hüften. »Wegen euch hätte Cindy beinahe ihre Aufgabe komplett vermasselt. Wieso habt ihr sie mittendrin abberufen, um sie zu Tode zu erschrecken?«

Die beiden Feen rissen die Münder vor Empörung weit auf und sahen Cindy an. »Dürften wir dich unter sechs Augen sprechen?«

»Sind wir doch.«

»Zähl noch mal nach«, warf ich ein und bemerkte das Funkeln in ihren Augen. Verflixt, sie spielte ihre Rolle als das kleine Dummchen gut. Selbst ich hatte es lange geglaubt und war nie auf die Idee gekommen, dass sie mir was vorspielen könnte. Jetzt tat sie es erneut. Sie sorgte dafür, dass ihre neuen Feen sie sofort in eine entsprechende Schublade packten.

Cindy hatte mittlerweile laut durchgezählt und nickte sich selbst oder wahlweise auch uns auffordernd zu. »Wir können vor Märri alles besprechen«, sagte sie.

»Das glaube ich nicht. Sie hat keinen guten Einfluss auf dich.«

WAS? Ungläubig starrte ich meine zwei Arbeitskolleginnen an. Also wirklich!

»Sie ist meine Märchenfee«, protestierte Cindy zu meiner Überraschung. »Wir mögen unsere Differenzen haben, aber ich will lieber sie haben als euch!«

»Das liegt nur daran, dass sie deinen Geist bereits verunsichert hat. Sie will dir den Prinzen vor der Nase wegschnappen. Vertrau ihr nicht. Sie ist die böse Fee in diesem Märchen.«

»Bin ich nicht!«, rief ich.

»Ach nein? Du hast die zweite Aufgabe gewonnen, obwohl du das unbedingt verhindern solltest. Der Prinz gehört zu einer Cinderella.«

»Der Prinz gehört zu niemandem. Er gehört sich selbst und kann für sich entscheiden.«

»Kann er nicht. Das hier entwickelt sich zu einem neuen

Märchen. Drei Aufgaben. Eine böse Widersacherin, die den Thron an sich reißen will, und Märchenfeen, die für das Gute kämpfen.«

Ich spürte, wie mir siedend heiß wurde. Vor Aufregung bekam ich Schnappatmung. »Ihr irrt euch«, sagte ich mit möglichst fester Stimme. »Ich weiß, dass es nicht gut für mich aussieht, trotzdem bin ich hier nicht die Böse. Ich versuche, das Richtige zu tun und zu helfen. Es ist nicht falsch, seinem Herzen zu folgen. Es ist das einzig Wahrhafte, das man tun kann.«

»Auch wenn damit Regeln verletzt werden? Gesetze? Die wichtigsten überhaupt?«

Ich zögerte. »Wenn die Regeln falsch sind, dann ja. In dem Fall bin ich durchaus bereit, gegen den Strom zu schwimmen.«

»Das wird ...«

»Was ist hier los?«

Zwei Männer kamen unerwartet zwischen zwei Gebüschen hervor. Beide trugen Schwerter, beide wirkten einschüchternd und beide waren Prinzen. Verärgerte Prinzen. Besonders Michael sah aus, als würde er gleich vor Wut explodieren.

»Ihr zwei Feen habt hier nichts zu suchen«, blaffte er die beiden vor ihm flatternden Märchenwesen an.

Die Feen quiekten vor Schreck und flogen von ihm fort, ehe sie ihre Instinkte in den Griff bekamen. Eine war bleich geworden, die andere vor Aufregung krebsrot. »Mein Prinz«, hauchten sie ehrfürchtig. Kein Wunder. In der Feenschule wurde uns eingetrichtert, den Prinzen regelrecht zu vergöttern. Ihn galt es zu erobern. Ihn galt es zu umgarnen. Er war das oberste Ziel.

Michael machte eine Handbewegung, als wollte er die

Feen aus der Luft fortwischen. »Verschwindet. Dieser Wettbewerb findet ohne euch statt.«

»Da müssen wir protestieren. Wir können unsere Cinderella nicht sich selbst überlassen. Es ist unsere Aufgabe ...«

»Das ist mir völlig egal. Den übrigen Cinderellas habe ich das auch schon gesagt: Entweder sie lassen das Feenpack daheim oder sie sind augenblicklich ausgeschieden.«

FEENPACK?

Wir starrten ihn allesamt entgeistert an, ich ganz besonders. Lass mich das träumen, dachte ich verzweifelt. Das wurde immer schlimmer! Nicht nur, dass ich drauf und dran war, mich in einen Prinzen zu verlieben. Nein. Es musste auch noch einer sein, der Feen hasste.

Moment ... also ... nicht dass ich mich verliebt hatte. Zumindest nicht richtig. Also ...

Ach menno!

Leider war Michael noch lange nicht fertig. »Ich dachte ja, die eine Cinderella, die alle nur Cindy nennen, wäre ihre lästigen Feen längst losgeworden. Ein Irrtum. Wo seid ihr denn gewesen? Habt ihr sie hängen lassen, nachdem ihr gedacht habt, sie wäre nicht gut genug für euren meisterhaften Plan? Und als ihr festgestellt habt, dass sie doch Chancen auf den Prinzen hat, taucht ihr wieder auf?« Er lachte spöttisch. »Das ist typisch für euch. Verschwindet! Sofort!«

»Michael«, hob sein Bruder mahnend an.

»Nein! Das war von Anfang an eine Bedingung. Kein Feenpack!«

»Wie könnt Ihr uns so nennen?«, ereiferte sich die Märchenfee im blauen Kleidchen. »Das ist unerhört!«

»Unerhört ist, was ihr hier tut. Ich lasse nicht zu, dass ihr Cindy unter Druck setzt oder Märri angreift, bloß weil sie klüger und gewitzter ist als alle Cinderellas zusammen und Chancen auf mein Herz hat. Der Prinz gehört zu einer Cinderella? Hört ihr euch eigentlich selbst reden? Märri hat es bereits sehr treffend formuliert, und ich wiederhole es gern noch einmal: Ich gehöre zu niemandem. Weder zu einem grausamen Märchen noch bin ich eine Spielfigur oder ein Zeitvertreib für euch Feen.«

Ich konnte nicht anders, als ihn anzustarren. Mein Hirn war leer und mit den vielen Informationen überfordert. Es war wirklich schön, dass mich Michael vor den Feen verteidigte, bloß übersah er da eine alles entscheidende, klitzekleine Kleinigkeit. Wie sollte ich ihm das jemals erklären?

»Mich dünkt«, hob die rosafarbene Fee an, kam aber nicht weit.

»Mich dünkt, dass ihr hier nichts zu dünken habt. Schluss! Ich will nichts mehr hören. Verschwindet, sonst hole ich den Hofzauberer und der entfernt euch dauerhaft.«

Also jetzt reichte es! Entschlossen trat ich zwischen Michael und seine beiden nervös herumflatternden Gegnerinnen. »Beruhig dich erst mal«, sagte ich streng. »Du willst keinen Krieg mit dem Feenvolk. Glaub mir. Das ist schon anderen schlecht bekommen.«

Michael wirkte überrascht von meinem Einschreiten und atmete nach kurzem Stocken tief durch. Er nickte. »Ich weiß. Hänsel und Gretel sollte uns allen Warnung genug sein.«

An das Märchen wurden wir Feen nur ungern erinnert. Eine von uns war völlig durchgedreht, nachdem ein König sie aus seinem Reich verbannt hatte. Sie war ihm gegenüber ausfallend geworden, weil er ihren Schützling ignoriert hatte. Ihre Liebe zur Märchenwelt war daraufhin in Hass umgeschlagen. Sie war wahnsinnig geworden und hatte einen beunruhigenden Appetit auf Märchenfiguren entwickelt. Als wir sie überführen konnten, war der Schaden bereits angerichtet gewesen. Ein neues Märchen war entstanden. Grausamer als andere zuvor.

Michael straffte sich. »Dieses Schloss ist feenfreie Zone. Also verschwindet!«

Die beiden Feen wollten protestieren und sahen dabei mich an. Hastig schüttelte ich den Kopf. Wenn sie mich jetzt offenbarten, würde der Schaden für die ganze Feenwelt immens werden. Mir war nie klar gewesen, dass Michael keine Feen mochte. Wie würde er wohl reagieren, wenn er die Wahrheit über mich erfuhr? Hier und jetzt?

Die beiden Feen mussten zu dem gleichen Schluss gekommen sein, denn sie klappten ihre Münder wortlos wieder zu und verpufften mit einem leisen Plöppgeräusch. Zurück ließen sie den Hauch von Zimt und Gras.

»Haben sie dir sehr zugesetzt?«

Ich brauchte etwas, um Michaels Worte zu verstehen. Meinte er etwa mich? Tatsächlich! Zorn wallte in mir auf. Er richtete sich nicht ausschließlich gegen Michael, sondern gegen mich selbst und das ... »Feenpack?«, brüllte ich ihn übergangslos an. »Was fällt dir ein, so mit den Feen zu reden?«

Michael wirkte überrascht. »Feenpack«, bestätigte er nach einer kurzen, äußerst unangenehmen Pause, in der wir uns nur gegenseitig angiert hatten. »Für mich ist jede verbannte Fee eine gute.«

»Das ist nicht dein Ernst! Ohne die Feen hätte so manches Mädchen keine Unterstützung. Sie sind Helfer in der Not, Retter in verzweifelten Zeiten und Helden im Alltag.«

»Sie sind meist diejenigen, die die Not verursachen, die verzweifelten Zeiten hervorrufen und den Alltag zum Grauen machen«, widersprach Michael.

»Das ist lächerlich. Woher willst du das wissen? Hattest du denn eine Märchenfee, die dich begleitet hat? Bestimmt nicht!«

»Das ist wahr. Ich hatte keine. Dafür meine Schwester.«

»Da kann sie aber von Glück reden!«

»Ach ja? Sie sah das anders.«

Ich stutzte, als er die Vergangenheitsform verwendete.

»Sah?«, fragte ich vorsichtig nach.

Sein Blick war dunkel, als er langsam nickte. »Ganz genau«, sagte er kryptisch. »Wir sehen uns um fünfzehn Uhr. Sei pünktlich.«

Damit drehte er sich um und ließ mich und Cindy stehen. Andreas warf uns noch einen gequälten Blick zu und folgte dann seinem großen Bruder. Ich starrte ihnen noch lange hinterher, während Cindy seltsam geduldig neben mir ausharrte.

»Er hat nicht ganz unrecht«, sagte sie sanft zu mir.

»Was?«, fuhr ich sie an. »Bist du jetzt auch eine Feenhasserin?« Mir traten dicke Kullertränen in die Augen. »Ich habe so viel für dich getan. Und das ist jetzt der Dank?«

Cindy seufzte leise und nahm mich zu meiner Überraschung fest in die Arme. So viel Kraft hatte ich ihr überhaupt nicht zugetraut, vom Einfühlungsvermögen ganz zu schweigen. »Du bist mir als Märri viel lieber«, flüsterte sie mir ins Ohr. »Wirklich. Märri liebe ich. Sie ist schlagfertig, gewitzt und zielstrebig. Nur die Märchenfee in dir hat mir mein Leben lang Angst gemacht. Ihr seid so manisch und auf eure Ziele fixiert. Im Grunde deines Herzens weißt du das selbst. Warum sonst wärst du so extrem auf deine Kolleginnen losgegangen? Du wolltest sie verscheuchen, um mich zu schützen.«

So viel offen zugegebene Weisheit aus Cindys Mund verkrafteten meine Nerven nicht. Sie hatte recht! Das war das Unfassbarste an allem. Ich hielt meine Tränen nicht länger zurück und heulte an ihrer Schulter. Diamanten purzelten ins Gras. Cindy machte gleich mit. Gemeinsam ließen wir unseren Gefühlen freien Lauf, bis wir keine Kraft mehr zum Heulen hatten und wir dringend losmussten, damit ich mein Date mit einem Feenhasser antreten oder mich noch weiter in Schwierigkeiten bringen konnte.

Das Kennenlernen mit Schwiegermama

Märri? Bist du da?« Michael stand vor der Tür. Eindeutig. Ich zog mir die Decke noch weiter über die Ohren und verbuddelte mich unter dem Kissen.

»Sie ist nicht hier«, rief Cindy.

»Das glaube ich dir nicht.« Michael klang ungeduldig.

Ich hörte eine Klinke, die sich bewegte. Cindy quiekte. »Sie ist nackt«, rief sie wenig hilfreich.

»Also ist sie doch da«, antwortete Michael. Da sich der Klang seiner Stimme veränderte, hatte er die Tür wohl aufgestoßen und stand im Zimmer. »Märri, was soll das?«, fragte er streng.

»Das ist nicht Märri unter den Kissen. Das ist Anna«, log Cindy.

»Anna ist mir gerade völlig verheult auf dem Gang begegnet. Was ist los mit euch dreien? Du siehst aus, als hättest du drei Tage durchgeweint, Anna hat nicht einmal aufgesehen, als sie an mir vorbeiging, und Märri ...«

»Geh weg«, unterbrach ich seine Ausführungen.

Eine Pause entstand. »Warum denn?«, fragte er irritiert. »Was habe ich getan?«

»Du magst keine Feen.«

»Und? Ich habe meine Gründe. Wir können gern darüber diskutieren, allerdings nicht hier. Steh auf und komm mit!«

»Ich verabrede mich mit keinem Feenhasser.«

»Das ist total albern, Märri. Steh jetzt auf. Wir sind schon viel zu spät dran. Die Kutschfahrt können wir bereits vergessen, aber wenn wir uns beeilen, schaffen wir es noch zum Abendessen mit meinen Eltern.«

»Hassen die auch Feen?«

»Was hast du nur mit deinen Feen? Mein Vater toleriert sie in seinem Land. Noch. Meine Mutter hält an Traditionen fest und mein Bruder ... ich weiß nicht, was er darüber denkt. Ist das denn so wichtig?«

»Ja.«

Mir war klar, dass er mich für furchtbar bockig halten musste. Wenn der wüsste! Allein bei dem Gedanken wurde mir mulmig. Michael hasste Feen! Ausgerechnet der Mann, bei dem mein Herz illegalerweise schneller schlug, mochte mein Volk nicht. Jeder liebte Feen. Wirklich je... na gut. Cindy war eine Ausnahme. Vielleicht auch Lucilla und Anna. Sonst waren wir Feen überall beliebt. Hoffte ich zumindest.

Michael zog mir so unvermittelt die Decke fort, dass ich sie nicht rechtzeitig festhalten konnte. Einen Moment später folgte auch mein Kissen. Meine letzte Bastion gegen seinen Anblick.

Der raubte mir wiederum ganz kurz den Atem. Er sah genau so aus, wie ich mir meinen Traumprinzen klammheimlich ausgemalt hatte. Nicht zu perfekt, nicht zu schwülstig, sondern ... sexy. Herrje. Dieser Prinz hatte es mir wirklich angetan.

Jetzt gerade hatte ich keine Kraft, das zu tun. Ich starrte Michael recht unsittlich an, was nicht weiter auffiel, denn der tat das Gleiche mit mir.

»Sucht euch ein Zimmer«, stöhnte Cindy.

Wir wurden zeitgleich rot. Ihm stand das ausgesprochen gut, vor allem, weil er dadurch weniger herrisch wirkte.

Seine Haare waren diesmal wild durcheinandergestrubbelt. Das stand ihm verboten gut. Von seinen ausdrucksstarken Augen ganz zu schweigen.

»Kommst du endlich?«, fragte er in die Stille hinein.

»Zu einem Abendessen mit deinen Eltern? Wovon träumst du nachts? Falls du es nicht bemerkt haben solltest: In meiner Nähe passieren seltsame Dinge. Ich habe keine Lust, dass ich die Königin deines Landes versehentlich mit Tee verbrühe, ihr meinen Froschschenkel in den Schoß katapultiere oder die Hummerschere, an der ich gerade möglichst vornehm knabbere, nach ihr schnappt!«

Michael lachte, wodurch sich die Stimmung im Zimmer gleich viel weniger verpestet anfühlte. »Ich kann dich beruhigen. Es gibt weder Froschschenkel noch Hummer. Also steht deiner Vorstellung bei meiner Familie nichts mehr im Wege.«

Bis auf die Tatsache, dass ich eine Märchenfee bin, dachte ich grummelnd. Da ich seinen Blick jedoch richtig zu lesen meinte, gab ich mich geschlagen. Michael würde mich zur Not auch an den Haaren zum Abendessen zerren. Das galt es unbedingt zu verhindern, denn die ganze Situation war bereits peinlich genug.

»Möchtest du nicht lieber Cindy mitnehmen?«, versuchte ich es dennoch.

»Nein. Ich möchte mit dir gehen. Nichts gegen dich, Cindy, nur ...«

»Schon gut. Ich bin ohnehin noch zu müde von der letzten schwierigen Aufgabe. Das Schöpfen war schrecklich anstrengend.«

Ich verbiss mir eine spitze Bemerkung, immerhin hatte sie nur eine winzige Pfütze geschöpft. Den Rest hatte ich gemacht, nur durfte der Prinz das natürlich nicht erfahren.

Schweigend blickte ich an mir runter. »Ich nehme an, ich sollte mich noch umziehen«, stellte ich fest. Mein Kittelkleid war mit getrockneten Wasserflecken überzogen und stellenweise feucht.

»Ich hätte da ein zweites Kleid, das dir nach der bestandenen Aufgabe zusteht. Ein dunkelrotes Kleid mit Sonnen darauf.«

»Ist das so pompös wie das mit den Halbmonden?«

»Noch pompöser. Du würdest dich schrecklich darin fühlen und gleichzeitig wunderschön aussehen.«

Cindy stöhnte lautstark. »Herrje! Soll ich euch doch allein lassen?«

Michaels Grinsen wurde breiter. Er hielt mir seinen Arm hin, damit ich mich unterhaken konnte. »Ich bin sicher, die Kleiderkammer, die dir zur Verfügung steht, wird ein Kleid in deinem Sinne enthalten.«

Ich fühlte mich unwohl und war stolz zugleich, als ich an der Seite des Prinzen zum Ankleideraum huschte. Einige wenige Bewerberinnen bemerkten uns und warfen uns neidische Blicke zu. Die meisten verschliefen zum Glück unseren Auftritt.

Als Michael Anstalten machte, mit mir in den Kleiderraum zu gehen, hielt ich ihn auf. »Männerfreie Zone«, sagte ich streng.

»Ich komme mit rein, sonst türmst du durch das Seitenfenster.«

Er meinte das durchaus ernst, also gab ich nach. Neugierig blickte er sich um und zog wahllos Kleider von den verschiedenen Ständern. Eines war schöner als das nächste. Ich hingegen wusste sehr genau, was ich wollte. Ich hielt geradewegs auf ein schlichtes graues Etwas zu, das ganz hinten bei den praktischen Alltagskleidern hing. Bevor ich es mir schnappen konnte, hielt mir Michael jedoch ein anderes vor die Nase.

Es war schlicht und elegant. Damenhaft und niedlich. Es war beerenfarben und besaß einen zierlichen Gürtel, der mit Perlen bestickt war.

Wir sagten kein Wort zueinander, während ich das Kleid anstarrte. Michael ging schließlich halb in die Knie, um auf Augenhöhe mit mir zu sein. Er lächelte. »Ziehst du es an? Wir haben es etwas eilig.«

»Ich kann nicht.«

»Wieso nicht?«

»Weil es das perfekte Kleid ist und du es mir rausgesucht hast.«

»Und das ist schlimm, weil ...?«

»Weil es das dritte Kleid ist, das du mir schenkst. Ich bekomme langsam Angst, dass ich die Kontrolle verliere.«

»Hattest du jemals die Kontrolle? Ich bezweifle das. Denk nur an die Bootsfahrt oder die Stechmückenplage oder ...«

Ich schnappte mir blitzschnell das Kleid und huschte hinter einen extrabreiten Paravent. Dort zog ich mir mein klammes Kleidungsstück aus und das neue über. Als ich den fehlenden Reißverschluss bemerkte, fluchte ich wie ein Bierkutscher.

»Was ist denn jetzt schon wieder los?«, fragte Michael amüsiert.

»Das Teil muss geschnürt werden.«

»Und?«

»Du schnürst mir bestimmt nicht mein Kleid!«

»Aber ich würde das sehr gern machen.«

»Davon gehe ich aus!« Ich nestelte an mir herum, bis ich die Verschnürungen zu packen und das Kleid grob zugezogen bekam. Es sah unschön aus, darum zog ich mir rasch eine schwarze Jacke drüber, um das Rückenteil zu verdecken.

Als ich rauskam, sah Michael entsetzt aus. »Ich verstehe nicht viel von Mode, doch diese Jacke geht gar nicht!«

»Entweder die Jacke oder ich gehe wieder ins Bett.«

Also blieb die Jacke, obwohl sie die Schönheit des gesamten Kleides ruinierte. Seltsamerweise machte mir genau das Mut. Ich war keine perfekte Heiratskandidatin. Keine Prinzessin. Keine Heldin. Ich war vermutlich die böse Fee. Da war es besser, wenigstens eine hässliche böse Fee mit schlechtem Modegeschmack zu sein.

Erst als wir in den Gemächern der Königsfamilie angekommen waren und vor der Tür des Bankettsaals standen, fiel uns beiden auf, dass ich barfuß unterwegs war.

»Das kann auch nur dir passieren«, stellte Michael trocken fest.

Ich hob einen Fuß und wackelte schön sichtbar mit den dreckigen Zehen. »Wenigstens hab ich mir die Nägel geschnitten«, gab ich trocken zurück.

»Ich behaupte, das sei neue Mode in Esmarog und du hättest es ausprobieren wollen.«

Wir grinsten uns an, dann traten wir ineinandergehakt ein. Zu spät erinnerte ich mich daran, dass ich Michael noch tausend Dinge hatte fragen wollen. Wie muss ich das Königspaar begrüßen? Wird Prinz Andreas ebenfalls eine Begleitung haben? Sind andere Adelsleute eingeladen?

Die meisten meiner Fragen erübrigten sich, denn der Raum war recht klein. Darin stand nur ein langer Tisch mit sechs Tellern, verschiedenen Varianten an Bestecken und jede Menge prunkvoller Gläser.

Der König stand bei unserem Eintreten auf, während die Königin ohnehin noch am Feuer wartete und sich wärmte.

Sie drehte sich zu mir um und zauberte ein Lächeln auf ihre Lippen, das ich ihr beinahe geglaubt hätte. Leider blieb es kurz vor den Augen stecken. War das Unmut in ihrem Blick? Prinz Andreas stand neben der riesigen Lady Galaparos Nauditos am Fenster und wirkte eher unglücklich. Beide lächelten uns erleichtert an und eilten auf uns zu, sobald wir in den Raum getreten waren.

»Mama, Papa. Märri kennt ihr bereits. Ich freue mich sehr, dass ihr sie heute Abend eingeladen habt.«

»Lady Märri.« Königin Esmeralda nickte mir eher konsterniert vom Feuer aus zu.

Ich knickste hastig. »Nur Märri. Ich habe keinen Rang.«

»Was für eine Überraschung.«

»Mutter!« Das war Michael, der vehement dazwischenging. »Wir hatten besprochen, ihr mit großem Respekt zu begegnen.«

Michaels Vater trat in mein Blickfeld, sodass ich die Königin nicht mehr sehen konnte. Er grinste breit und wirkte dadurch um Jahrzehnte jünger. Die hübschen Grübchen hatte er eindeutig an seine Söhne weitergegeben, genau wie die freundlichen Augen.

»Auch ich habe damals eine recht unübliche Wahl getroffen und kann Michael gut verstehen. Wenn es passt, dann weiß man es einfach. Vergesst meine Frau. Sie ist momentan nicht ganz sie selbst. Die Brautschau nimmt sie sehr mit. Ich freue mich jedenfalls, Euch näher kennenlernen zu dürfen. Setzt Euch bitte.«

Er zog mir einen Stuhl nach hinten und wartete, bis ich saß. Michael bezog rasch Posten an meiner linken Seite, Andreas setzte sich zu meiner rechten. Der König ließ sich am Kopf des Tisches nieder und saß damit schräg neben Michael. Leider setzten sich ausgerechnet die beiden Frauen, die mich nicht leiden konnten, mir gegenüber. Ihre Blicke waren mehr als deutlich. Sie verwünschten mich.

Das hier war ein ganz gewaltiger Fehler. Wie sollte ich ein Dauerfeuer aus Fragen überstehen? Meine gesamte Vergangenheit war ein Geheimnis, das ich nicht lüften durfte. Was sollte ich erzählen?

»Woher kommt Ihr denn genau?«, fragte Königin Esmeralda prompt. Ihre dunklen Augen blitzten dabei gefährlich. Ahnte sie etwas?

Ich schluckte. »Aus Burginsland. Ich lebe bei Lucilla Sonnenschein, die Witwe von Heronimus Sonnenschein von Taufeld.«

»Ich kannte Heronimus gut. Ein feiner Herr. Sein Tod war tragisch. Wie gut, dass sich die liebe Lucilla seiner Tochter angenommen hat. Wie hieß sie doch gleich?«

»Cinderella.«

»Ah.« Die Königin schnalzte leise mit der Zunge und warf ihrem Gatten einen triumphierenden Blick zu. Der seufzte tief.

»Esmeralda, lass gut sein. Michael hat deutlich gemacht, dass er nicht zwingend eine Cinderella heiraten möchte. Vergiss die Märchen«, sagte er mit leichter Verärgerung in der Stimme.

Schmallippig wandte sich Königin Esmeralda wieder mir zu. »Das heißt, Ihr seid die Stiefschwester von Cinderella Sonnenschein?«, hakte sie unbarmherzig nach.

Aha! Daher wehte der Wind. »Nicht offiziell. Das sind Emma und Anna Sonnenschein. Ich bin eher so was wie das Kindermädchen.« Ich beschloss, so nah es ging an der Wahrheit zu bleiben. Wenn ich diese Fragerei überstehen wollte, ging das gar nicht anders. Sobald ich mich in Ungereimtheiten verstrickte, konnte ich einpacken.

Wobei ... worüber machte ich mir eigentlich Sorgen? Ich wollte so oder so nicht in die Familie einheiraten.

Als ich jedoch Michael von der Seite ansah, wurde mir ganz warm im Magen. Für ihn wollte ich mich wenigstens nicht blamieren, immerhin traute er mir einen Abend mit seiner Familie zu.

Die Suppe wurde aufgetischt. Es war eine schmucklose Bouillon mit einem einzigen Kloß darin. Ich schielte sehr genau auf Michaels Löffel. Wann aß er den Kloß? Da er ihn vorerst ignorierte, tat ich das auch. Ich wartete brav ab, bis die Königin den ersten Löffel voll zu sich genommen hatte. Erst dann folgte ich ihrem Beispiel.

Mir blieb die Suppe in der Kehle stecken. Sie schmeckte scheußlich. Wie widerlich! Ich zwang mich dennoch zu schlucken. Mein Magen rebellierte und fühlte sich gleich darauf an, als stünde er in Flammen.

»Schmeckt es Euch nicht?«, fragte Königin Esmeralda. Sie hatte mich sehr genau beobachtet.

Was war hier los? »Eine interessante Suppe«, wich ich aus. »Was ist da drin?«

»Bouillon.«

Neben mir ließ Michael klappernd den Löffel auf seinen Teller fallen und schnappte sich meine Schüssel, um sie mit seiner auszutauschen. Ich war viel zu irritiert, um zu protestieren.

Michael probierte von meiner Suppe und fauchte ungehalten. »Mutter! Lass deine Prüfungen!«

»Michael«, ermahnte ihn sein Vater scharf.

Königin Esmeralda lehnte sich zurück und musterte mich in etwa so, wie man eine warzige Schleimschnecke betrachtet. Sie kniff sogar die Augen zusammen und zog die Nase kraus. »Ist Euch schlecht?«, frohlockte sie.

Mir war speiübel. So schlecht, dass ich Mühe hatte, nicht direkt in die Suppenschüssel zu kotzen. Mein gesamter Körper fühlte sich an, als stünde er in Flammen. Mir war heiß und kalt zugleich.

»Hast du mich etwa vergiftet?«, krächzte ich und vergaß dabei ganz, die Königin mit dem ihr gebührenden Respekt anzusprechen. Wobei das ohnehin relativ war. Wer mich umbringen wollte, hatte meinen Respekt verloren!

»Ich habe lediglich etwas Binsenweisheit hineingetan. Magisch verwandelte Wesen vertragen das nicht besonders. Der Zauber erlischt und sie nehmen ihre ursprüngliche Gestalt an. Ich bin gespannt, was gleich vor uns sitzt. Ein Troll? Ein Rumpelstilzchen? Ein Drache?«

Als ich das hörte, entspannte ich mich. Binsenweisheit war gefährlich für uns Feen, allerdings nicht tödlich. Sie verursachte Magenschmerzen, Übelkeit und den Hang, Arien schmettern zu wollen. Da wir Feen keine richtige Gestalt hatten, würde ich mein Aussehen behalten. Wir nahmen grundsätzlich das Aussehen, die Größe und die Form an, die uns gefiel. In den meisten Fällen waren das die stereotypen kleinen Flügelwesen, im Moment eben meine Menschengestalt. Sollten meine Flügel durch die Weisheit zum Vorschein kommen, würde mein Kleid sie zum Glück verdecken.

Dass mich die Königin jedoch eiskalt testete, war eine Unverschämtheit. Dafür gehörte sie bestraft.

»Ich bin allergisch auf Binsenweisheit«, brachte ich mit absichtlich schwacher Stimme hervor und testete zum ersten Mal seit meinem Rausschmiss aus der Feenwelt meine Magie. Sie reagierte sogar zaghaft auf meinen Versuch. Sie war noch da, jedoch geknebelt. Um meine Gestalt zu verändern, reichte es gerade noch aus. Hastig zauberte ich mir ein paar kleinere Pusteln ins Gesicht, um meine Lüge zu untermalen. »Ich bin ein Mensch. Ein ganz normaler Mensch mit einer Binsenweisheit-Allergie. Ich bekomme davon Ausschlag.« Ich ließ die Pusteln größer und größer werden. »Lucilla hat mich ebenfalls getestet, als ich bei ihr als Kindermädchen anfangen wollte. Seitdem wissen wir, was Binsenweisheit bei mir anrichtet.«

Michael sah entsetzt, König Friedhelm schockiert, Andreas empört und Königin Esmeralda verblüfft aus. Sie alle beugten sich instinktiv vor, um die nun grünlich-lilafarbenen Pusteln genauer in Augenschein zu nehmen.

Michael hatte genug gesehen und sprang empört auf. »Wie kannst du es wagen, Märri zu vergiften? Komm, wir gehen!«

Er hielt mir seine Hand hin, die ich eher zögerlich nahm. Ich hatte keineswegs vorgehabt, einen Keil zwischen ihn und seine Familie zu schieben, doch der Schaden war angerichtet. Michael funkelte seine Mutter böse an. »Ich schäme mich für dich«, sagte er eisig.

»Michael, setz dich wieder«, erwiderte der König, aber sein Sohn ignorierte ihn. Er zog mich Richtung Tür. Ich drehte mich kurz vor dem Ausgang um und warf einen Blick zurück.

Dabei sah ich direkt in die zornfunkelnden Augen der Königin. Heute Abend hatte ich mir eine Todfeindin geschaffen. Ob sie mich durchschaut hatte? Oder ärgerte sie sich lediglich über sich selbst, weil sie übers Ziel hinausgeschossen war und nun in einem schlechten Licht dastand?

Bevor ich etwas sagen oder tun konnte, waren wir schon auf dem Gang, und die riesige Flügeltür schloss sich mit einem Krachen hinter uns. Ich stolperte weiter neben Michael her, der dabei krampfhaft meine Hand festhielt.

Ich ließ das etwa zehn Schritte lang zu, dann stemmte

ich die Beine in den Boden und stoppte ihn. »Deine Mutter macht sich nur Sorgen um dich«, sagte ich. »Sie wollte mich nicht vergiften. Nur testen. In einer Welt voller Märchenfiguren, die allesamt hinter dem Prinzen her sind, ist das durchaus verständlich.«

»Sie hat dich vergiftet«, brüllte er mich mit hochrotem Kopf an.

»Das habe ich durchaus bemerkt.« Ich deutete auf die Pusteln in meinem Gesicht. »Das sieht nur hässlich aus und tut nicht weh.«

»Sie hat dich für einen Troll gehalten. Oder für eine Hexe!«

»Mein Benehmen war auch nicht gerade vorbildlich.«

»Verteidigst du sie etwa?«

»Nein, nur möchte ich nicht, dass du dich meinetwegen mit deiner Familie streitest. Das bin ich nicht wert.«

Michael seufzte tief. Zu meiner Irritation ließ er meine Hand los und trat einen Schritt auf mich zu, so nah, dass wir uns beinahe berührten. Er umfasste mein Gesicht und sah auf mich hinunter. Ich musste meinen Kopf in den Nacken legen, um zu ihm hochgucken zu können. Verdammter Größenunterschied.

Sein Atem in meinem Gesicht verschlug mir wiederum meinen Atem. Er roch himmlisch und sah selbst aus dieser Perspektive wunderschön aus. Seltsamerweise bemerkte ich, dass er sich sogar unter dem Kinn perfekt rasiert hatte.

Er blickte mir ernst in die Augen, hielt meinen Blick umfangen. Sein Lächeln verursachte ein wildes Kribbeln in meinem Magen, und seine Nähe verwandelte meine Knie in Pudding.

»Du bist es wert«, sagte er leise zu mir. »Ich bin mir absolut sicher.«

Dann küsste er mich, woraufhin ich quiekte, hektisch zurücksprang und ihm eine schallende Ohrfeige verpasste, die wie ein Peitschenknall durch den gesamten Gang echote.

»Du kannst mich doch nicht einfach so küssen«, brüllte ich ihn an.

Er hielt sich seine schmerzende Wange und wirkte geschockt. »Einfach so? Ich dachte, ich hätte dir genug Hinweise darauf gegeben, was ich plane.«

»Welche Hinweise denn?«

»Ich bin dir langsam näher gekommen. Habe dich berührt. Dir tief in die Augen gesehen. Ich wusste nicht, dass ich erst noch offiziell um Erlaubnis bitten muss. Mann! Du hast echt einen guten Schlag drauf!«

Ich stand weiterhin empört gut zwei Meter von ihm entfernt. Erst jetzt bemerkte ich, dass ich die zu Fäusten geballten Hände weiterhin kampfbereit erhoben hatte. Langsam ließ ich sie sinken und spürte, wie ich rot anlief. »Ich hab wohl etwas überreagiert«, gab ich zerknirscht zu.

»Etwas? Du hast mir eine runtergehauen!«

»Was küsst du mich auch, wenn ich noch ganz aufgewühlt von der Begegnung mit deinen Eltern bin! Ich war noch auf Krawall gebürstet und nicht auf Rumgeknutsche.«

»Ich wollte nicht rumknutschen, ich wollte dir einen äußerst romantischen, liebevollen und zarten Kuss geben. Das ist ein himmelweiter Unterschied!«

Ich strich nervös nicht existente Falten in meinem Kleid glatt und wusste nicht recht wohin mit meinen Händen. »Du darfst mich nicht küssen«, sagte ich schwach.

»Und wieso nicht?«

Sag es ihm, dachte ich panisch. Sag ihm endlich, dass du eine Fee bist und seine Mama recht hatte. Ich bin ein Monster, dem man das Handwerk legen muss.

Ich konnte es nicht sagen. Ich würde ihn in der gleichen Sekunde verlieren, und das wollte ich nicht. »Ich bin verlobt«, log ich spontan.

Michael verdrehte die Augen. »Klar. Wer ist denn der Glückliche?«

»Kennst du nicht.«

»Kennt ihn irgendwer?«

Pause.

»Okay. Ich hab gelogen. Ich bin nicht verlobt.«

»Dachte ich mir. Und warum kannst du mich dann nicht küssen?«

»Weil ... weil ... ich Pusteln im Gesicht habe. Die tun weh.«

»Kurz zuvor hast du mir versichert, dass sie nicht wehtun.«

»Sie sind aber hässlich.«

»Nicht hässlicher als die Saugis, und selbst mit denen im Gesicht fand ich dich umwerfend.«

Wieso sagte er denn bloß solche Sachen? Das war nicht normal! »Warum bemühst du dich so um mich, obwohl ich so zickig zu dir bin?«, platzte ich heraus.

»Du bist nicht zickig, nur verwirrt. Ich warte auf den Moment, in dem du es endlich kapierst.«

»Was soll ich denn kapieren?«

»Dass wir zwei perfekt zueinanderpassen. Als ich dich im Garten vor der niedergestreckten Cindy gesehen habe, die Fäuste zum Kampf erhoben und die Haare wirr in alle Richtungen abstehend, da wusste ich es: Du bist es.«

Er kam wieder näher und hatte erneut diesen verträumten Blick drauf. Mutig war er. Das musste man ihm lassen.

Ich wich vor ihm zurück, um nur ja nicht in Versuchung zu geraten. Er übte eine unglaubliche Anziehungskraft auf mich aus. Das war nicht zu leugnen.

»Wehe, du küsst mich wieder! Ich hau dich zur Not ein zweites Mal«, warnte ich ihn eindringlich.

»Ich küsse niemanden gegen seinen Willen. Ich hoffe nur, dass du endlich zur Vernunft kommst.« Als er meinen entschlossenen Blick bemerkte, seufzte er tief. »Würdest du denn zumindest einen weiteren Abend mit mir verbringen? Die Kutsche wartet bestimmt noch auf uns. Ich habe sie nicht abbestellt.«

»Kussfrei?«

»Das kann ich nicht versprechen. Ich versichere dir lediglich, dass ich nicht damit beginnen werde.«

»Dann wird er kussfrei. Ich werde dich nämlich keineswegs küssen. Niemals!«

»Ich bin ein guter Küsser.«

»Und ich eine gute Schlägerin. Meine Rechte kennst du schon. Die Linke hat sich gerade erst aufgewärmt.«

Michael lachte, obwohl die Situation überhaupt nicht lustig war. Allmählich machte ich mir auch ernsthafte Sorgen um seinen Gemütszustand. Es war nicht normal, dass er sich weiterhin um mich bemühte, obwohl ich wirklich fies zu ihm war. Spürte er meinen Feencharme? Dabei gab ich mir so große Mühe, ihn zu eliminieren.

»Also?«, fragte er zaghaft.

»Na gut. Ich komme mit«, gab ich mich geschlagen. »Aber nur, damit du nicht weinst und weil ich wissen will, ob ich es mir mit deiner Mutter vollständig verscherzt habe.«

Michaels Lächeln verblasste abrupt. »Dass meine Mutter versucht hat, dich zu vergiften, muss unter allen Umständen geheim bleiben. Wenn bekannt wird, dass eine Königin eine Untertanin einem solchen Test unterzogen hat, ist die Hölle los. Für eine Königin gehört sich das nicht. Dafür hat sie ihre Hofmagier. Meine Mutter ist in solchen Dingen jedoch sehr pragmatisch. Sie neigt zu Alleingängen. Keine Sorge. Ich bin sicher, sie hat ihre Lektion gelernt. So etwas wird nie wieder vorkommen.«

Ich war mir da nicht so sicher. In ihren Augen hatte ich einen Ausdruck entdeckt, der mich beunruhigte. Sie hatte Verdacht geschöpft. Wenn sie wirklich gern die Sachen selbst in die Hand nahm, hatte ich womöglich ein Problem. Sie konnte mir schneller auf die Schliche kommen, als mir lieb war. Bis dahin musste ich Michael unbedingt die Wahrheit gesagt haben. Nicht auszudenken, wenn er es selbst herausfand.

Gleich, nahm ich mir vor. Gleich traust du dich und gestehst ihm alles. Dass ich ihn in der gleichen Sekunde verlieren würde, war mir schrecklich bewusst. Mein Herz blutete bereits allein bei dem Gedanken daran.

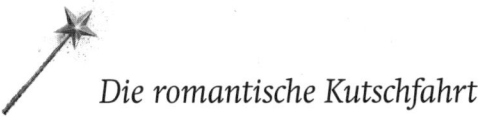

Die romantische Kutschfahrt

Als ich das Gespann vor der Tür stehen sah, blieb ich abrupt stehen. Einhörner! Da warteten schneeweiße Einhörner auf mich, die vor eine zarte Eiskutsche gespannt waren. Über allem schwebten etwa eine halbe Körperlänge entfernt dicke Wolken, aus denen es sanft schneite. Der Grund für den Zauber war schnell gefunden. Ein Magusbär, besser bekannt als Yeti, saß auf dem Kutschbock. Als er uns bemerkte, sprang er behände auf den Boden und öffnete uns dienstbeflissen die Tür.

»Michael«, sagte ich drohend.

»Ich weiß. Es schwitzt Kitsch aus jeder Pore aus. Genau das Richtige für uns.« Er lachte schallend. »Ich dachte mir, wenn ich es so richtig übertreibe, zählt es nicht mehr und du lässt es mir durchgehen. Komm schon. Das wird lustig.«

Ich war skeptisch, ließ mich aber nach einigen Protesten in die Kutsche verfrachten. Drinnen lagen kuschelige Decken und ein gigantischer Polarbärmantel, in den ich mich einmummeln konnte.

»Der arme Bär«, protestierte ich.

»Die sterben dafür nicht. Das ist das Fell eines Bären von Schneeweißchen und Rosenrot. Er hat sein Fell abgelegt, um Mensch zu werden. Keiner ist dafür draufgegangen. Die Dinger kosten trotzdem ein Vermögen. Nur das Beste für meine Angebetete.«

Ohne auf meinen Protest zu achten, legte er mir das Fell um und gab gleichzeitig dem Kutscher das Zeichen. Unser Gefährt war natürlich oben offen, sodass wir die Sterne am Firmament sehen konnten. Die riesigen Wolken waren vorausgeflogen, um uns den Weg zu beschneien. Ich konnte vor Staunen nicht mal schimpfen und ließ es über mich ergehen. Und ja, ich gebe es zu: Das war schon ziemlich toll.

Die Einhörner galoppierten nur am Anfang, um zu zeigen, wie superschnell sie waren. Es war wie Fliegen, nur noch genialer. Nach kurzer Zeit verfielen sie in einen flotten Trab, bei dem wir uns problemlos unterhalten konnten. Mir hatte es allerdings noch den Atem verschlagen, sodass ich zunächst lediglich meine Aussicht genießen konnte. Die Einhörner waren so wunderschön und sonderten in regelmäßigen Schüben Sternenglitter ab, der mir um die Ohren wehte.

»Wie viel kostet das hier eigentlich?«, fragte ich nach einer Weile.

»Du bist eine echte Romantikerin«, gab Michael lediglich zurück.

Ich wandte mich ihm zu. »Ernsthaft jetzt. Du weißt, dass du mit solchen Aktionen nicht mein Herz gewinnen kannst.«

»Aber ich kann es beeindrucken.«

»Stimmt.«

»Ziel erreicht. Kutscher?«

Der Yeti drehte sich auf dem Bock um und ließ die Einhörner langsamer gehen. »Was kann ich für Euch tun, Hoheit?«

»Hättest du einen Packen Eis für mich und mein lädiertes Auge? Es schwillt zu.«

»Selbstverständlich.«

Ein Handwink später hatte der Prinz ein in ein Tuch eingewickeltes Eispack in der Hand.

»Sehr pragmatisch«, lobte ich Michael.

»Warte ab. Da kommt noch viel mehr.«

»Mach mir bitte keine Angst. Egal was du geplant hast: Das mit dir und mir ist in etwa so unrealistisch wie mein größter Traum in der Kindheit.«

»Der wäre?«

Ich zögerte. Verriet ich mich? Gab ich zu viel preis? Da ich aus der Nummer ohnehin nicht rauskam, räusperte ich mich. »Ich wollte immer eine Märchenprinzessin sein. So richtig. Mit allem Drum und Dran.«

Michael starrte mich an. Lange und so intensiv, dass mir unwohl wurde.

»Was?«, fragte ich irritiert.

»Du hast keine Ahnung, was du da sagst. Eine Märchenprinzessin zu sein ist schrecklich. Das schlimmste Schicksal, das du dir aussuchen kannst. Sich das auch noch zu wünschen, halte ich für absoluten Irrsinn. Ich habe dich für klüger gehalten.«

»Ach? Und du weißt das so genau, weil du in deinen Jugendjahren eine Märchenprinzessin warst? Hab ich da was verpasst?«

»Nein. Ich bin ein Märchenprinz. Das ist auch kein Spaß. Die Prinzessinnen sind hingegen noch ärmer dran.«

»Am Ende sind sie glücklich und finden die Liebe ihres Lebens.«

»Vorher gehen sie durch die Hölle. Entweder sie verlieren ihre armen Eltern, wachsen zwischen Irren auf, müssen um ihr Leben kämpfen oder bringen all jene in Gefahr, die sie lieben.«

Jetzt hatte er meine volle Aufmerksamkeit. Ich bemerkte nicht mal, dass eins der Einhörner statt Sternenglitter kleine Herzblasen zu mir schickte, die an meiner Nase vorbeiflogen und leise »küss ihn« flüsterten.

»Ich kenne nur Cinderellas, die das Glück gefunden haben«, erklärte ich hitzig und bereute die Worte sofort. Gefährliches Terrain. Ganz gefährlich!

Zum Glück überhörte Michael das, da er gerade selbst viel zu emotional war. »Cindys geliebter Vater ist tot! Sie wird von ihrer Stiefmutter gequält und vermutlich keine Prinzessin werden. Hältst du das für erstrebenswert?«

»Ihre Stiefmutter hat sie nie gequält. Die ist total lieb und nett.«

»Da hat sie dann verdammtes Glück gehabt. Mehr Glück als so manch andere Cinderella. Oder nehmen wir Schneewittchen als Beispiel. Ihre Mutter stirbt bei der Geburt, und die Stiefmama trachtet ihr nach dem Leben. Das klingt nicht sehr erstrebenswert, genauso wenig wie vergiftet zu werden. Von Rapunzel, die jahrelang grausam ganz allein in einem engen Turm gefangen gehalten wird, ganz zu schweigen.«

»Trotzdem geht am Ende alles gut aus.«

»Nicht für alle, Märri. Nicht für alle.«

Alle Warntröten gingen in meinem Kopf an. Ich spürte, dass wir hier längst nicht mehr eine normale Diskussion führten. Dafür war Michael zu emotional, zu dramatisch geworden.

»Was ist los?«, fragte ich ruhig. »Was steckt dahinter, dass du die Märchenfiguren derart hasst, die Feen verbannen willst und wegen eines Streites in dieser Sache sogar dein Königreich verlässt und auf die Krone verzichten willst?«

»Das ... geht dich nichts an.«

»Doch, das tut es. Ich will verstehen, warum du mich magst und weshalb du die Dinge, die mir so wichtig sind, hasst. Also? Wenn ich nicht auf der Stelle aus dieser Kutsche verschwinden soll, musst du mit mir reden.«

Michael wich meinem Blick aus, sah nach vorn. Ich war enttäuscht. Da er aber ein guter Beobachter war, hielt er mich in letzter Sekunde auf. Ich war drauf und dran gewesen, aus der Kutsche zu hüpfen. So lahm, wie wir unterwegs waren, hätte ich mir dabei vermutlich nur ein paar wenige Knochen gebrochen.

»Wenn ich dir das verrate, musst du schwören, es niemals jemandem weiterzusagen.«

Ich überlegte. Solche Schwüre waren vertrackt und gefährlich. Entgegen meiner sonstigen Gewohnheiten nickte ich trotzdem. »Ich verspreche es.«

Michael warf dem Kutscher einen misstrauischen Blick zu. »Kutscher? Wir hätten gern mehr Privatsphäre.«

»Selbstverständlich.« Ein Schnippen der dicken Yeti-Finger später, und unsere Kutsche hatte ein Dach. Der Typ hatte es drauf!

Michael atmete tief durch. »Ich bin nicht der Erstgeborene. Meine Eltern haben alles getan, damit die meisten unseres Königreiches das vergessen, ich hingegen erinnere mich noch recht gut.«

»Ein Vergessenszauber? Für ein ganzes Königreich?«, fragte ich ungläubig.

»Der Feenrat hat geholfen, um die unangenehme Sache zu vertuschen.«

Mir wurde heiß und kalt zugleich. Das klang gar nicht gut! Um genau zu sein: katastrophal. Bevor ich nachfragen konnte, hob Michael mahnend die Hand.

»Frag später nach. Lass mich erst erzählen.«

Ich nickte.

»Meine Schwester war ein Dornröschen«, sagte er ruhig. Ich wurde blass, als ich das hörte. Dornröschen. Es war das gefürchtetste Märchen von allen. Keine Fee übernahm gern die Patenschaft für solch ein unglückseliges Geschöpf. Auf den ersten Blick wirkte das Märchen so zauberhaft. So harmlos. Das war es keineswegs.

Es verdammte unzählige Schlossbewohner dazu, auf ewig von ihren Lieben getrennt zu werden. Wer in einem solchen Schloss gefangen war und erst Jahrhunderte später erwachte, hatte seine komplette Familie verloren. Vorausgesetzt, sie lebten nicht mit ihm zusammen im Schloss. Für die armen Prinzen in der Umgebung bedeutete das Märchen häufig den Tod. Sie wurden von der verflixten Dornenhecke angezogen wie Motten vom Licht. Waren sie nicht der erwählte Prinz, starben sie auf schreckliche Weise.

Nein. Dornröschen war ein waschechtes Schreckmärchen der besonderen Sorte.

»Sie ... war?«, hakte ich vorsichtig nach, da Michael verstummt war.

Weil er so traurig aussah, nahm ich seine Hand und drückte sie. Sie war eiskalt, was entweder an dem Eisbeutel lag, den er bis gerade noch darin gehalten hatte, oder an dem Gespräch, das wir führten.

»Meine Eltern wussten sehr früh, was auf sie zukam und hielten es streng geheim. Weißt du, was Könige tun, wenn sie ein Dornröschen in der Nähe wissen?«

Ich schüttelte den Kopf. Das wusste ich wirklich nicht und ahnte Schlimmstes.

»Sie führen so lange Krieg, bis sie das Dornröschen getötet haben. Alles nur, um ihre Söhne vor der Dornenhecke zu bewahren. Daher hielten meine Eltern die Tatsache streng geheim und bemühten sich im Verborgenen, den Spindelstich zu verhindern. Sie wollten es auch vor meiner Schwester verheimlichen, doch das misslang. Die Feen verrieten es ihr. Allein ihre Anwesenheit bewies schließlich, dass meine Schwester eine Märchengestalt sein musste. Es war eindeutig, welche Geschichte erzählt wurde. Kurz vor ihrem fünfzehnten Geburtstag entfloh sie ihrem Schicksal auf ihre eigene Weise.«

»Wie?«, hauchte ich.

»Sie sprang vom höchsten Turm und starb. Durch diese Tat rettete sie unzähligen Prinzen das Leben, bewahrte unsere Schlossbewohner vor einem Leben jenseits ihrer Zeit und entkam ihrem auferlegten Schicksal. Damit will ich sie keineswegs als Heldin darstellen. Sie ist das Opfer dieser Geschichte. Ein Opfer, das keine Chance hatte, sich zu wehren. Ihr ganzes Leben hat sie unter dem Stigma dieses verfluchten Märchens gelitten. Ich wäre nie im Traum darauf gekommen, dass sie ihren Freitod plante. Sie war so lebensfroh. So optimistisch. So fröhlich. Du erinnerst mich sehr an sie, denn nur mit ihr konnte ich mich herrlich streiten und gleichzeitig lachen. Sie war chaotisch, herzlich und wild. Ich vermisse sie sehr. Die Märchen haben sie mir genommen, und der Feenrat hat nichts getan, um das zu verhindern.« Er seufzte leise. »Jetzt habe ich die Stimmung komplett verdorben. Du siehst aus, als müsstest du kotzen.«

Das war nah dran. Ich war kurz vor einem Herzinfarkt. So etwas ... nein! So etwas ... das durfte nicht wirklich geschehen sein! Wieso hatte ich noch nie etwas davon gehört? Wir Feen tratschten ganz furchtbar. War es überhaupt möglich, eine solche Monstrosität zu verheimlichen? Der Selbstmord einer Märchenprinzessin war unfassbar.

»Jetzt verstehe ich, warum du die Märchenwelt so hasst«,

sagte ich beinahe tonlos. Es war das Einzige, was ich hervorbringen konnte.

»Ich bin gegangen, als meine Eltern meine Schwester vergessen ließen. Das war beinahe so schlimm, wie sie noch einmal zu verlieren. Der Feenrat bestand jedoch darauf. Selbstmord sollte nicht heroisiert werden. In keiner Weise. Das sehe ich tatsächlich ein, aber die Art und Weise, wie damit umgegangen wurde, war schrecklich. Sie haben ihr Andenken entehrt und uns als Familie im Stich gelassen. Das werde ich den Feen niemals verzeihen. Es sind verbohrte, verkopfte und egoistische Wesen. Das Einzige, was für sie zählt, ist die Geschichte. Je genauer sie befolgt wird, desto besser. Wusstest du, dass sie untereinander sogar in Konkurrenz stehen? Als sei das Leben eines Menschen nicht viel mehr wert als ein Wetteinsatz.«

Ich konnte dazu nichts sagen. Es stimmte. Ja, es stimmte. Ich hatte mich noch nie so sehr geschämt wie in diesem Moment. Auch ich hatte alles versucht, um eine gute Abschlussnote zu ergattern. Auch ich hatte alles darangesetzt, damit Cindy ihrem Schicksal gerecht wurde. Dabei war alles anders gekommen, und das war gut so. Es hatte mir die Augen geöffnet.

»Wie wäre es, wenn ihr euch mit dem Feenrat zusammensetzt und über die Vergangenheit sprecht?«, fragte ich zaghaft.

Michael lächelte mich traurig an und nahm meine Hand, streichelte mit dem Daumen über meine Haut. Gerade setzte er zu einer Antwort an, da hielt die Kutsche mit einem Ruck, die Tür sprang auf und ein Schwall eisiger Luft wehte hinein. Gleichzeitig rollte sich wie von Geisterhand ein roter Teppich über eine weiße Schneelandschaft aus. Er verband innerhalb weniger Sekunden unsere Kutsche mit einem Teich, der im Licht des Mondglanzes eiskristallen glitzerte. Drum herum schwebten Kerzen in verschiedenen Größen in der Luft und erhellten eine Bank, auf der neben Decken auch zwei dicke Mäntel und Schlittschuhe lagen. Zumindest erahnte ich das.

»Wollen wir?«, fragte Michael und war schon draußen, bevor ich antworten konnte. Er half mir galant aus der Kutsche und ließ mich dann eine Weile vor mich hin staunen.

»Es ist Sommer«, sprach ich schließlich das Offensichtliche aus.

»Wo ein Yeti lebt, ist stets ewiger Winter. Dieser Bereich hier gehört seinem Clan. Bevor du fragst: Wir bezahlen fürstlich dafür, dass wir hier sein dürfen. Und ja, das ist sehr teuer.« Er nahm erneut wie selbstverständlich meine Hand und führte mich über den roten Teppich zur Bank hinüber. Der Schnee knirschte unter unseren Füßen. Da ich barfuß unterwegs war, kämpfte ich schon bald mit der Kälte. Es fiel mir trotzdem nicht im Traum ein, mich zu beschweren. Michael hatte sich so viel Mühe gegeben. Da wollte selbst ich ihm als absolute Romantik-Phobikerin die Atmosphäre nicht verpesten.

Gleich darauf lobte ich mich in Gedanken für meine Geduld. Auf der Bank erwarteten uns dicke Socken, heiße und lecker gesüßte Kakaomilch und ein warmer Luftstrom, dessen Ursprung ich nicht herauszufinden vermochte.

Ich kuschelte mich in die dicken Decken und zog mir rasch die überlangen Socken an. Michael beobachtete mich amüsiert.

»Ich wusste, dass du dich für die rot-orange geringelten Strümpfe entscheidest«, sagte er lachend. Erst dann setzte er sich neben mich und schenkte mir von dem köstlich duftenden Kakao ein.

»Ich bin ein farbenfrohes Ding.« Ich vermied absichtlich das Wort Mensch und hoffte, das möge ihm entgehen. Gleich darauf runzelte ich verwirrt die Stirn. »Singt mein Atem oder bilde ich mir das ein?«

»Das sind Lichterglanzflummis. Die Yetis züchten sie hier und trainieren sie für ihre schrägen Wettbewerbe. Du bildest es dir also nicht ein. Die Flummis wärmen sich in deinem Atem und singen vor Glückseligkeit. Sie bedanken sich bei dir. Je schneller du atmest, desto deutlicher trällern sie dir ein Liedchen.« Michael machte es mir vor, und schon bald schmetterte ein unsichtbarer Geselle aus dem Nichts eine kleine Arie. »Du müsstest mal hören, wie schön sie musizieren, wenn ein Yeti atmet.«

Ich staunte nicht schlecht. Von der Yetiwelt hatte ich wenig bis gar keine Ahnung. Yetis brachten keine Märchenprinzessinnen hervor, da sie selbst magischen Ursprungs waren. Sie galten daher für uns Feen als uninteressant. »Was sind das denn für Wettbewerbe?«, fragte ich neugierig.

»Gesangswettstreits mit Lichterglanzflummis, Armdrücken, Baumweitwerfen, Beschneiungsherausforderungen, Einhornschönheitswettbewerbe. Die Yetis sind da vielfältig. Leider kommt man nur sehr schwer an Karten.« Michael grinste breit. »Wenn du das mal erleben möchtest, werde ich gern ein paar Gefallen einfordern. Nichts ist unmöglich.«

Da war es wieder. Dieses Glitzern in Michaels Augen, das mein Herz schneller schlagen und meine Panik vor der Zukunft ins Unermessliche steigen ließ. Ich verstrickte mich nur noch weiter in so große Probleme, dass ich sie kaum noch überwinden konnte.

So laut, wie ich schluckte, konnte er es bestimmt hören. Der Kloß in meiner Kehle war auf die Größe einer Pampelmuse angeschwollen. Ich musste ihm dringend die Wahrheit sagen. So dringend! Zunächst wollte ich aber wirklich und wahrhaftig Schlittschuhlaufen. Noch diesen einen Abend durfte ich mir gönnen. Das war nichts Verwerfliches. Nur diesen Abend. Und dann ...

Ja, okay. Ich schob das Unausweichliche schon wieder auf, doch wie konnte etwas so Schönes enden?

Es konnte. Es musste.

Nur nicht jetzt!

Die kitschigste Schlittschuhfahrt mit Glitzerflitzer

Lass uns aufs Eis gehen«, sagte ich laut, um Michaels liebevollem Blick und meinem unguten Gefühl zu entkommen.

Ich kippte den heißen Kakao in einem Zug runter, krächzte vor Schmerz, weil meine Lunge zu brennen schien, und schnappte mir in der gleichen Bewegung einen perfekt passenden, supergrazilen Schlittschuh. Er war ... ich quiekte vor Schock, sprang auf und schleuderte ihn regelrecht von mir. »Der ist ja aus Glas«, rief ich fassungslos.

»Aus Eis«, korrigierte Michael gelassen. Er stand auf und holte mir den Schuh zurück, hielt ihn mir hin. »Keine Sorge. Auf ihm liegt ein Zauber, sodass er dich wärmt, statt dir die Füße zu Eisklumpen zu gefrieren.«

Ich starrte das Ding weiterhin fassungslos an. »Das ist ein Cinderella-Schuh. Den kann ich nicht anziehen.«

Michaels Stirnrunzeln bewies, dass er daran keine Sekunde gedacht hatte. Nachdenklich drehte er ihn in seinen Händen hin und her. »Er ist kein Stöckelschuh«, wandte er ein. »Also keine Gefahr.«

»Er ist aus Glas. Er sieht wunderhübsch aus. Er ist magisch und verdammt noch mal: Er ist ein Cinderella-Schuh«, beharrte ich.

»Ich dachte, du wolltest seit deiner Kindheit eine Märchenprinzessin sein.«

»Ich bin aber keine. Nimm das Ding weg. Es macht mir Angst.«

»Dann können wir leider nicht Schlittschuhlaufen.«

»Können wir wohl.« Ich stand auf, ging auf Ringelsocken zum Eis und trat mit einem zaghaften Schritt vom schneebedeckten Boden auf den See hinaus. »Siehst du? Ist ganz ein... aaaah!« Schon lag ich lang gestreckt auf dem Eis und schlitterte peinlicherweise noch gut zwei Meter Richtung Seemitte.

Ich hörte Michaels Lachen bis hierher und wollte im ersten Moment mit ihm schimpfen. Letztlich musste ich mitlachen. So viel zu meinem Beweis. Ich bemühte mich noch dreimal, wieder auf die Füße zu kommen, nur war das Eis zu rutschig. Ich legte mich jedes Mal aufs Neue lang. Trotzdem gab ich nicht auf. So schnell ließ ich mich nicht aufs Glatteis ... ah! Diesmal landete ich auf meinem Steißbein, was echt wehtat.

Vor lauter Flucherei überhörte ich glatt Michaels Ankunft. Er hatte sich seine Schlittschuhe angezogen und war beinahe lautlos neben mich geglitten. Grinsend hockte er sich vor mir hin und hielt mir die gläsernen Schuhe vor die Nase. »Die könnten was bringen. Sind auch bedeutend wärmer für deine armen Füße.«

»Vergiss es. Hilf mir lieber auf. Wenn du mich stützt, sollte es gehen.«

Michael hielt mir die Hand hin und zog mich in die Höhe. Sein Stand war dabei so unverschämt sicher, als stünde er auf festem Untergrund. Er zog mich die letzten Zentimeter etwas zu heftig zu sich, sodass ich gegen seine Brust taumelte und mich an ihm festhalten musste. Als ich mit verärgert gerunzelter Stirn zu ihm hochblickte, grinste er mich frech an. Ich mochte das Glitzern in seinen Augen. Die ungestüme, pure Lebensfreude. Ja, verdammt. Ich mochte den ganzen Kerl. Total. Unwiderruflich. Absolut.

Er hob mich ein kleines Stückchen in die Höhe. Ich wollte gerade dagegen protestieren, da bemerkte ich, dass er meine Füße auf seine Schlittschuhe gesetzt hatte. Seinen Arm legte er schützend und Halt gebend um meinen Rücken, presste mich an sich. Mit einer fast unmerklichen Fußbewegung stieß er sich vom Eis ab, und schon schwebten wir gemeinsam aneinandergeklammert über das Eis. Der eisige Fahrtwind wehte mir die Haare ins Gesicht und ihm gegen die Brust, woraufhin er eher spielerisch eine Drehung machte, sodass er jetzt mit dem Rücken zur Laufrichtung war und mich mit seinem Körper vor dem bösen Wind schützte.

»Ganz der Märchenprinz«, frotzelte ich, doch in Wirklichkeit schlug mir mein Herz vor Aufregung heftig bis in die Kehle. Nein. Das war nicht ganz richtig. Es schmolz dahin. Diese Situation triefte zwar vor Kitsch, aber sie war auch wunder-, wunder-, wunderschön!

Wir brauchten nur drei Anläufe, schon hatten wir uns komplett aufeinander eingespielt. Gemeinsam vollführten wir eine weit gezogene Schleife, dann eine Acht, eine engere Pirouette und einen kleinen Hüpfer, der mein Feenherz ins Nirwana schoss.

Aus den verzauberten Wolken über uns schwebten watteweiche Schneeflöckchen hinunter, die uns geheimnisvolle, kaum verständliche Worte zuwisperten. Ich mogelte und lauschte mit meinen Feenohren. Prompt wurde ich rot.

»Aha, du hast also auch verstanden, was die Flöckchen flüstern.« Michael gluckste in sich hinein.

»Dass ich mich mal über sexistisches Gerede von Schneeflocken aufregen würde, hätte ich nie für möglich gehalten.« Trotzdem musste ich leise kichern.

»Ich habe wohl das nicht jugendfreie Programm gebucht. Entschuldige. Mir war nicht klar, dass Yetis solch vulgäres Vokabular benutzen.« Er glitt mit mir auf den Schuhen zum Rand des Sees, um in Rufweite unseres Kutschers zu kommen. »Dürfte ich um romantische Musik bitten statt um Bettgeflüster?«, rief er dem Yeti zu.

Als Antwort kam erst ein Grunzen, danach hörte das peinliche Gewisper um mich herum auf. Zuvor raunzte mir noch eine Flocke im letzten Moment zu: »Er hat sexy Brustmuskeln! Reiß ihm sein Hemd vom Leib!« So wie Michael guckte, musste er es ebenfalls gehört haben. Er wurde sogar ein wenig rot, was ich wirklich, wirklich niedlich fand.

Für einen kurzen Moment herrschte Stille zwischen uns, dann begannen die niedersinkenden Flöckchen leise zu singen. Ich konnte den Text nicht verstehen, aber es klang so lieblich und hübsch, dass ich die Augen verdrehte. »Jetzt hast du wohl endlich das Romantikpaket gebucht statt des ›Verführ-sie-auf-unsittliche-Weise‹-Programms.«

»Nur das Beste für meine Auserwählte.« Er sagte es leise und dadurch ungleich intensiver. Ich bekam prompt eine Gänsehaut. Auserwählte. Hilfe! Was tat ich denn hier? Was ... ach, lassen wir das. Ihr wisst, was ich hätte denken sollen. Tat ich nur nicht. Mein Hirn war nur auf »Ich verliebe mich gerade« gepolt.

Meine Schlittschuhe fielen mit einem leisen Klonk auf die Eisfläche. Michael hatte sie fallen lassen, um beide Arme frei zu haben. Damit zog er mich nun umso kräftiger an sich, und eine Hand mogelte sich unter meine dicke Daunenjacke.

»He«, protestierte ich. »Kein Gefummel!«

»Meine Hände sind eiskalt. Gib mir zwei Minuten, um sie aufzutauen.«

Wir wussten beide, dass das eine lahme Ausrede war, doch ich ließ sie durchgehen. Seine – wenn auch eiskalten – Hände an meinem Rücken zu spüren, war zu verführerisch.

»Wenn ich dich jetzt küsse ... haust du mir dann wieder eine rein?«

»Kommt auf den Kuss an.«

»Er wird sehr sittsam und brav.«

»Auf die Stirn?«

»Wo denkst du hin? Ich bin nicht dein Bruder.«

»Was bist du dann?«

Er zögerte eine winzige Sekunde, und der Schalk kehrte in seine momentan so ernst blickenden Augen zurück. »Ich bin derjenige, der dir nach allen Regeln der Kunst den Hof macht und dich erneut eindringlich bittet, dich küssen zu dürfen. Also? Darf ich?«

Ich nickte schweigend und mit hyperventilierendem Herzen. Ja! Herzen können das auch. Sie können auch vor lauter Glück kollabieren. Zumindest fühlte es sich so an. Bis mich Michael endlich küsste. Ruhig und sanft und zart und furchtbar romantisch. All das und noch viel, viel mehr.

Mir stockte der Atem, in meinem Kopf klingelten tausend Glöckchen, jemand seufzte furchtbar überdramatisch und ein Applaus brandete auf, der sich von meinen Zehen- bis zu den Haarspitzen wellenartig ausbreitete. Ein Knistern und Wispern setzte ein. Ich brauchte etwas, um zu realisieren, dass ich all das tatsächlich hörte!

Das Glöckchen kam von meiner Magie, der Seufzer aus meinem Mund, der Applaus von den noch immer äußerst redseligen Schneeflöckchen und das Knistern stammte vom Eis. Wir hatten nämlich in dieser Sekunde das Ende des Sees erreicht und strandeten mit einem Rumms in der nächsten Schneewehe. Ich landete sehr weich auf Michael, der rücklings umfiel und mich mit sich riss. Unsere Zähne schlugen wenig romantisch gegeneinander, doch nachdem wir einmal lagen, störte er sich nicht weiter daran. Er küsste mich, als würde es kein Morgen geben.

Wir blieben auf diese Weise eine gefühlte Ewigkeit liegen und waren so miteinander beschäftigt, dass wir die panischen Rufe vom anderen Ufer viel zu spät wahrnahmen. Erst als eine schnüffelnde Hundenase aus dem Gebüsch kam und ein bellender und geifernder Spürhund vor uns stand, lösten wir uns voneinander.

»Hoheit?« Der Ruf echote vielfach über den See, mal mit mehr, mal mit weniger Panik angereichert. »Hoheit? So meldet Euch bitte!«

»Wir sind hier«, rief Michael mit Blick in das aufgerissene Hundemaul. »Ruft Eure Bestie zurück!«

Gleich vier Yetis kamen aus dem Wald gestampft und blieben staunend vor uns stehen. »Wir dachten, der See hätte Euch geholt«, sagte einer von ihnen atemlos.

»Der See?«

Der linke Yeti deutete auf den so still daliegenden See. »Einmal im Jahrzehnt holt sich der See einen Eisläufer, um mit ihm auf ewig vereint zu sein. Dabei singt er unheimliche Lieder, die romantisch und wunderschön klingen. Das ist für jedermann das eindeutige Zeichen, schnell an Land zu gehen. Wenn der See jemanden umgarnt, will er ihn zu sich holen.«

Michael und ich sahen uns schweigend und fröstelnd an. So viel zu den vorlauten Schneeflocken. Wie gruselig.

»Hast du jetzt genug von Romantik?«, fragte ich ihn trocken.

»Offenbar bin ich in diesen Dingen nicht so begabt wie gedacht.« Michael blickte die Yetis streng an. »Eine kleine Vorwarnung wäre nett gewesen.«

Jetzt blickten die Yetis recht schuldbewusst drein und halfen mir dann netterweise hoch. Meine Wangen glühten von unserem Kuss, und mir war die Szene furchtbar peinlich. Wenigstens lebten wir noch.

Ich blickte auf den See hinaus, der noch immer friedlich und hübsch dalag. Erst dann bemerkte ich das kleine Loch im Eis. Es befand sich genau dort, wo Michael meine Schlittschuhe hatte fallen lassen.

Die dritte Aufgabe, mit Drama gewürzt

Der Protokollzwerg hatte mich aus dem Bett gescheucht, als ich gefühlt gerade erst eingeschlummert war. Zugegeben. Ich war auch erst um kurz vor Mitternacht völlig erschöpft unter meine kuschelige Decke gekrochen und hatte dabei Cindys und Annas Nachbohren standgehalten. Ich wollte wirklich gern über meine überkochenden Gefühle sprechen, nur nicht unbedingt mit ihnen. Es war mir peinlich, so zu fühlen, wie ich fühlte.

Ich kam mir wie eine Märchenprinzessin vor.

Wie der glücklichste Mensch beziehungsweise die glücklichste Fee auf Erden.

Ich war gleichzeitig die schändlichste Lügnerin des gesamten Königreichs und bestimmt das nervöseste Nervenbündel im ganzen Schloss. Gleichzeitig übertrumpften sich meine Schmetterlinge im Bauch gegenseitig mit kunstvollen Pirouetten, mein Herz quoll über vor Glück und mein Kopf explodierte vor unanständigen Gedanken.

Der Prinz hatte mich voll und ganz umgarnt, eingefangen und für sich eingenommen. Zumindest, wenn man die Tatsache ignorierte, dass wir nur noch einen verflixten Glasschuh auf der Eisfläche hatten finden können, dass uns ein See hatte verschlucken wollen und wir vor einer uns um Vergebung anflehenden Yetiarmee hatten fliehen müssen.

Was für ein Abend.

Nein. Das alles hatte ich Anna und Cindy unmöglich erzählen können, zumal ich dafür auch zu müde gewesen war. Jetzt standen wir völlig erschöpft und verschlafen, nur in unsere Nachthemden gekleidet, im Ballsaal und fragten uns, was wir hier sollten. Die dritte Aufgabe stand vermutlich bevor.

Kaum hatte ich das gedacht, ging die Tür auf und das Königspaar kam wie der frische Morgen herein. Im Gegensatz zu uns hatten sie perfekt frisierte Haare, waren ordentlich gekleidet und garantiert gesättigt.

Cindy musste über Ähnliches nachgedacht haben, denn ihr Magen knurrte wie ein hungriger Bär. Jede andere wäre vor Scham im Boden versunken, doch Cindy zuckte lediglich mit den Schultern und gähnte herzhaft.

»Guten Morgen, meine Damen! Willkommen zur dritten Aufgabe«, sagte der König vergnügt und nickte dem Protokollzwerg zu. Ein Wink mit der Zwergenhand später und schon standen wir vor mehreren Bottichen, randvoll gefüllt mit Gänsefedern. Anna bekam prompt einen Niesanfall. Sie reagierte seit jeher auf jede Art von Federn mit triefender Nase und verquollenen Augen. Mir schwante Böses.

»Jede von Euch muss alle Gänsefedern in ihrem Bottich entkielen und sie in ihr bereitliegendes Kopfkissen stecken. Sobald die Erste fertig ist, müssen alle anderen stoppen. Der Prinz wird anschließend das weicheste Kissen auswählen und die Siegerin küren.«

»Dürfen wir uns denn nicht wenigstens erst zurechtmachen?«, maulte eine Kandidatin mit einer Haarfrisur, als hätten sieben Raben auf ihrem Kopf ein Nest bauen wollen. Ich konnte daher ihre Frage durchaus nachvollziehen.

»Nein. Die Prinzen sollen Euch ganz natürlich sehen«, sagte Königin Esmeralda.

Ich blinzelte irritiert. Tatsache. Die Königin hatte dabei eindeutig mich angesehen. Rasch sah ich an mir herunter. Ach Mist. Mein Nachthemd war völlig zerschlissen und ging mir bis zu den Fußknöcheln. Es hing wie ein trauriger Sack an mir herab. Da ich mich gestern Abend auch nicht mehr abgeschminkt hatte, musste ich ... ach nein! Ich trug ja nie Schminke. Wenigstens in dem Bereich sah ich vermutlich deutlich besser aus als so manch andere Kandidatin.

Der Protokollzwerg klatschte laut in die Hände und riss mich dadurch aus meinen Überlegungen. »Bitte nehmt Euch jede einen Bottich.«

Wie bei den anderen Aufgaben auch, suchten Cindy, Anna und ich uns rasch drei Plätze nebeneinander aus. Anna schniefte und schnaufte mittlerweile wie ein verendender Wal. Ihre Augen schwollen zu, ihre Nase tropfte und sie hatte hektische rote Flecken im Gesicht.

»Wieso ausgerechnet Daunenfedern?«, jammerte sie leise.

Ich konnte sie gut verstehen und ahnte, dass sie bei dieser neuesten Aufgabe unmöglich Zweite werden konnte. Nicht in ihrem Zustand. Und ich? Was sollte ich machen? Wollte ich gewinnen oder Cindy nach vorn bringen? Allmählich wusste ich selbst nicht mehr, was ich mir wünschte. Was war richtig? Was war falsch?

Der Protokollzwerg holte tief Luft, um den Startschuss zu geben, da flog die Tür mit einem Rumms auf. Sie knallte sogar noch gegen die äußere Wand. Im Türrahmen tauchten die zwei Prinzen auf. Der vorderste wirkte seltsam entschlossen, als zöge er in den Krieg. Der zweite redete auf den anderen ein, als wollte er ihn aufhalten.

Beide stoppten abrupt, sobald sie im Saal standen und die Blicke von allen Anwesenden auf sich spürten. Michael brauchte nur Sekunden, um mich in der Menge auszumachen. Sofort entspannte er sich, und ein zartes Lächeln breitete sich auf seinem Gesicht aus, das gleich darauf verschwand, als er seine Eltern ansah.

»Wolltet ihr etwa ohne uns beginnen?«, fragte er scharf.

»Wieso nicht? Die Aufgabe braucht ihre Zeit. Es reicht, wenn du am Ende zugegen bist«, antwortete seine Mutter betont zuckersüß. Offenbar hatten sie sich zuvor in genau diesem Punkt gestritten.

Michael atmete scharf und hörbar ein, hob eine Hand und winkte mich zu sich. Ich rührte mich um keinen Millimeter. Was sollte das? Jetzt sah mich der Prinz deutlich ungeduldiger an, doch auch das ignorierte ich. »Märri, komm bitte zu mir«, sagte er in einem Tonfall, der keinen Widerspruch duldete.

Cindy musste mich nach vorn schieben, damit ich mich endlich rührte. Ein ungutes Gefühl breitete sich in meinem Inneren aus. So mächtig und so schlimm, dass ich vor Angst erzitterte.

Michael nahm ungefragt meine Hand und drückte sie leicht. Dann sah er erst seinen Vater, danach seine Mutter entschlossen an. Im Saal war es derweil mucksmäuschenstill geworden. Jede Anwesende wartete auf den sich anbahnenden Skandal.

»Wir brauchen diese Aufgabe nicht mehr durchzuführen. Es wäre unfair den anderen Kandidatinnen gegenüber, sie noch einmal bis an ihre Grenzen zu bringen, obwohl ich mich längst entschieden habe. Märri hat zwei Aufgaben erfüllt. Ich habe mit ihr zwei ungewöhnliche, wunderbare Abende verbracht und bin mir sicher: Sie ist die Richtige für mich. Keine andere Kandidatin hat mich so verzaubert wie sie. Eine dritte Aufgabe ändert daran nichts. Sie ist meine Auserwählte.« Michael sah mich so intensiv an, dass mein Herz

Richtung Magen und mein Magen Richtung Füße rutschte. Wie funktionierte Atmen doch gleich? »Ich wähle dich, Märri. Jetzt und hier! Mir ist bewusst, dass ich dich damit überfalle. Daher hoffe und bete ich, dass du ganz genauso empfindest wie ich. Obwohl ich weiß, dass du dich die ganze Zeit gegen die Anziehungskraft zwischen uns gewehrt hast.«

In meinem Kopf setzte ein hohes Summen ein, das dafür sorgte, dass ich keinen klaren Gedanken fassen konnte. Ich starrte Michael lediglich deppert an und hielt zusammen mit allen anderen im Saal den Atem an. Was würde ich antworten? Ich war darauf genauso gespannt wie die übrigen Anwesenden.

»Das geht nicht«, platzte Anna plötzlich dazwischen. Sie schrie regelrecht, kam gleichzeitig von hinten herangeschossen und packte den Prinzen am Arm. Ihr Gesicht war feuerrot, und ihre Augen glänzten fiebrig. »Sie ist eine Betrügerin!«, brüllte sie und deutete anklagend auf mich. »Sie ist in Wahrheit eine Märchenfee, die sich nur als Mensch verkleidet hat.«

Bumm. Da war es also raus, wenn auch anders, als ich erwartet hatte. Die Stille im Saal veränderte sich schlagartig von gespannt über entsetzt bis hin zu empört und wütend. Ich bemerkte das eher am Rande, denn ich hatte nur Augen für Michael.

Er starrte Anna den Bruchteil eines Atemzugs an und wandte langsam den Kopf zu mir. »Unmöglich«, sagte er leise.

Anna weinte jetzt und schluchzte dabei ganz fürchterlich. Auch Cindy stand plötzlich neben uns. Im Gegensatz zu Anna wirkte sie gefasst und ... stinksauer!

»Anna«, sagte sie scharf und in einem Tonfall, den ich bei ihr noch nie gehört hatte. »Wie kannst du ...«

»Es stimmt«, unterbrach ich sie hastig. Auf keinen Fall durfte sich Cindy noch mehr in meine Lügen verstricken. Wenn sie alles leugnete, würde alles schlimmer für sie werden. Ich zitterte, als ich mich Michael zuwandte. »Ich bin eine Märchenfee. Um genau zu sein, ist Cindy mein Schützling. Sie wollte nicht allein zum Ball, daher habe ich sie begleitet. Dabei ist dann alles aus dem Ruder gelaufen. Es ... es tut mir leid!« Den letzten Satz murmelte ich mit eingezogenem Kopf. Mittlerweile weinte nicht nur Anna. Cindy hatte sich ihr angeschlossen, und ich stand kurz davor mitzumachen.

»Ich wusste, dass mit ihr etwas nicht stimmt, aber ihr wolltet nicht hören. Stattdessen war ich die Böse«, mischte sich Königin Esmeralda mit triumphierender Stimme ein.

»Mutter! Das ist jetzt nicht der richtige Zeitpunkt.« Prinz Andreas bemühte sich um Schadensbegrenzung, doch die Katastrophe war bereits angerichtet.

Michael starrte mich in Grund und Boden. So intensiv, so eindringlich, dass es mir durch die Haut bis in die Knochen ging. Jetzt rollte auch bei mir eine Träne über die Wange. Sie klimperte und klirrte leise. Noch nie hatte ich mich so elend gefühlt. Vor allem, weil in Michaels Augen plötzlich ein harter Ausdruck erschien, den ich so gar nicht an ihm kannte.

»Hast du mich mit deiner Märchenmagie verhext?«, fragte er scharf. »Habe ich mich deshalb in dich verliebt?«

Verliebt. Mein Verstand blieb an diesem einen Wort hängen, verharrte dort viel zu lange. Dadurch begriff ich die Bedeutung des gesamten Satzes viel zu spät. Bevor ich protestieren konnte, war er bereits einen großen Schritt zurückgewichen, genau wie der Rest der Anwesenden. Als sei ich ein Wesen jenseits aller Vorstellungen. Eine Bestie. Eine ... Hexe.

»Protokollzwerg?« Michael wandte endlich seinen stechenden Blick von mir ab und nahm den Zwerg ins Visier. »Teste mich!«

»Hoheit? Ich verstehe nicht ganz.«

»Überprüfe, ob ich unter einem Zauberbann stehe.«

Der Protokollzwerg wirkte unglücklich und in der Defensive. »Ich wende nicht gern Magie bei anderen Wesen an.«

»Tu es.« Auch der König wirkte angespannt und äußerst verärgert. Sein Blick in meine Richtung war noch tödlicher als Michaels.

Die Hand des Zwerges begann umgehend zu leuchten. Rote und blaue Lichtstreifen huschten um seine Finger. Er warf das Gemisch auf Michael. »Die Magie erlischt, wenn sie keinen fremden Zauber findet. Sie flammt farbig auf, wenn ihr hingegen unter einem Bann ...«

Zum »steht« kam er nicht mehr, denn Michaels gesamte Gestalt leuchtete violett auf. Blaue Blitze zuckten durch den Dampf, der sich überall auf seine Haut legte. In der gleichen Sekunde begann der König zu brüllen. Zunächst verstand ich nicht, was er kreischte. Es klang irre und wie jenseits dieser Welt. Dann jedoch setzte mein Gehirn die Worte zusammen.

»Sie ist eine Hexe! Sie hat meinen Sohn verhext. Packt sie und werft sie in den Kerker!«

Es kam zu tumultartigen Szenen, bei denen ich lediglich wie schockgefroren herumstand und nur denken konnte: *Er hasst mich!* Wirklich. Das war mein einziger, alles beherrschender Gedanke, und er lähmte mich mehr als jeder Schockzauber. Erst nach gut einer Minute deppertem Gestarre wurde mir klar, was meine betäubten Ohren hörten, meine tränenverhangenen Augen sahen und mein benebeltes Gehirn erfasste.

Zum einen war da Cindy, die sich wie eine Rachegöttin vor eine Armee von grimmig dreinblickenden Soldaten stellte. Sie hatte die kleine Faust geballt und das Kinn kampfesmutig gereckt. Wenn ich sie nicht so gut gekannt hätte, hätte ich glatt Angst vor ihr bekommen können.

Zum anderen war da noch Anna, die weiterhin heulte, keifte und sich seltsamerweise die Haare raufte, als sei sie wahnsinnig geworden, und der Rest der Kandidatinnen, die mit offenen Mündern die Szene bestaunten.

Der König brüllte zornentbrannt, der Protokollzwerg wirkte verzweifelt, Prinz Michael glitzerte weiterhin violett, Prinz Andreas rührte keinen Muskel und die Königin ... ja, die Königin übertönte alle so laut, bis sich der Tumult legte und ich sie verstehen konnte.

»Jetzt werft sie endlich in den Kerker, bevor sie zu einer bösen Hexe mutieren kann«, rief sie in die Runde. »Hofzauberer! Hofzauberer! Wo steckt der Kerl denn? Macht schnell. Sie verdunkelt sich bereits. Gleich kommt schwarzer Rauch aus ihr heraus und es ist um uns alle geschehen.«

Schwarzer Rauch? Was? Wo? Was redete die Frau denn da? Panisch blickte ich an mir herunter, doch ich sah nichts außer meine geringelten Strümpfe und mein verdrecktes Kleid, Überbleibsel einer wunderschönen Nacht mit dem Prinzen auf einem zugefrorenen See. Kein schwarzer Rauch zu sehen.

Bevor ich das formulieren konnte, traf mich eine Magiewelle mit der Gewalt einer durchgehenden Stierherde.

Sie riss mich geradewegs von den Beinen, sodass ich hart auf dem piekfeinen Mosaikboden aufschlug und noch gut drei Mannslängen zur Seite geschleudert wurde, ehe mich eine Wand stoppte. Den Aufprall nahm ich nicht mal richtig wahr, denn ich hatte ein ganz anderes Problem.

Magie zerriss mich. Es fühlte sich so an, als stünde meine Haut in Flammen. Feuer verzehrte mich von außen und von innen. Ich starb, da war ich mir sicher.

Wie aus weiter Ferne hörte ich Cindy brüllen. Sie warf sich auf einen hageren Mann in einem nachtblauen Umhang. Der Hofzauberer, nahm ich an. Ehe er sich mit einem Fingerschnippen wehren konnte, kratzte sie ihm quer übers Gesicht, woraufhin Anna endlich aus ihrem Weinkrampf fand und sich mit einem Kriegsgeheul auf den Zauberer stürzte.

»Niemand vergreift sich an meiner Schwester«, brüllte sie. Ich hätte ihr gern geholfen, doch leider war ich mit Atmen beschäftigt. Das allein war schon schwierig genug. Eine gnadenlose unsichtbare Macht drückte mir den Brustkorb zusammen.

»Was tut Ihr denn?«, rief eine männliche Stimme. »Ihr bringt sie um. Hört auf, hört auf!«

War das womöglich Michael, der für mich eintrat? Der mich in höchster Not verteidigte?

»In den Kerker mit allen dreien«, rief der König. »Verschnürt sie wie Pakete, damit sie keinen Schaden anrichten können. Ich ächte hiermit die Familie Sonnenschein. Sie alle.«

Ich nahm meine gesamte Kraft zusammen, um den Kopf zur Seite zu drehen, wo ich Michael vermutete. Ja, tatsächlich. Da stand er. Reglos. Traurig. Wie schockgefroren.

Verzweifelt wollte ich ihm etwas sagen. Mich erklären. Mich entschuldigen. Leider kam der Hofzauberer dem Wunsch des Königs nach.

Er schnippte ein weiteres Mal mit den Fingern, und die Welt um mich herum wurde schwarz.

Im Kerker ist es dunkel

Ich wachte von einem fürchterlichen Geschimpfe auf. War das Cindy, die da wie eine Berserkerin wütete? Meine liebe, sanfte Cindy?

Mühsam zwang ich ein Auge auf, doch zunächst blieb es erschreckend finster um mich herum. Erst langsam erkannte ich dunkle Schemen. Zwei Gestalten saßen mir gegenüber und brüllten sich gegenseitig an.

»Wie konntest du nur unser Geheimnis verraten?«, schrie meine gerade gar nicht sanftmütige Cindy so laut, dass sogar die Kerkerratte auf dem Absatz umdrehte und sich rasch wieder in ihr Kellerloch flüchtete.

»Märri hatte lange genug Zeit, alles klarzustellen. Das hat sie nicht getan, vermutlich hätte sie das auch nie. Was blieb mir anderes übrig?«, brüllte Anna nicht minder leise zurück.

Aua. Mein Kopf. Ich stöhnte leise vor mich hin. Der unangenehme Geschmack von Blut klebte auf meiner Zunge. Hatte ich mir draufgebissen oder war ich durch den Angriff des Zauberers womöglich gefährlich verletzt worden? Ging das überhaupt?

Verflixt. Warum hatte ich in Feen-Mensch-Verwandlungen ständig mit offenen Augen geschlafen? Die Lehrerin war so unendlich ermüdend gewesen mit ihren Ausführungen über den menschlichen Körperbau.

Wenigstens hatte mein Stöhnen dafür gesorgt, dass sich die beiden Streitgänse nicht zerfleischten. »Märri? Bist du wach?«, fragte Cindy hoffnungsvoll.

Ich konnte nur hmpfen.

Ein dumpfer Laut folgte. »Hör auf, mich zu treten«, rief Anna daraufhin.

»Wenn Märri draufgeht, bist du schuld«, antwortete Cindy giftig.

»Kinder, vertragt euch«, murmelte ich schwach.

»Aber sie hat unser Leben zerstört! Vor allem deins«, ereiferte sich Anna. Wieder ein dumpfer Laut, gefolgt von einem Schmerzensschrei.

»Aua, Cindy, hör endlich auf. Bist du verrückt geworden?«

»Ob ich verrückt geworden bin? Frag dich das lieber selbst! Märri zu enttarnen war das Gemeinste, was du je getan hast. Wie konntest du nur?«

Beide Mädchen fingen an zu heulen und starteten damit einen Wettbewerb aus Schnodder und Tränen. Ich lauschte dem Drama mit einem dicken Kloß in Kehle und Herz.

Was für ein Fiasko. Wir lagen im Kerker von Burginsland. Im Kerker!

»Sie hätte Michael geheiratet. Den Kronprinzen unseres Landes. Das konnte ich nicht zulassen«, sagte Anna schließlich, nachdem sie sich so weit beruhigt hatte, um zwischen den herzergreifenden Schluchzern etwas hervorbringen zu können.

»Ach, tu nicht so selbstlos. Als ob du das aus Liebe zu deinem heiß geliebten Land getan hast. Es war pure Boshaftigkeit! Du warst neidisch! Du hast Märri ihr Glück nicht gegönnt. Niemand sollte den Prinzen heiraten, außer dir vielleicht.«

»Ich höre mir diesen Schwachsinn nicht länger an! Hört

auf, mich zu eurem Sündenbock zu machen. Ich bin nicht die böse Stiefschwester, so sehr ihr euch das auch wünscht.«

»Dann habe ich jetzt bedrückende Neuigkeiten für dich. Du musst dir mein Geschimpfe vermutlich noch sehr lange anhören. Dein Leben lang. So lange werden wir hier nämlich im Kerker sitzen und wegen deiner zickigen Ausfälle verrotten. Hörst du? Wir werden sterben! Wir werden ...«

Okay, das reichte jetzt. »Cindy, beruhig dich bitte«, ging ich dazwischen und kämpfte mich mühsam in eine aufrechte Position. Erst jetzt bemerkte ich die dicken Ketten an der Wand, die von dort zu meinen Händen führten. Sie glühten in einem unheimlichen Licht. Bannketten. Na wunderbar. Zusätzlich lagen um meine Handgelenke Eisenringe so breit wie meine gesamte Handspanne.

Auch Cindys und Annas Ketten funkelten vor sich hin. Offenbar war der Hofzauberer auf Nummer sicher gegangen und hatte meine menschlichen Schwestern ebenfalls magisch kampfunfähig gemacht.

»Niemand stirbt hier«, sagte ich möglichst optimistisch und drückte gleichzeitig alle Daumen, dass ich recht behielt. Michael war wirklich außer sich gewesen vor Wut. Ich war mir mittlerweile über gar nichts mehr sicher.

Cindy schniefte lautstark. »Anna hat alles für dich ruiniert. Unsere Familie ist jetzt verbannt. Niemand wird mehr mit Emma sprechen. Niemand wird sie heiraten. Lucilla und sie werden auf der Straße betteln müssen, und niemand wird ihnen auch nur einen Penny geben. Statt Glanz und Glorie gehen wir unter. Wir alle. Weil Anna ihren Mund nicht hat halten können. Der Prinz hätte dich geheiratet.«

»Ja, das hätte er, aber wäre es richtig gewesen? Eines Tages hätte ich ihm so oder so die Wahrheit sagen müssen, und dann wäre es genauso vorbei gewesen wie jetzt. Anna ist lediglich mutiger gewesen als ich. Ich hätte es kaum übers Herz gebracht.«

»Wenn du es ihm gesagt hättest, wären wir zumindest nicht in diesem Kerker gelandet.«

Das war vermutlich die Wahrheit. Ach verflixt. Mein Schädel brummte und hämmerte, sodass ich kaum denken konnte. Dabei war das jetzt überlebensnotwendig.

Denk nach, Märri, denk nach, dachte ich. Wie kommen wir aus dieser Sache wieder raus?

Gleich darauf stutzte ich. »Warum hat man euch eigentlich eingebuchtet?«

»Ich habe den Hofzauberer angegriffen, weil der dich angegriffen hat«, erzählte Cindy freimütig. Stimmt. Ich erinnerte mich schwach.

»Und ich hab den Hofzauberer angegriffen, weil der Cindy angegriffen hat«, knurrte Anna. »Daraufhin hat der König uns alle drei niederschlagen lassen. Eins ist amtlich. Wir Sonnenscheins stehen nicht mehr besonders hoch in der Gunst des Königshauses. Tiefer geht vermutlich nicht.«

Doch. Zumindest eine Stufe ging noch. Unter die Erde. Das sprach ich natürlich nicht aus. Stattdessen stöhnte ich laut. Diesmal nicht vor Schmerzen, sondern vor Verzweiflung. Wir steckten so tief in der Klemme, dass ich es kaum beschreiben konnte. Dann erst erinnerte ich mich an die unheimlichste Sache überhaupt.

Ich saß nicht nur hier, weil ich als Fee überführt worden war. Michael hatte gefunkelt, als der Protokollzwerg seinen Testzauber über ihn geworfen hatte. Der Prinz stand unter einem Zauberbann! Nur wenn ich ihn nicht gewoben hatte – und das hatte ich ganz gewiss nicht getan –, wer war es dann gewesen?

»Jemand hat den Prinzen verzaubert«, flüsterte ich.

»Der Prinz ist mir gerade so was von egal«, grummelte Cindy.

Vermutlich dachte man, ich hätte auf magische Weise dafür gesorgt, dass er sich in mich verliebt hatte. Das war nicht der Fall. Allerdings ... was für ein Zauber war es sonst gewesen? War er womöglich noch folgenreicher als mein angeblicher Liebeszauber? Ein gefährlicher, bösartiger Zauber? Ein Zauber, der sein Leben in Gefahr brachte?

Vor Schreck konnte ich kaum atmen. Da Michael so deutlich am ganzen Körper geglitzert hatte, war der Zauber noch aktiv. Niemand würde nach der Quelle suchen, weil jeder mich dafür verantwortlich machte. Die Einzige, die vom Gegenteil überzeugt war, war ich!

»Wir müssen den Prinzen warnen«, flüsterte ich und sprang in der gleichen Sekunde auf. Das hätte ich besser nicht getan. Die Ketten gaben einen lauten Knall von sich und fingen noch stärker an zu glühen. Gleichzeitig wurden sie schmerzhaft heiß und brüllten mich an: »Hinsetzen, Gefangene!«

Ich plumpste vor Schreck tatsächlich wieder zu Boden und starrte meine Ketten nun mit neuen Augen an. Wie gruselig! »Aber ... aber wir müssen was tun«, brachte ich schwach heraus.

»Vergiss es. Niemand kommt, egal wie laut du hier rumbrüllst. Haben wir alles schon versucht. Der Prinz muss sich selbst retten.«

Da die Ketten hell glühten, konnte ich jetzt endlich die beiden Mädchen besser erkennen. Sie sahen schlimm aus. Cindys blonde Haare waren völlig zerzaust und verdreckt. Über ihre rechte Wange zog sich ein langer Riss, und ihr Kleid hing in Fetzen. Anna sah auch nicht besser aus, bloß hatte sie zusätzlich noch ein blaues Auge.

Die Mädchen hatten hart gekämpft. Für mich. Für die, die sie liebten.

Meine Kehle wurde noch enger, und ich schluckte mühsam die aufsteigenden Tränen hinunter. Was sollte ich nur tun?

Cindy durchbohrte mich mit einem Blick, den ich bei ihr noch nie gesehen hatte. Er war so ... intelligent. Verstörend einfühlsam. Extrem scharfsinnig. »Du liebst den Prinzen tatsächlich«, stellte sie trocken fest.

Ich nickte. Zu mehr war ich nicht imstande. Mir fehlten schlicht die Worte. Wie hatte alles nur so den Bach runtergehen können? Cindys Blick wurde prompt hart wie Stein, und sie trat die neben ihr sitzende Anna erneut so fest, dass diese aufquietschte.

»Cindy, hör auf, deine Wut an deiner Schwester auszulassen. Das ist nicht dein Streit.«

»Du warst meine Märchenfee und bist jetzt meine Schwester. Natürlich ist es auch mein Streit. Wenn ich könnte, würde ich Anna eine schallende Ohrfeige verpassen, dass es der Prinz noch bis zum Schloss hört. Und besagtem Prinzen möchte ich dringend sagen, dass er ein Vollidiot ist.«

O weh! Warum musste Cindy ausgerechnet jetzt zur aktiven Rächerin werden? »Was machen wir denn jetzt?«, fragte Cindy wütend. »Wir sind ruiniert oder Schlimmeres. Was, wenn sie uns foltern? Wenn sie ...«

»Cindy, beruhige dich. Sie werden uns nicht foltern«, sagte ich möglichst fest und beruhigend.

»Zumindest Cindy und mich nicht«, warf Anna wenig hilfreich ein.

Mein Herz zog sich vor Schreck zusammen. Unmöglich. So etwas würde ...

Unsere Kerkertür wurde krachend aufgerissen. Cindy

quietschte vor Angst auf, Anna duckte sich und ich erstarrte. Jetzt kommen sie dich holen, dachte ich panisch. Gab es so etwas wie Folter überhaupt in einem fortschrittlichen Königreich wie Burginsland?

Mit weit aufgerissenen Augen starrten wir die Stelle an, durch die so unvermittelt grelles Licht hereinschien. Wir hörten gepanzerte Stiefel über Stein schaben, was mir prompt die Gänsehaut meines Lebens verursachte. Das klang nach Soldaten. Tatsächlich kamen direkt zwei hinein, klapperten noch ein wenig mit ihrer Rüstung herum und erstarrten dann zu Salzsäulen. Hinter ihnen kam eine ungepanzerte Gestalt herein, nicht weniger bemuskelt, dafür eleganter.

Ich erkannte Prinz Michael schon allein an seiner Art zu gehen. Mein Herz dehnte sich vor Erleichterung und zog sich gleich darauf vor Angst zusammen. War er hier, um direkt das Urteil über mich zu fällen?

»Ich war das nicht«, platzte ich hastig heraus. Womöglich hatte ich nur wenige Sekunden, um meine Unschuld zu beteuern. Die musste ich nutzen. »Ich bin eine Fee, keine Zauberin. Was soll das überhaupt für ein Zauber gewesen sein, den ich angeblich über dich geworfen habe? Ein Verliebtheitszauber? Unmöglich. Dafür bin ich in Zauberkunde viel zu schlecht. Frag meine Lehrerin.«

Michael starrte mich vermutlich einfach nur an, doch das war schwer zu sagen. Das Licht kam von hinten, sodass sein Gesicht im Schatten lag. Erst als ein Fackelträger diensteifrig hereingewuselt kam, sah ich die tiefe Trauer in Michaels Augen und die stahlharte Kinnpartie. Vermutlich biss er die Zähne ganz fest zusammen.

Der Prinz nickte, woraufhin die Wachen hervortraten und sich zu Anna und Cindy herabbeugten. Daraufhin begannen wir alle drei gemeinsam zu schreien.

»Nein, nicht sie. Lasst sie in Ruhe«, brüllte ich panisch.

»Ich beiß dich, wenn du mich anfasst«, schrie Cindy.

»Cindy und ich sind unschuldig«, rief Anna.

Es war ein Tohuwabohu, sodass die Lage trotz des überschaubaren Ortes völlig undurchsichtig wurde. Ich sah Cindy strampeln, hörte Schmerzensschreie von den Wachen, ein Schuh flog an mir vorbei gegen die Wand und eine Fußfessel segelte gleich hinterdrein. Hilfe. Was machten die da mit den beiden Mädchen?

»Ich gestehe alles«, überbrüllte ich den Tumult. »Lasst nur die Sonnenscheins in Ruhe.«

»Nein, nicht! Märri, tu das nicht«, rief Cindy theatralisch. Ein Klatschen ertönte. Sie hatte der Wache eine schallende Ohrfeige versetzt.

Die Wachen hatten derweil die strampelnden Mädchen in die Höhe gewuchtet und näherten sich bedenklich dem Prinzen. Ich sah genau, wie Cindy im Griff der Wache die Füße frei hatte. Sie holte ernsthaft zum Tritt aus – zu einem Tritt Richtung Prinz.

»Cindy, nicht«, rief ich jetzt in völliger Panik und kam ungeachtet der fiesen Fesseln um meine Handgelenke auf die Beine. Prompt fingen die wieder an zu glühen, die Fesseln motzten mich an und ich sank von Schmerzen gepeinigt in die Knie. Wenigstens schaffte ich es noch, ein »Nicht treten« hervorzuwürgen.

Zum Glück für uns alle kam Cindy in letzter Sekunde zur Vernunft. Ihre mittlerweile nackten Füße – offenbar war das ihr Schuh gewesen, der quer durch den Kerker gesegelt war – kamen eher sanft auf der seidenbewandeten Brust des Prinzen zum Ruhen. Die Stille danach war bezeichnend, genau wie der Blick von Michael auf Cindys nackte Zehen.

»Wolltest du gerade ein Mitglied der Königsfamilie gegen die Brust treten?«, fragte er schneidend.

»Nein, eigentlich wollte ich dir kräftig in den Allerwertesten treten, nur kam ich da nicht dran«, antwortete sie.

Mir standen buchstäblich die Haare zu Berge.

»Ein Scherz«, rief Anna hastig dazwischen. »Cindy macht natürlich Scherze!«

Dass Cindy nicht scherzte, wussten vermutlich alle. Auch der Prinz. Er starrte das Mädchen in Grund und Boden und warf mir danach einen ganz ähnlichen Blick zu.

Ich hockte mittlerweile auf den Knien im Dreck. »Bitte, Michael«, sagte ich schlicht. »Bitte. Sie haben wirklich nichts damit zu tun.«

»Genau davon bin ich die ganze Zeit ausgegangen«, antwortete der Prinz eisig. »Die Wachen sollten sie hinausbegleiten. Jetzt muss ich mir das noch mal überlegen.«

»Sie waren in Panik. Selbstverteidigung sollte nicht bestraft werden«, argumentierte ich schnell.

Ich sah regelrecht, wie Michael das Für und Wider abwägte. So richtig kam er zu keinem Ergebnis. »Wenn du sie gehen lässt, werde ich ganz brav sein«, setzte ich schnell nach. »Ich bin viel kooperativer, wenn ich mir keine Sorgen mehr um die beiden machen muss.«

Das gab den Ausschlag. Der Prinz nickte. »Bringt sie raus. Sie dürfen gehen.«

»Nein, auf keinen Fall. Ich lasse Märri nicht allein«, brüllte Cindy daraufhin und traf den Prinzen nur nicht an der Brust, weil die Wache sie in letzter Sekunde wegdrehte. »Sie ist die liebste Fee der Welt. Etwas garstig und skurril und trotzdem total lieb. Tu ihr nichts, du Affena...«

Uff. Die Kerkertür fiel gerade noch hinter ihr zu, sodass die Ohren des Prinzen vor ihren Flüchen sicher waren.

»Ich tue jetzt mal so, als hätte ich das nicht gehört«, sagte Michael.

»Das wäre ausgesprochen zuvorkommend«, antwortete ich höflich. Erst jetzt bemerkte ich, dass wir ganz allein im Kerker zurückgeblieben waren. Einzig zwei Pechfackeln zeugten von der ehemaligen Anwesenheit der Besucher. Michael stand gut zwei Mannslängen von mir entfernt. Sein Blick sprach Bände. Er war wütend. Stockwütend. Rasend vor Zorn.

»Du bist eine Märchenfee?«, sagte er schneidend.

»Ja, aber ...«

»Du hast mich die ganze Zeit zum Narren gehalten?«

»Nein, du ...«

»Als ich dir erzählt habe, wie sehr ich die Feen hasse, musst du dich totgelacht haben. Erst recht, als ich dich geküsst habe. Ich! Der Feenhasser. Ausgerechnet ich küsse eine Fee.«

»So war das ...«

»Und dann kommt auch noch die Wahrheit vor dem halben Hofstaat heraus. Weißt du eigentlich, wie ich jetzt dastehe? Jeder weiß, wie ich zum Feenpack stehe.«

»Feenvolk, nicht Feen...«

»Haben sie dich auf mich angesetzt? War das ihr fulminanter Plan, um mein Herz und meinen Willen endgültig zu brechen?«

»Nein, auf keinen ...«

»Wie dumm ich gewesen bin. Ich hätte mich die ganze Zeit schon darüber wundern müssen, warum ich mich ausgerechnet in eine wie *dich* verliebe. Das konnte gar nicht mit rechten Dingen zugehen. Ein Verliebtheitszauber erklärt das natürlich. Wie konntest du nur so etwas Schändliches, Verwerfliches und Widernatürliches machen, ohne dich ...«

»Hör endlich auf, mich mit Fragen zu bombardieren, wenn du die Antworten gar nicht hören willst«, überbrüllte ich seine Schimpftirade.

»Ich stelle so viele Fragen, wie ich will, und du wirst sie dir alle anhören«, brüllte Michael zurück. »Du bist hier nämlich in meinem Kerker, nachdem du mich bis auf die Knochen blamiert hast. Jetzt nimm ihn endlich zurück.«

Ich stutzte. »Was soll ich zurücknehmen?«

»Den Verliebtheitszauber natürlich.«

Tiiiief durchatmen, dachte ich und tat das rasch, ehe ich antwortete. »Zum tausendsten Mal: Ich habe dich nicht verzaubert. Folglich kann ich ihn auch nicht zurücknehmen.«

»Und warum liebe ich dich dann noch immer? Obwohl du mich vorgeführt hast, mich belogen, betrogen und hintergangen hast? Warum schlägt mein Herz trotzdem auch jetzt schneller, sobald ich dich sehe? Warum überfällt mich diese enervierende Sehnsucht nach dir? Warum will ich dich küssen und gleichzeitig schütteln? Das kann gar nicht mit rechten Dingen zugehen.«

Stille trat ein, während ich hektisch nach einer plausiblen Antwort suchte. Als ich sie fand, haderte ich damit, sie auszusprechen.

»Jetzt sag endlich was. Du bist sonst nie auf den Mund gefallen«, fauchte mich Michael prompt an.

»Die Antwort wird dir nicht gefallen.«

»Mir gefällt hier eigentlich nichts, also raus mit der Sprache.«

»Du liebst mich bis in die Seele hinein. Das ist rational nicht zu erklären. Obwohl dein Verstand dir sagt, dass du mir schrecklich böse bist, will dein Herz mir verzeihen. Weil du verliebt in mich bist. Ganz ohne Zauberei.«

»Unmöglich.«

»Das soll durchaus vorgekommen sein.« Als sich sein Gesicht noch mehr verfinsterte, hob ich rasch die Hände. »Michael, bitte. Glaub mir. Ich habe dich nicht verzaubert. Das bringt uns zu dem springenden Punkt, wer es gewesen sein könnte. War es denn wirklich ein Verliebtheitszauber?«

»Das untersuchen die Hofzauberer noch. Der Spruch ist noch aktiv und schwer zu knacken.«

»Siehst du. Ich kann das nicht gewesen sein. Meine Magie ist buchstäblich durch diese Ketten gefesselt und geknebelt.« Ich rasselte mit den Eisenringen herum.

»Wer sonst vom Feenpack sollte mich verzaubern?«

Ich stutzte. »Vom Feenvolk? Wieso muss es denn ausgerechnet eine Fee gewesen sein? Es gibt Tausende von Magiewesen, die ...«

»Weil die Magie ganz klar von einer Fee stammt«, überbrüllte Michael meine Argumentationskette.

Bumm. Die Aussage saß. Der Schock genauso. Sprachlos starrte ich ihn eine ganze Weile an, bis er die Augen zusammenkniff.

»Entweder du bist eine geniale Schauspielerin oder du bist wirklich völlig überrascht von den Neuigkeiten.«

»Michael, ich schwöre dir bei meinen unsichtbaren Feenflügeln: Ich hatte keine Ahnung. Bist du dir denn sicher? Wir Feen dürfen solche Zaubersprüche nicht weben. Wir dürfen nicht mal daran denken. Welche Fee sollte dich derart angreifen?«

»Sag du es mir.«

»Du kannst mir glauben: Der Feenrat war völlig panisch, als er von meiner ... äh ... unabsichtlichen Einmischung gehört hat.«

»Aha! Du gibst es also zu. Der Feenrat ist involviert gewesen. Er hat es die ganze Zeit gewusst.«

Auweia. Jetzt ritt ich auch noch mein ganzes Volk in die Bredouille. »Nein, nein«, sagte ich rasch. »Ich habe die Feen erst informiert, nachdem ich versehentlich den ersten Wettbewerb gewonnen habe. Michael, du musst mir glauben. Das war von Anfang an ein ganz schlimmes Missverständnis. Ich wollte schnell und unauffällig aus dem Wettbewerb ausscheiden, damit so etwas wie jetzt niemals passiert, aber du hast das partout nicht zugelassen.«

»Jetzt bin ich also schuld?«

»Nein!« Mannomann. Dieses Gespräch lief wirklich nicht so richtig rund. Wieso hatte ich nur den Eindruck, mich weiter zu verstricken? Mein Gesicht brannte vor Hektik und Scham. Pure Panik zerdrückte mein Herz. »Das Feenvolk stand stets auf deiner Seite. Sie waren sich sicher, dass ich die Böse bin.«

»Und warum haben sie uns dann nicht informiert? Es wäre nett gewesen zu erfahren, dass da eine dunkle, finstere Macht an meinem Herzen rumbaggert.«

Meinte er mit dunkler, finsterer Macht etwa mich? Hilfe! »Ich bin gar nicht böse«, rief ich mit steigender Verzweiflung. »Das hat der Feenrat nur gedacht und ...« Ich gab auf. Mit einem Schlag war ich furchtbar müde, vor allem, weil ich erst jetzt begriff, wie unglaubwürdig ich klang. »Vergiss es«, brummte ich, ließ mich auf den Po fallen und lehnte mich erschöpft gegen die kalte, feuchte Wand.

»Vergiss es? Dann nimm den verdammten Zauber zurück, damit ich es auch wirklich vergessen kann.«

Wir drehten uns im Kreis, daher schwieg ich und starrte stur die gegenüberliegende Wand an. Mein Kopf war leer. Ich musste mir erst eine Strategie zurechtlegen, um nicht alle, die ich liebte, mit in den Abgrund zu reißen.

»Du stellst dich stumm?«

Ich nickte.

»Ernsthaft? Märri! Hier steht nicht nur dein Leben auf dem Spiel, sondern das Schicksal deines gesamten Volkes. Mein Vater hat heute Morgen einen Bann über die Feen ausgesprochen. Sie müssen das Land verlassen. Das Feenvolk ist geächtet. Wegen dir!«

Unter mir tat sich der Abgrund auf. So riesig. So unfassbar, dass ich es kaum überblicken konnte. Das konnte nicht wahr sein. Doch es war wahr. Das konnte ich in seinen Augen lesen.

Abrupt hatte ich keine Kraft mehr zum Kämpfen. Stattdessen weinte ich still pure Diamanten und schloss die Augen, um Michaels stechenden Blick nicht mehr sehen zu müssen. Ich war verloren. Und mit mir mein gesamtes Volk.

Dass Michael den Kerker verließ, bekam ich kaum mit. Ich wurde erst wacher, als ich durch die nur kurz geöffnete Tür einen Nachrichtenschreier hörte. Diese Männer waren dafür zuständig, die vom König erlassenen Gesetze durch die Gegend zu brüllen. So laut, dass es sogar bis zu mir hinunterdrang.

»Der König verbannt ab dem nächsten Monat das gesamte Feenvolk aus seinem Land. Aufgrund der ungeheuerlichen Verfehlung der Märchenfee Märri ist das Königshaus nicht mehr länger bereit, das bisherige Abkommen zu befolgen. Es wurde mit sofortiger Wirkung aufgekündigt. Jede potenzielle Märchenprinzessin wird ermuntert, ihre Feen fortzuschicken und sich nicht mehr länger an ihre Anweisungen zu halten. Bei Problemen kann die betroffene Familie die Unterstützung des Königshauses erwarten. Entsprechende Formulare erhalten sie beim Rathaus, Zollamt und in jedem größeren Kaufmannsladen. Sobald der neue Monat anbricht, muss jede Fee, die sich noch im Land befindet, mit schweren Strafen rechnen. Dies ist eine offizielle Mitteilung des Königshauses.«

Das ... nein! Das ... das musste eine Lüge sein. Wie schrecklich. Wie grässlich. Wie ...

»Ich habe die Feen in Ungnade gebracht«, flüsterte ich tonlos mir selbst zu und kämpfte mit dem Schock in jedem Teil meiner Glieder.

Der König. Wie hatte er ein dermaßen ungerechtes Urteil fällen können? Ein ganzes Volk für das zu verurteilen, was eine Einzige getan hatte, war nicht richtig!

Ich stöhnte laut und verbarg mein Gesicht in den Händen. Das war eine Katastrophe. Wenn es nur mich allein getroffen hätte, wäre ich damit klargekommen. Dass jetzt auch mein Volk darunter leiden sollte, war unfassbar.

Ich musste das irgendwie geradebiegen. Mit Michael. Mit dem Feenvolk. Mit dem König. Nur wie? Ich saß hier schließlich im Kerker. Gefesselt. Ausgegrenzt. Allein.

Der Gefängnisausbruch ohne Ausbrecher

Ich wachte von einem Schlüsselklappern auf. O nein, dachte ich ergeben. Nicht eine weitere Runde Anschreien mit Michael.

Tatsächlich drehte sich der Schlüssel in meinem Kerkerschloss. Ganz langsam sprang die Tür auf und knarrte dabei nur ganz, ganz leise, doch kein Besucher kam herein. In der gleichen Sekunde klappten die Fesseln an meinen Handgelenken wie von Zauberhand auf. Ich quiekte leise vor Schreck und starrte die nur ganz leicht glimmenden Eisenringe fassungslos an. Was war denn jetzt los?

Gut zwei Minuten sah ich von den Ketten zur offenen Tür und zurück, konnte es kaum fassen. Jemand bot mir einen Ausweg auf dem Silbertablett an. Lauf, schrie mein Überlebensinstinkt mir zu. Da stimmt was nicht, antwortete mein Misstrauen mindestens doppelt so laut. Zaudernd blieb ich also sitzen, doch letztlich siegte die Neugier. Es brachte mir schließlich nichts, hier sitzen zu bleiben. Niemand in diesem Schloss glaubte an meine Unschuld. Niemand suchte nach dem wahren Schuldigen. Ich war also die Einzige, die wirklich die Wahrheit ans Licht bringen konnte.

Ich. Die Fee. Ausbrecherkönigin und, wie es aussah, Oberschurkin. Wie hatte es nur so weit kommen können?

Mit angehaltenem Atem schlich ich zur Kerkertür und drückte sie im Schneckentempo so weit auf, dass ich auf den Gang linsen konnte. Er war leerer als leer. Unheimlich leer.

Merkwürdig war gar kein Ausdruck.

Die ganze Zeit hatte ich das Klappern von gepanzerten Soldaten gehört, die auf und ab gewandert waren. Vermutlich waren sie für die Bewachung der Gefangenen zuständig. Wo waren sie denn plötzlich hin?

Auf Zehenspitzen trippelte ich den Gang hinunter und hoffte dabei, in die richtige Richtung zu gehen. Es wurde heller. So falsch konnte das also nicht sein. Die nächste Tür war ebenso wenig verschlossen wie die darauf. Ein wie ausgestorbener Gang schloss sich an eine wie ausgestorbene Steintreppe an. Ich tappte Stufe für Stufe hinauf und stellte mich darauf ein, gleich geschnappt zu werden. Aber nein. Ich kam wohlbehalten oben an und erkannte die große Eingangshalle wieder. Von hier ging es in den Hof und zur Hängebrücke, die mich wiederum in die Freiheit führen würde.

Also weiter.

Kaum war ich durch die Hoftür, entdeckte ich wieder Menschen. Diesmal waren es ganz normale Bedienstete und keine schwer bewaffneten Wachen, die nach möglichen Ausbrecherfeen Ausschau hielten. Ich war also weiterhin unentdeckt.

Mit schneller werdenden Schritten hielt ich auf die Hängebrücke zu. Wieso war das Burgtor bloß offen? Um diese Zeit war es normalerweise fest verschlossen, denn es musste mitten in der Nacht sein. Die Finsternis um mich herum verbarg mich gut.

Kurz bevor ich mit meinem großen Zeh die Brücke berührte, verharrte ich. Konnte ich mich nicht in meine winzige Feengestalt verwandeln und wie eine kleine Hummel davonsirren? Mich womöglich im Feenreich in Sicherheit bringen?

Die Pusteln hatte ich hervorbringen können. Dann sollte die Feengestalt theoretisch kein Problem sein. Allerdings sträubte sich alles in mir dagegen.

Ich war keine Fee mehr. Die Zeiten waren vorbei. Allein der Gedanke ließ mich schaudern. Ich war Märri. Weder Mensch noch Fee. Märri, die Magie nicht nötig hatte, und die ganz gewiss keinen Prinzen verzaubert hatte.

Das gab den Ausschlag.

Ich drehte auf dem Zeh um und huschte zurück, ignorierte die Tür Richtung Kerker und erreichte schattengleich eine andere, weitaus prunkvollere. Diese Tür führte mich erst in den Eingangssaal und eine steile Wendeltreppe hinauf, durch einen langen Gang, über teure Teppiche hinweg zu einer Zimmertür, durch die ich noch nie gegangen war.

Eine Weile stand ich ratlos davor und fragte mich, was ich hier eigentlich tat. Die Freiheit war nah. Ich konnte dem Kerker entkommen, zu den Sonnenscheins fliehen und mit ihnen zusammen oder auch allein in ein neues Abenteuer starten. Alles zurücklassen. Neu anfangen.

Und dann?

Nein. Ich wollte nichts Neues beginnen, bevor ich das alte Chaos aufgelöst hatte. Das war ich Cindy, Anna und mir schuldig. Und Michael. Ganz besonders Michael.

Der hinter dieser Tür in seinem Bett ruhte und keine Ahnung davon hatte, wer gerade mit sich rang.

Dass auf dem Gang keine Soldaten patrouillierten, fiel mir erst jetzt auf. Wo steckten die bloß alle? Wie konnten sie die komplette Herrscherfamilie so allein lassen?

Mich fröstelte es, dann straffte ich mich. Ich konnte nicht

gehen, ohne mit Michael gesprochen zu haben. So wie wir im Kerker auseinandergegangen waren, fand ich es schrecklich. Womöglich war das hier die letzte Gelegenheit, um mich zu erklären.

Selbst wenn ich vermutlich danach sofort wieder im Kerker landete.

Auf Anklopfen verzichtete ich. Es war besser, ihn sanfter zu wecken. Außerdem wollte ich nicht das Risiko eingehen, jemand anderen durch den Lärm aufzuscheuchen. Also drückte ich die Klinge hinunter und trippelte erneut auf Zehenspitzen in den Raum. Die Fliesen wurden durch einen weichen Teppichboden abgelöst, und ein kleines Feuer loderte am anderen Ende des Raumes. Es beleuchtete ein beeindruckendes Himmelbett mit einer vermutlich unglaublich gemütlichen Matratze und reichlich Kissen und Decken. Darauf beziehungsweise teilweise darunter entdeckte ich eine Gestalt, die ich mittlerweile unter Tausenden erkannt hätte.

Ich trat ganz dicht ans Bett heran und blickte auf den Mann hinunter, der mein Herz im Sturm erobert hatte und meine Gedanken bewohnte. Der Drang, ihn zu berühren, wurde übermächtig, also folgte ich meinem Instinkt und strich ihm sanft über die Haare. Sie waren sogar noch viel weicher, als ich angenommen hatte. Goldenes Prinzenhaar.

Meine Verzückung endete jäh, als Michael mit einem gutturalen Kriegsschrei aufwachte, blitzartig eine Klinge unter seinem Kopfkissen hervorzog und ebendiese recht schmerzhaft an meine Kehle setzte.

»Ich bin es. Märri«, quietschte ich erschrocken, bevor er noch fester drücken und mich ernsthaft verletzen konnte.

»Märri?«, fragte er ungläubig, ließ seine Klinge jedoch an der Stelle.

»Ja, genau die. Kennst du noch andere Märris? Jetzt nimm das fiese Ding endlich von mir.«

»Was machst du hier? Bist du gekommen, um dein Werk zu vollenden?«

»Welches Werk denn? Nimm den Dolch weg, verflixt noch eins.«

»Erst hast du mich verhext, jetzt willst du mich töten.«

»Michael! Ernsthaft jetzt? Sieh mich an! Ich bin es. Märri. Keine böse Hexe. Keine fiese Fee. Nur Märri, die gekommen ist, um dich um ein Gespräch zu bitten.«

»Um ein Gespräch? Solltest du nicht im Kerker sitzen und von Ketten umschlungen sein?«

Äh. Ups. »Was das angeht, bin ich ratlos. Jemand oder etwas hat meine Fesseln gelöst, mir sämtliche Türen geöffnet und mich quasi eingeladen, zu verschwinden.«

»Und warum stehst du dann jetzt in meinem Zimmer?«

»Weil ich nicht einfach so verschwinden konnte. Du hättest mich endgültig als den wahren Bösewicht identifiziert. Jedes Verbrechen, das man mir vorwirft, wäre in deinen Augen tatsächlich von mir ausgeführt worden. Meine Flucht wäre quasi ein Geständnis gewesen. Aber ich hab dich nicht verflucht, verflucht noch mal.« Ich hatte mich so dermaßen in Rage geredet, dass ich deutlich lauter geworden war, als gut für mich und meine heimliche Flucht sein konnte.

»Bitte, Michael. Du musst mir endlich glauben«, setzte ich daher deutlich leiser hinzu.

Da nahm Michael endlich seinen Dolch von meiner Kehle und setzte sich im hohen Bett auf. Erst jetzt bemerkte ich, dass er mit nacktem Oberkörper geschlafen hatte und lediglich eine weite lange Hose trug.

Wenigstens das.

Ich bemühte mich redlich, ihn nicht allzu sehr anzustarren, nur war das schwierig. Selbst in höchster Not schaltete mein Hirn auf Prinz-Anschmachten um. Die Schneeflöckchen auf dem See hatten recht. Er besaß wirklich hübsche Brustmuskeln.

»Märri, hör auf, mich so unsittlich anzustarren«, schalt mich Michael, und zum ersten Mal seit meiner Gefangennahme klang er ein klein wenig amüsiert.

»Oh, entschuldige. Ich dachte nur, ich hätte da einen ... äh ... Fussel auf deiner ... äh ... Brustwarze gesehen.« Ich spürte, wie ich vom kleinen Zeh bis zu meinem Haaransatz feuerrot wurde. Was brabbelte ich denn da? Schnell ablenken. »Ich hab dich nur belogen, nicht verhext«, sagte ich möglichst fest und begriff erst dann, was ich da gesagt hatte. Da wäre ein Gespräch über hübsche Brustmuskeln besser gewesen.

Prompt sah mich Michael finster an. »Du hast mir verschwiegen, dass du eine Fee bist, und mir vorgemacht, ein Mensch zu sein. Jedes Wort von dir war eine Lüge.«

»Das ist etwas zu dick aufgetragen, findest du nicht?«

»Willst du jetzt ernsthaft schon wieder einen Streit anfangen? Wäre es nicht besser für dich, ganz kleine Brötchen zu backen? Und damit meine ich wirklich ganz kleine.«

Ups. Ja. Vielleicht.

Mittlerweile war Michael an den Rand des Bettes gerutscht und angelte sich vom Stuhl daneben ein Hemd, das er rasch überzog. Ich nutzte die Chance, ihn ungeniert anzuschmachten. Mein Prinz. So nah und doch so fern. Ich hätte nur die Hand ausstrecken müssen, um seine Haut zu berühren. Gleichzeitig hätte er nicht weiter von mir entfernt sein können.

Kaum war der Prinz sittsam gekleidet, schaltete er von jetzt auf gleich in die Krisenbewältigung um. »Märri, du darfst nicht hier sein«, sagte er ernst. »Wenn dich hier jemand sieht, ist die Hölle los. Sie werden glauben, dass du mich in der Nacht meucheln wolltest.«

»Wollte ich nicht. Ich schwöre. Nichts liegt mir ferner.«

Er starrte mich im Halbdunkeln so intensiv an, dass mir unheimlich wurde. Endlich nickte er, wenn auch nur leicht. »Ich glaube dir. Bleibt die Frage, wieso dich jemand befreit hat.«

»Vielleicht der Feenrat?«

»Bestimmt nicht. Die haben alle Händevoll damit zu tun, meinen Vater um Gnade anzuflehen. Sie ...« Michael stockte im Satz, dann sprang er vom Bett, schnappte mich am Handgelenk und zerrte mich Richtung Tür. »Du musst sofort zurück in den Kerker.«

»Was? Wieso? Da ist es kalt und nass und ekelig.«

»Das hast du dir selbst zuzuschreiben. Halte durch. Der Feenrat hat meinen Vater beinahe so weit, dass er dich gehen lässt. Irgendwas mit alter Bringschuld. Gleichzeitig erwägt Vater, die Feen auf Probe im Land zu behalten, solange sie sich auf bestimmte Verhaltensregeln einlassen. Entdeckt man dich jedoch hier, wird der Zorn meines Vaters unendlich sein. Dann sind sämtliche Friedensgespräche umsonst gewesen. Du musst zurück in den Kerker. Sofort.«

Entschlossen zog Michael die Tür auf und schob mich auf den Gang, der nach wie vor wie ausgestorben dalag. Ich zitterte mittlerweile vor Überforderung und Angst. So langsam hatte ich den Eindruck, in eine Sache verstrickt zu sein, von der ich keine Ahnung hatte. War ich nur eine Schachfigur? Ein Bauernopfer?

Ehe ich den Gedanken Michael gegenüber äußern konnte, hatte der mich schon über den halben Gang gezogen. Er stoppte jedoch ganz plötzlich, sodass ich unvermittelt in ihn hineinstolperte und nur mit Mühe einen Fluch unterdrücken konnte.

»Mutter. Guten Abend«, hörte ich Michael leise sagen.

»Michael. Warum geisterst du denn so spät durch die Gänge?«

Waaah! Die Königin musste uns gehört haben und aus ihrem Schlafgemach getreten sein. Ich duckte mich hinter Michaels breiten Rücken und bezweifelte gleichzeitig, dass mir das etwas bringen würde.

»Wer versteckt sich denn da hinter dir?«, fragte prompt Königin Esmeralda.

Ich gab auf und lugte an Michaels Seite vorbei. »Majestät«, sagte ich so höflich wie noch nie und versuchte mich an einem unbeholfenen Knicks.

»Märri? Was machst du denn hier?« Die Königin klang eher verwirrt als zornig oder empört. Das war gut, oder?

»Ich habe sie zum Gespräch gebeten und bringe sie wieder zurück in den Kerker«, antwortete Michael für mich, zog mich an der Königin vorbei und verschwand nur Sekunden später mit mir hinter der nächsten Ecke. »Das war knapp«, sagte er zu mir.

Ja, das war knapp gewesen. Verdammt knapp.

Schweigend folgte ich Michael die Gänge entlang, tiefer und tiefer in die Gewölbe hinein. Er war es, der mich in den Kerker brachte. Er legte mir die Ketten erneut um. Und er war es, der mich schließlich allein zurückließ und sorgsam die Tür hinter mir schloss.

Mein Herz hätte bluten sollen, doch irgendwie wurde ich das Gefühl nicht los, einen kleinen Sieg errungen zu haben. Michael hatte mit mir gesprochen. Mir geholfen. Mich unterstützt.

Und ganz vielleicht war er nicht mehr vollständig davon überzeugt, dass ich ihn wirklich verhext hatte.

Am frühen Morgen wurde meine Kerkertür erneut aufgerissen, und der Protokollzwerg wuselte herein. Bei meinem Anblick rümpfte er kurz die Nase, dann bedeutete er der hinter ihm hereintretenden Wache, meine Fesseln zu lösen.

»Bitte benimm dich. Der Prinz hat sich dafür eingesetzt, dass das Königspaar mit dir spricht. Solltest du fliehen wollen oder sonstige Böse-Feen-Zauber anwenden, dürfen dich die Soldaten sofort kampfunfähig machen. Zur Not für immer. Verstehst du, was ich sage?«

Ich nickte brav und folgte dem Zwerg erneut den Gang entlang. Während wir liefen, bemühte ich mich, meine zerzausten Haare zu glätten, mein Kleid zu sortieren und mir den Dreck von den Händen und aus dem Gesicht zu wischen. Schließlich gab ich auf. Dann sah ich eben wie Aschenputtel aus.

Gleich darauf bereute ich es sehr, den Zwerg nicht um etwas Wasser gebeten zu haben. Er führte mich nämlich geradewegs in den auf Hochglanz polierten Thronsaal. Zwischen den blitzblanken Kronleuchtern, den frisch geputzt glänzenden Böden und den sorgsam gekämmten Teppichen kam ich mir noch zerstrubbelter, verdreckter und deplatzierter vor.

Erst recht, als ich das hochherrschaftliche Königspaar entdeckte, das auf der untersten Stufe hoch zu den beiden Thronen auf mich wartete. Beide trugen ihre roten Königsumhänge, die goldenen, funkelnden Kronen und die schönsten Roben, die ich mir vorstellen konnte.

Na ja. Als Schwiegertochter kam ich ohnehin nicht mehr infrage. Da fiel mein Aussehen nicht weiter ins Gewicht.

Ich knickste unbeholfen und sah mich dabei unauffällig um. Wo war Michael? O nein. Hoffentlich musste ich nicht allein mit ...

»Protokollzwerg. Wachen. Bitte lasst uns allein. Wir wollen ungestört mit der Fee sprechen.«

... dem Königspaar bleiben. Ich musste offenbar.

Der König trat langsam auf mich zu und maß mich mit einem so durchdringenden Blick, dass ich mich jetzt richtig gruselte. Ich stand auf dem Prüfstand, und es sah nicht gut für mich aus.

»Du hast meinen Sohn belogen, genau wie uns. Wie das ganze Land«, sagte er finster und duzte mich gleichzeitig zum ersten Mal. O weh. Offenbar war ich vollständig in Ungnade gefallen.

Ich schluckte. »Das tut mir ehrlich leid, ändert jedoch nichts an der beunruhigenden Tatsache, dass ich ihn nicht verzaubert habe. Ich habe lediglich meine Gestalt verändert, was genau genommen nicht einmal ein Zauber ist. Wir Feen dürfen das, da wir sonst nur aus dem Sternenstaub bestehen, aus dem wir erschaffen wurden. Wir haben keine feste Gestalt. Es war natürlich nicht in Ordnung, mich als jemand anderes auszugeben, aber böse Zauber und finstere Machenschaften liegen mir fern. Ich ...«

Der König hob abrupt die Hände, sodass ich verstummte. »Mich interessieren deine Erklärungen nicht. Ich möchte lediglich wissen, ob du meinen Sohn liebst.«

Die Antwort war einfach. »Ja«, sagte ich mit fester Stimme.

Der König nickte daraufhin grimmig. »Dann ist es gut.«

Weil er danach schwieg, wartete ich mit klopfendem Herzen auf mehr. Worauf wollte er hinaus? Warum diese seltsam intime Frage? Seinem Gesichtsausdruck nach überlegte er, weshalb ich meine Neugierde zügelte. Den König meines Reiches zu bedrängen war wohl keine gute Idee. Zumal er momentan nicht besonders gut auf mich zu sprechen war.

Endlich straffte er sich, trat einen Schritt auf mich zu und nahm meine Hand. Ich musste meine ganze Willenskraft aufbringen, um nicht vor ihm zurückzuweichen. Das war unheimlich! So wie er guckte, wollte er mich keineswegs in seiner Familie willkommen heißen. Er plante etwas. Etwas, das mir womöglich nicht gefiel.

»Wenn du meinen Sohn liebst, dann musst du ihn vergessen«, sagte er feierlich.

Ach verflixt. Mit so etwas hätte ich wohl rechnen müssen. Die klassische Familienerpressung, die es in so unendlich vielen Märchen gab. Schweigend schüttelte ich den Kopf. »Niemals«, sagte ich dann. Vielleicht testete er mich? Das kam ebenfalls recht häufig in den Geschichten vor.

»Du musst ihn vergessen! Hier geht es um viel mehr als nur um eine Liebe, die ohnehin nicht sein kann. Du hast meinem Sohn sehr wehgetan. Du hast ihn betrogen, belogen und hintergangen. Das wird er dir niemals verzeihen. Wenn du jetzt auch noch einen Aufstand wegen des Zaubers machst, wird alles nur schlimmer. Es wird meinen Sohn nicht nur verunsichern, sondern wieder forttreiben. Er wird seine Krone niederlegen, nach Esmarog zurückkehren, und wir sehen ihn nie wieder. Ich spüre es genau. Lass diese ganze unangenehme Situation auf sich beruhen. Geh zurück zu deinen Sonnenscheins, verlass mit ihnen das Land und vergiss, was in diesem Schloss geschehen ist. Das ist besser für dich und für ihn.«

»Ich vermute, für Euch im Besonderen.«

»Natürlich. Ich möchte weder meinen Sohn noch den Kronprinzen meines Landes verlieren. Er wurde sein Leben lang auf diese Aufgabe vorbereitet. Sie ist ihm vorherbestimmt. Mein jüngerer Sohn war immer nur ein schwacher Ersatz. Michael ist der einzig wahre Prinz.«

»Lasst Andreas das lieber niemals hören. Solche Worte aus dem Mund eines Vaters säen Zwietracht zwischen Brüdern.«

»Andreas sieht das genauso, doch darum geht es nicht. Meine Familie musste viel ertragen. Du könntest das Zünglein an der Waage sein.«

»Beunruhigt Euch denn ein unheimlicher Zauber auf Eurem Sohn kein bisschen?«

»Nein. Wir werden den Zauberer finden, und er bekommt seine gerechte Strafe.«

Jetzt entzog ich ihm meine Hände mit einem Ruck. Heißer Zorn wallte in mir auf. »Ihr wisst längst, dass ich unschuldig bin?«

»Ja.«

»Und da habt Ihr nicht daran gedacht, mich zu entlasten? Stattdessen verbannt Ihr mein Volk?« Kaum hatte ich das gesagt, erkannte ich die gesamte Ungeheuerlichkeit seines Handelns. »Ihr wusstet, dass ein anderer Eurem Sohn schaden wollte, und habt mich als Sündenbock genommen!«

»Du bist keineswegs so unschuldig, wie du gerade tust. Natürlich haben wir zunächst angenommen, dass du die Quelle der feindlichen Magie bist. Einzig unserem Protokollzwerg sind Ungereimtheiten aufgefallen. Er machte mich darauf aufmerksam. Da hatte ich dein Volk bereits verbannt.«

»Nehmt Euren Bann zurück!«

»Darüber lässt sich reden. Im Gegenzug lässt du die Finger von meinem Sohn.«

Tiiiiiief einatmen, dachte ich. Also tat ich genau das. Fünf Minuten lang. Der König rührte sich in dieser Zeit nicht.

Er sah mich lediglich eindringlich an und wartete, bis ich mit mir, meinem Gewissen und meiner Moral gerungen hatte. Auch die Königin stand still und ruhig hinter ihm. Sie wirkte überhaupt nicht feindselig. Vielmehr erschöpft.

»Es ist ein gutes Angebot«, sagte sie sanft. »Nimm es an.«

»Es ist ein höchst verwerfliches, unmoralisches und gemeines Angebot«, widersprach ich mit Tränen in den Augen. »Ihr wollt, dass ich mich zwischen meinem Volk und meiner Liebe entscheide. Das ist hinterhältig und eines Königspaars ganz und gar unwürdig.«

Die Miene des Königs verfinsterte sich bei meinen bösen Worten. Lediglich Königin Esmeralda blieb ungerührt. »Wir handeln aus Liebe zu unserem Land und unserem Sohn.«

»Michael muss bestätigt bekommen, dass ich ihn nicht verzaubert habe.«

»Eines Tages wird er das auch, doch noch ist nicht der rechte Zeitpunkt dafür. Nimm das Angebot an. Wir machen die Verbannung deines Volkes rückgängig, und du vergisst unseren Sohn.«

»Ihr müsst auch überall klarstellen, dass die Familie Sonnenschein nicht länger geächtet ist.«

König und Königin wechselten einen raschen Blick untereinander. Schließlich schüttelte der König den Kopf. »Auch wir brauchen ein Pfand gegen dich, damit du die Wahrheit nicht doch herausposaunst. Du darfst mit deiner Familie unbehelligt das Land verlassen oder hierbleiben, ohne dass wir euch verhaften. Doch die Sonnenscheins bleiben geächtet und dürfen nie wieder das Schloss betreten. Sonst wird das zu viele Fragen nach sich ziehen. Das Feenvolk hingegen wird wieder in unserem Land willkommen sein. Im Gegenzug meidest du Michael.«

Ich wollte protestieren. Bitten. Betteln, doch der Blick in

den Augen des Königs war unerbittlich. Was die Sonnenscheins anging, würde er nicht mit sich verhandeln lassen. Wenigstens kam er mir mit meinem Volk entgegen.

Mein Herz war schwer und mein Verstand wie in Morast versunken. Ich konnte kaum denken oder atmen. Wie sollte ich solch eine Entscheidung fällen? Eine Entscheidung, die sich schwer wie eine Prüfung anfühlte. Die letzte hatte ich vergeigt. War ich erneut drauf und dran, alles zu verlieren?

»Ich möchte noch ein letztes Mal mit Michael sprechen. Bitte.«

»Nein. Nimm das Angebot an, verschwinde aus unser aller Leben und verrotte dafür nicht im Kerker. Du kannst dein Volk retten, indem du die eine Liebe aufgibst. Es ist ein gutes Geschäft.«

Ein Geschäft mit meinem Herzen. Doch was für eine Wahl hatte ich sonst?

»In Ordnung«, sagte ich schließlich mit kummervoller Stimme. »Ich nehme Euer Angebot an.«

Ich hatte bereits so viel Leid über mein Volk gebracht. Was war also das Glück so vieler Geschöpfe im Vergleich zum Verlust der wahren Liebe einer einzigen Person?

Die Talfahrt ins Unglück

Ich kehrte langsam wie eine alte Frau zu meinen Sonnenscheins zurück. Es war seltsam, aus dem Schloss zu gehen, als sei nie etwas geschehen. Die Soldaten ließen mich kommentarlos passieren, und auch während der gesamten Wegstrecke bis zum Heim der Sonnenscheins sprach mich niemand an.

Wahrscheinlich sah ich auch zum Fürchten aus. Dreckig, zerschunden, vor Gram gebeugt.

Für mich war eine Welt zusammengebrochen. Natürlich hatte ich keine Wahl gehabt. Ich hatte das moralisch Richtige tun müssen. Mein Volk zu retten war äußerst ehrenvoll. Leider fühlte es sich dennoch wie ein Verrat an. An Michael. An unseren immer intensiver werdenden Gefühlen. An unseren Herzen.

Wie hatte ich nur solch eine Entscheidung treffen können? Ich hatte mich kaufen lassen. Mich und meine Liebe zu ihm.

Bevor ich den Garten meiner Familie betrat, blieb ich am Gartentor stehen und atmete tief durch. Leider konnten mich weder der Duft des Flieders noch das fröhliche Tirili der Vögel aufmuntern. Ich war am Ende.

Vor allem, dass ich den Sonnenscheins nicht hatte helfen können, bedrückte mich sehr.

Da half es auch nicht sonderlich, dass die Tür mit einem

Krachen aufging und Sekunden später Cindy heulend um meinen Hals hing.

»Sie haben dich nicht gefoltert und umgebracht«, jubelte sie und stockte, als sie meinen Gesichtsausdruck sah. »Oder?«

Umgebracht nicht gerade, aber es fühlte sich zumindest wie Folter an, dachte ich kummervoll. Mein Schmerz flaute etwas ab, als auch Emma sich in unsere Umarmung stürzte.

»Wir hatten so Angst um dich. Der König hat unsere Familie geächtet. Niemand will mehr etwas mit uns zu tun haben. Trotzdem hatten wir einzig und allein die ganze Zeit Sorge, dass dich der Zorn des Königs vernichtet«, sprudelte sie hervor. »Mama hat einen lieben Brief an den König geschrieben, der ungeöffnet zurückkam. Ach, Märchenfee. Wir haben dich so vermisst. Na ja. Also Cindy, Mama und ich haben dich vermisst. Anna nicht so.«

Das konnte sie laut sagen. Anna war hinter ihrer Mutter auf den Gehweg gekommen und lynchte mich förmlich mit ihren Blicken. Autsch. Anna war weiterhin sauer auf mich.

Auch Lucilla umarmte mich liebevoll und schob mich an der grummeligen Anna vorbei ins Haus zum riesigen Familientisch. Dort standen bereits Gläser, allesamt noch unbenutzt. Die Mädchen huschten auf ihre jeweiligen Plätze und warteten. »Willkommen zurück. Setz dich, Märchenfee.« Lucilla deutete auf den freien Stuhl neben sich und schob mir kommentarlos ein Schnapsglas zu. Danach schenkte sie sich als Erstes ein übervolles Glas einer rot funkelnden Flüssigkeit ein, trank es in einem Zug aus, füllte es erneut, trank es aus und widmete sich dann erst unseren Gläsern. Wir sahen ihr schweigend dabei zu. Ich hatte mich noch nie in meinem Leben so elend gefühlt.

»Es tut mir leid«, brachte ich schließlich hervor und

sah Lucilla und dann besonders lange Anna an. »Ich habe Schande über eure Familie gebracht. Der König war furchtbar wütend. Er will mein Volk rehabilitieren, doch ihr bleibt weiter vom Königshaus geächtet. Was das anging, ließ er nicht mit sich reden. Es tut mir so unendlich leid. Wir dürfen hier weiterleben, aber nie wieder das Schloss betreten.«

»Selbst wenn der König die Verbannung zurücknehmen sollte, wird das gemeine Volk uns fürchten. In unserem Haus lebt eine böse Fee. Eine Fee, die womöglich den Prinzen verzaubert hat. Wir werden keine Aussicht auf eine gute Heirat haben. Kein Edelmann wird eine von uns zur Frau nehmen wollen. Alles wegen dir«, schimpfte Anna prompt los.

Lucilla trank nach dieser Erklärung gleich ihr drittes Glas, japste leise und rülpste wenig damenhaft. Ihr sonst so edles Gesicht hatte sich innerhalb von Sekunden in ein dunkles Tal voller tiefer Krater verwandelt. Sie wirkte erschöpft und verzweifelt.

»Alles wegen dir, Anna«, ging Cindy dazwischen. »Wenn du die Klappe gehalten hättest, wäre Märri bald mit dem Prinzen verheiratet gewesen.«

»Und dann? Was wäre dann passiert?«, fuhr Anna sofort aus der Haut. »Das Königreich hätte eine Betrügerin als ...«

»Es reicht!« Lucilla hieb so heftig auf den Tisch, dass die seltsame Flüssigkeit aus den restlichen Schnapsgläsern hüpfte und sich zischend durch das Holz fraß. Ich starrte die dadurch entstandenen Löcher fasziniert und gleichzeitig schockiert an. Was war das für ein Höllenzeug? »Seit Tagen höre ich mir euer Gezanke an. Seit Tagen bluten mir die Ohren wegen eurer Streitereien. Wir sind eine Familie. Wir müssen zusammenhalten. Märri gehört seit Jahren dazu. Also vertragt euch!«

Ich war gerührt, das zu hören. Es war mir nie in den Sinn

gekommen, dass ich mittlerweile Teil der Sonnenschein-Familie war, und doch: genau so war es. Ich hatte meinen festen Platz bei ihnen und war wie selbstverständlich in ihre kleine Welt hineingewachsen.

»Auch in einer Familie darf man nicht alles durchgehen lassen«, gab Anna scharf zu bedenken. »Märri hat sich von der guten Fee zur bösen Fee verwandelt. Sie ...«

Wieder donnerte Lucilla die Faust auf den Tisch. »Hör mir auf mit diesem Schwarz-Weiß-Denken! Niemand ist nur gut oder böse. Niemand! Selbst der verdammte Feenrat hat dumme, böse und widerwärtige Dinge getan. Es gibt so viele Gerüchte über die Verfehlungen dieser ach so bewundernswerten Spezies. So viele, dass sie unmöglich alle falsch sein können. Ich finde das sogar sehr beruhigend. Niemand kann dermaßen perfekt sein. Niemand schafft es, sein Leben lang nur gut zu sein. Als ich Märri kennenlernte, habe ich ihr Potenzial sofort erkannt. Sie war anders als die ehrgeizigen, überperfekten Feen an ihrer Seite. Sie wollte nicht nur die Prüfung schaffen, sondern Cindy ein schönes Leben ermöglichen. Im Gegensatz zum Rest des vermaledeiten Haufens ist sie geblieben, als klar war, dass Cindy niemals zum Prinzen gelangen würde. Sie war sich selbst treu.«

»Hör auf, sie zu heroisieren! Sie ist nur bei Cindy geblieben, weil sie der Ehrgeiz gepackt hat. Als sie ihren Fehler bemerkte, war es zu spät für sie, um noch zu wechseln. Das hätte ihre Prüfung in Gefahr gebracht. Sie hat das kleinere Übel gewählt. Das hat nichts wahrhaft Gutes an sich.«

Ich hätte jetzt gern gesagt: »Hallo? Ich bin auch noch im Raum!«, aber dazu war dieser Streit viel zu faszinierend. Dass Lucilla so große Stücke auf mich hielt, war mir nie klar gewesen – und dass Anna einen derartigen Groll auf mich hegte, leider auch nicht.

»Mich beruhigt diese Entscheidung eher«, antwortete Lucilla ihrer Tochter. »Es macht sie menschlicher. Kaum eine Fee wäre so weit gegangen, um Cindy zum Prinzen zu befördern. Sie hat sich gegen jede Regel gestellt und sich als Mensch ausgegeben, um Cindy zu helfen.«

»Und um ihre Prüfung zu schaffen.«

»Die hat sie damit eher in Gefahr gebracht. Anna! Ich sage nicht, dass Märri richtig gehandelt hat. Im Gegensatz zu dir hat sie sich zumindest entschuldigt.«

Sofort trat Totenstille ein. Anna sah aus, als hätte man sie geschlagen. Vermutlich hatte es sich für sie auch so angefühlt. »Jetzt bin ich die Böse der Geschichte?«, fragte sie nahezu tonlos.

Das reichte mir jetzt langsam. »Nein, bist du nicht! Ich habe dich in eine unmögliche Situation gebracht und dich gezwungen, mich zu verraten. Wenn ich stärker, heldenhafter und gütiger gewesen wäre, hätte ich das selbst getan, nur fehlte mir dazu der Mut. Es tut mir ehrlich leid, Anna. Vor allem, weil du mir so schrecklich böse bist. Ich liebe dich, und es fühlt sich grässlich an, deinen Zorn abzube...«

Ein Brief plöppte einfach so in der Luft auf und plumpste mit einem leisen *Klingeling* vor mir auf den Tisch hinunter. Ich kam nicht mal zum Blinzeln, da hatte sich ein rosafarbener Zettel bereits aus dem Umschlag geschoben und entfaltete sich vor meinen ungläubigen Augen. Er roch nach Blumenwiese und Gebäck. Da er dabei leise Harfenmusik von sich gab, musste er aus dem Feenreich stammen.

Der Zettel flog so in mein Gesichtsfeld, dass ich die verschnörkelte, wunderschöne Kalligrafie vor meinen Augen gar nicht ignorieren konnte. Meine Lippen bewegten sich ganz ohne mein Zutun, sodass ich laut vorlas.

»Liebe Märchenfee. Du wurdest unehrenhaft aus der Feenwelt entlassen. Deine Prüfung wurde als nicht bestanden bewertet und dein Feenstatus annulliert. Ab sofort hast du deine menschliche Form beizubehalten. Deine Magie zu nutzen ist dir untersagt. Es ist dir auch verboten, dich als Fee zu bezeichnen, dich in Feengröße zu verwandeln oder deine Feenflügel der Öffentlichkeit zu zeigen. Solltest du das Gefühl haben, die Märchenwelt vernichten zu wollen, so lass es uns bitte wissen. In dem Fall müssen wir Vorkehrungen treffen. Hochachtungsvoll. Der Feenrat.«

Ein leises Dingdong verkündete das Ende der Botschaft. Der Zettel faltete sich wieder selbst zusammen, schlüpfte zurück in den Umschlag und glitzerte danach leblos auf dem Tisch herum. Ich selbst konnte mich nicht rühren.

So also fühlte es sich an, wenn man am Boden lag und noch mal nachgetreten wurde. Ich hatte bereits damit gerechnet, dass es Ärger geben würde, aber dass der Rat so schnell Nägel mit Köpfen machte ... nein, das hatte ich nicht kommen sehen. Entsprechend erschüttert war ich.

Wir starrten allesamt den Brief an und wussten kaum, was wir denken, sagen oder wie wir reagieren sollten. Ich für meinen Teil spürte, wie sich ein so gewaltiger Sturm in meinem Inneren aufbaute, dass ich Angst bekam. Es war eine mir unbekannte Mischung aus Frustration, purer Trauer, Schock und vollkommener Wut. Ja! Es war so pure, reine Wut, wie ich sie noch nie verspürt hatte. All die Jahre hatte ich mich bemüht, mich anzupassen. Ich hatte eine perfekte Fee werden wollen. Das war mein oberstes Ziel gewesen. Und jetzt ... jetzt hielt es mein Volk nicht einmal für nötig, mir meinen Rausschmiss persönlich mitzuteilen. Stattdessen schickten sie mir einen Brief, der unpersönlicher, gemeiner und hinterhältiger nicht hätte sein können.

Und das, wo ich für sie Michael aufgegeben hatte.

Ich starrte den Brief sehr lange an und ließ mich in dieses Wutgefühl hineinfallen. Meine Finger schmerzten bereits, so fest hatte ich sie zusammengeballt. Das unangenehme Knirschen im Raum kam von meinen Zähnen, und dieses leise Knurren ... gab ich das von mir?

In dieser Sekunde schlang sich etwas furchtbar Nasses und Heulendes so fest um mich, dass ich kaum atmen konnte. Cindy hatte mich wie eine Würgeschlange in den Arm genommen und schnodderte und weinte quer über mein Gesicht. »Das ist so gemein«, heulte sie wie ein kleiner Wolf. »Wie fies und gemein!«

Ich blinzelte, um wieder klarer im Kopf zu werden. An Cindys Locken vorbei blickte ich in Lucillas Gesicht. Sie war aufgestanden und hielt ... war das ein Hackebeil in ihren Händen? Ich blinzelte erneut. Anna und Emma waren vom Tisch aufgestanden und hatten sich hinter den Rücken ihrer Mutter geflüchtet. Sie klammerten sich aneinander, als würden sie sich vor irgendetwas fürchten. Aber vor was?

»Cindy? Komm von Märri weg und mach langsam«, sagte Lucilla und hob ihr Hackebeil ein wenig in die Höhe.

Cindy konnte ihre Mutter über ihr eigenes Heulen und Wehklagen nicht hören. Sie hielt mich weiterhin fest umschlungen und brabbelte unsinniges Zeug vor sich hin. Sie würde sich bis zum Ende aller Tage um mich kümmern. Ich wäre ihre Lieblingsfee. Sie hätte das alles nicht so gemeint. Ich dürfte auch ihre Kekse futtern. Ein Bad täte mir jetzt gut.

Seltsamerweise waren es all die Seltsamkeiten, die aus Cindys Mund hervorpurzelten, die mich wieder klarer sehen ließen. Erst jetzt bemerkte ich, dass meine Fingernägel schwarz geworden waren, genau wie meine Kleidung und vermutlich auch die Haare. Der Fluch einer Märchen-fee. Sobald wir in Ungnade fielen, lockte uns die böse Magie in ihre Fänge.

Ich atmete tief durch und spürte, wie die Wut abflaute und der lodernde Flammenball in meinem Inneren erlosch. Als Cindy dann noch leise erklärte, dass ich gern in ihrer Kammer auf dem Boden schlafen dürfte – »zur Not bis ans Ende aller Tage, oder zumindest bis zu meiner Hochzeits-nacht« –, musste ich schmunzeln.

»Danke«, flüsterte ich ihr zu. »Das Angebot nehme ich gern an.«

Endlich ließ auch Lucilla ihre improvisierte Axt sinken, und Emma und Anna kamen hinter ihrem Rücken hervor.

»Bist du wieder klar bei Sinnen?«, fragte mich Anna vor-sichtig.

»Klarer als klar. Ich bin ab sofort keine Fee mehr, darf nicht zaubern und muss menschlicher denn je werden. Mein Leben, wie ich es kannte, ist vorbei. Ich bin jetzt mit-tellos.«

»Dann bist du in guter Gesellschaft. Wir haben nämlich gestern unseren letzten Penny ausgegeben. Es ist nichts mehr da, wovon wir leben können«, sagte Lucilla finster. »Wir werden das Haus verkaufen müssen, um zu überleben. All unsere Träume sind zerplatzt. Niemand wird Anna, Emma oder Cindy unter diesen Umständen heiraten wol-len. Schon bald wird jeder wissen, dass die Sonnenscheins von der Krone verstoßen worden sind.«

Die Worte trafen mich bis ins Mark. Meine Schuld. Das war allein meine Schuld.

Mein Herz erbebte.

Meine Kehle schnürte sich wie von selbst zu.

Mein Magen krampfte.

Und ... wah! Ich dampfte!

»Märchenfee«, sagte Lucilla warnend. »Konzentrier dich auf das Gute in dir. Sonst muss ich dir den Kopf abhacken. Das fände ich sehr schade.«

Ja, ich auch. Krampfhaft unterdrückte ich die Finsternis in mir und straffte mich. »Ich heiße jetzt Märri«, sagte ich möglichst fest. »Die Märchenfee gibt es nicht mehr.«

Der Antrag ohne Verstand

Wenn du den Prinzen nicht verzaubert hast, wer ist es dann gewesen?« Diese Frage stellte Emma nicht zum ersten Mal.

Ich ließ seufzend das Stück Stoff sinken, das ich gerade akribisch auf Markttauglichkeit untersucht hatte. In unserer Verzweiflung machten wir gerade alles zu Geld, was nicht niet- und nagelfest war. Viele Dinge ließen sich noch ausbessern und dadurch besser verkaufen. Für diesen Schal hier war es allerdings zu spät. Die Mäuse hatten ein Nest darin gebaut. Es stank zum Himmel. Naserümpfend legte ich den Stoff neben mich ins Gras und zog den nächsten Plunder hervor. »Ich weiß es nicht, Emma. Wüsste ich es, säße ich nicht hier, sondern würde losziehen, um meinen Namen reinzuwaschen.«

»Was ist, wenn der Zauber gefährlich ist? Wenn er den Prinzen beeinflusst? Das könnte das ganze Reich ins Unglück stürzen.«

»Der Hofmagier weiß Bescheid. Er wird das schon herausfinden.«

»Viel unheimlicher finde ich die Frage, wer Märri aus dem Kerker befreit hat«, warf Cindy ein. Sie lag neben uns im hohen Gras und starrte in den blauen Himmel hinauf. Im Gegensatz zu unserer düsteren Stimmung präsentierte sich dieser Tag mit Sonnenschein und hellen, fluffigen Wolken.

»Und die Wachen fortgeschickt hat«, fügte Emma hinzu. Mist. Auch dieser Stoff hatte was von der Geburt der kleinen Mäuschen abbekommen. Es wanderte direkt auf den wachsenden Berg Müll. Dabei bemühte ich mich, Emmas und Cindys Überlegungen nicht zu nah an mich heranzulassen. Doch zu spät. Sie hatten mein Gedankenkarussell erneut in Gang gesetzt.

»Vielleicht war es doch Prinz Michael und er wollte es nur nicht zugeben?«

»Dann hätte er mich nicht wieder in den Kerker zurückgebracht. Er wusste ja, dass sein Vater mich freilassen würde.« Moment. Ich runzelte die Stirn. »Nur wusste Michael bestimmt nicht, dass die Bedingung dazu unsere endgültige Trennung ist. Sonst hätte er gewiss so etwas angedeutet. Er ist mir böse, aber ohne Abschied zu gehen sieht ihm nicht ähnlich.«

»Er war offensichtlich ausgeladen. Mama und Papa wollten ihn nicht dabeihaben, um ihre fiesen Pläne zu vertuschen.« Cindy knirschte bei diesen Worten vor Wut mit den Zähnen.

»Ich denke, dass es der Feenrat war. Eine Fee im Kerker schadet dem guten Image. Daher haben sie dich befreien wollen.« Emma nickte bestätigend zu ihren Worten. »Sie wären auch mächtig genug für solche Zauber.«

»Sie hatten schon mit dem König verhandelt. Warum sollten sie das Risiko eingehen, dass sie einer Gefangenen zur Flucht verhelfen? Außerdem haben sie mich verbannt. Noch eine böse Fee mehr oder weniger in irgendwelchen Verliesen ... wen juckt das schon?« Ich knurrte leise vor Wut.

»Märri«, ermahnte mich Emma freundlich. »Der Tag wird dunkler. Du dampfst.«

»Entschuldigt. Ich arbeite daran.« Manchmal klappte

das mal mehr, mal weniger gut. Meine hübschen blonden Locken waren jedenfalls Geschichte. Sie waren jetzt grau. Bei schlechter Stimmung verfinsterten sie sich zu nachtschwarz.

Das brachte mich wieder auf den Punkt, der mir wirklich Bauchschmerzen bescherte. »Solange ihr mich hier wohnen lasst, werdet ihr niemals wieder Teil dieser Gesellschaft sein«, sagte ich kummervoll. »Ich sollte gehen.«

»Papperlapapp. Wir kommen auch ohne die Lästermäuler hervorragend klar«, antwortete Cindy.

Ihre optimistischen Worte waren mutig. Das Brot war aufgegessen, die Schränke leer, genau wie die letzte Geldtruhe. Momentan waren wir dabei, unser buchstäblich letztes Hemd zu verkaufen.

Da rumpelte es vom anderen Ende des Hauses. Emma, Cindy und ich hatten uns bei den Apfelbäumen niedergelassen, um Annas schlechter Laune zu entgehen. Seitdem ich wieder eingezogen war, musste ich ihr aus dem Weg gehen. Sie litt schrecklich unter Liebeskummer und ließ ihren Frust an mir aus.

Ein Schrei ertönte, gefolgt von Geschimpfe und Gefluche. Unverzüglich sprangen wir auf die Beine und liefen los, sahen allerdings nur eine Kutsche im Eiltempo davonfahren. Ich erhaschte gerade noch einen Blick auf das Wappen von Burginsland, dann verschwand das Gefährt hinter einer Wolke aus Staub.

»Seht mal. Eine Kiste«, unterbrach Cindy mein Starren.

Tatsache. Da stand eine riesige Holzkiste mitten in unserem Garten. Lucilla und Anna warteten daneben und wirkten mindestens genauso verwirrt wie wir.

»Wo kommt die denn her?«, fragte Emma, während sie die Kiste umrundete.

»Ein Bote vom Schloss hat sie gebracht und vor der Tür abgestellt. Sie ins Haus zu tragen war wohl unter seinem Niveau. Er meinte, sie sei für Märri bestimmt. Von wem genau sie kommt, wissen wir nicht, und wir sterben vor Neugierde.« Lucilla hielt mir wortlos eine Brechstange hin. »Öffne sie mal schnell!«

Ich wollte sie nicht öffnen. Wenn sie vom Schloss kam, konnte das nichts Gutes bedeuten. Auf der anderen Seite war auch meine Neugierde entflammt. Also nahm ich die Brechstange, setzte sie am Holz an und hebelte so lange herum, bis die eine Seite nachgab und beinahe auf mich drauffiel. Ich hüpfte im letzten Moment zurück und war die entscheidende Sekunde abgelenkt. Die anderen hatten längst erkannt, was drin war. Ihr entzücktes »Ooooh« und »Aaaah« irritierte mich mehr, als es ein Schreckensschrei getan hätte.

Mein Gehirn brauchte ein wenig, um die drei Dinge im Inneren zu erkennen. Sie waren in zarte Schutzhüllen ge-wickelt, die so durchsichtig waren, dass ich gut hindurch-blicken konnte. Kleider. Drei wunderschöne, prächtige, völlig überkandidelte Kleider. Auf dem einen waren Halb-monde aufgestickt, auf dem anderen Sonnen. Das dritte Kleid war beerenfarben, elegant und zum Schnüren.

Emma war bereits halb in der Kiste verschwunden und zog das erste Kleid hervor. »Von wem sind die bloß?«, staunte sie und hielt sich das prächtige Kleid probehalber vor den Körper. Die Farbe passte perfekt zu ihren hübschen Augen.

Ich wusste natürlich genau, von wem die Kleider waren. Ich hatte sie gewonnen. Das dritte Kleid hatte Michael für mich ausgesucht – für einen Anstandsbesuch bei seinen Eltern. Ein Besuch, der ein wenig anders geendet hatte als erwartet. Schon damals war die Schlinge um meinen Hals so eng geworden, dass ich kaum noch hatte schlucken können. Hätte ich Michael in dem Moment besser die Wahrheit gestanden. Hätte ...

»Kein Brief?«, fragte ich bange. Bitte, dachte ich, lass da ein Brief sein.

Emma und Cindy stellten daraufhin die Kiste auf den Kopf, doch sie fanden nichts. Nur die Kleider.

»Vielleicht hat der Bote den Brief in unseren Postkasten gelegt. Ich sehe schnell nach«, sagte Lucilla und verschwand ins Haus, um den Postkastenschlüssel zu holen.

Ich glaubte nicht wirklich, dass der Brief dort zu finden sein würde. Es gab bestimmt keinen. Die Erkenntnis fühlte sich an, als hätte mir Michael mit seinem Schweigen fest in den Magen geboxt. Ein Abschiedsbrief wäre schlimm gewesen. Ein böser Hassbrief noch grässlicher. Aber kein einziges Wort? Das war bitterböse.

Cindy spürte wohl meine Trauer, vielleicht bemerkte sie auch den schwarzen Dampf aus meinen Schuhsohlen, denn sie nahm mich mitfühlend in die Arme. »Wir sollten ...«

»Darf ich euch kurz stören?«

Eine dunkle Stimme hinter uns sorgte dafür, dass wir erschrocken zusammenfuhren und uns synchron herumdrehten. Ein dreckiger, zerlumpter und schrecklich nervöser Jüngling stand vor uns.

»Franz-Werner«, rief Cindy in der gleichen Sekunde und sprang freudestrahlend auf. »Was machst du hier?«

Der angesprochene Franz-Werner wurde dunkelrot im Gesicht. Nervös knetete er an seiner Mütze herum, die er in seinen verkrampften Händen hielt. »Ich habe gehört, dass du wieder hier bist, und dass ihr am Königshof in Ungnade gefallen seid. Das war die beste Nachricht, die ich je gehört habe.«

Anna holte zischend Luft und ballte die Finger zur Faust. »Sag das noch mal«, knurrte sie böse.

»Ich bin froh, dass ihr in Ungnade gefallen seid«, wiederholte der fremde junge Mann treudoof und begriff zu spät, was er da gesagt hatte: Anna stürzte sich mit dem Geheul eines angreifenden Wolfes auf ihn.

»Anna, nein!«, brüllte Cindy.

»Anna, stopp!«, schrie ich.

»Anna, hau ihn!«, rief Emma.

Ich bekam den Zipfel von Annas Rock zu fassen und verhinderte gerade noch, dass sie dem jungen Mann ihre Faust mit tödlicher Präzision genau auf die Nase donnern konnte. Sie streifte ihn lediglich, doch das reichte. Der Arme ging wie ein gefällter Baum zu Boden und rollte sich hastig zu einer Kugel zusammen. Anna holte ernsthaft aus, um ihn zu treten. Ich verhinderte das, indem ich sie unsanft in den Dreck schubste.

Bei dem nun folgenden Knurren wurde es selbst mir angst und bange. Anna kam beunruhigend schnell wieder auf die Füße, senkte ihren Kopf und rammte wie ein angreifender Stier ihren gesenkten Kopf in meinen Bauch. Ich brüllte vor Schmerzen laut auf und ging rücklings zu Boden. All unsere aufgestaute Wut entlud sich jetzt in einem unangemessenen und völlig sinnlosen Kampf. Wir zogen an unseren Haaren, bissen um uns, traten nach der anderen oder boxten wie irre gegen alles, was wir treffen konnten. Dabei vergaß Anna leider nie, wer ihr eigentlicher Gegner war. Sobald ich sie nicht fest genug hielt, versuchte sie dem jungen Mann eine zu verpassen.

Eine Urgewalt war in ihr erwacht, die mir Angst machte.

Der junge Mann hatte mittlerweile begriffen, dass er mit seiner Kugeltaktik nicht gewinnen konnte. Er rutschte auf dem Hosenboden von uns fort und hob abwehrend die Hände. Das interessierte Anna leider wenig. Sie wollte sich auf ihn werfen, was ich mit einem gezielten Tritt gegen ihre Kniekehlen verhinderte. Vermutlich hätte sie sich daraufhin auf mich gestürzt, wenn nicht zwei Dinge gleichzeitig passiert wären.

Eine Frauenstimme rief: »Was ist denn hier los?«, und der junge Mann fiel auf die Knie und flehte: »Bitte! Ich will Cindy lediglich heiraten.«

Anna nutzte den Moment der Verblüffung, um ihm gekonnt einen gewaltigen Kinnhaken zu verpassen. Prompt verdrehte er die Augen und fiel in Ohnmacht.

Hektisch beugte sich Cindy über den Niedergestreckten und hielt ihm einen Finger unter die Nase. »Er ist tot«, schluchzte sie dramatisch.

Ich war sofort neben den beiden und überprüfte ihre Aussage. Zum Glück lag Cindy falsch. Sein Puls war kräftig, genau wie seine Atmung. »Er ist nur kurz weggetreten und wacht bestimmt gleich auf.«

»Und was mache ich, wenn er wieder aufwacht?«

»Wie? Was machst du dann?«

»Er will mich heiraten! Was soll ich ihm denn antworten?«

»Das kommt ganz drauf an, ob du ihn heiraten willst oder nicht.«

»Ich kann ihn nicht heiraten.«

»Nicht? Was hindert dich?«

»Wer soll sich denn um dich kümmern, wenn ich eine eigene Familie gründe? Ich kann dich nicht allein in deinem Schlamassel lassen.«

Also ... das ... äh ... Ich war sprachlos.

Ein Quieken lenkte mich von einer Antwort ab. Emma

Annas Seufzen und das leise Kichern eines Kindes waren eine Zeit lang die einzigen Geräusche in der Kirche, bis genau das gleiche Kind laut zu seiner Mama sagte:»Das war lustig. Kann sie das noch mal machen?«

Mit hochrotem Kopf rappelte ich mich auf, verhedderte mich in meiner Hektik in meiner Pluderhose und wäre vermutlich erneut gestolpert, wenn mich nicht zwei Hände stabilisiert hätten. Michael. Er war mir natürlich ganz prinzenmäßig zu Hilfe geeilt, stellte mich mit einem leicht schiefen Grinsen auf meine zittrigen Beine und bückte sich, um einen meiner Fellschluffen vom Boden aufzuheben. Mit einer Hand hielt er meine linke, damit ich mein Gleichgewicht halten konnte. Mit der anderen schob er mir ...

Ein kollektiver Aufschrei ging durch die gesamte Kirche, gefolgt von einem tiefen Seufzen aus sämtlichen weiblichen Mündern. Zunächst verstand ich nicht, was genau so aufregend war, immerhin hatte mir nur der Kronprinz des Landes meine Fellschluff...

Mit einem Aufschrei sprang ich zurück, sodass mein bereits auf dem Fuß steckender Schluffen in hohem Bogen quer durch die Kirche flog.»Du kannst mir keinen Schuh anziehen«, brüllte ich Michael empört an.

Der wirkte äußerst irritiert, dann schockiert und schließlich so zufrieden wie eine sahneschleckende Katze.»Kann ich und hab ich«, sagte er trocken.

Ich zitterte vor Schock, während sich in meinem Kopf tausend Fluchtwege formten. Einer war schlechter und dümmer als der nächste. Es war nur ein Fellschluffen und kein durchsichtiger Stöckelschuh gewesen. Und ich hatte ihn nur für etwa zehn Sekunden verloren ...

»Entschuldigt, ihr zwei Turteltauben. Dürfte ich wohl zu meinem Verlobten, um zu heiraten? Ihr steht im Weg«, mischte sich Cindy ein. Sie war einfach an ihren verdatterten zwei Schwestern vorbeigestapft und wenig damenhaft die Stufen hochgepoltert. Dabei drückte sie sich zwischen uns und sagte so leise, dass es nur für uns hörbar war: »Euer romantischer Kuss zum finalen Drama muss noch warten. Erst bin ich dran!«

Wir ließen die Braut selbstredend passieren und trennten uns wie befohlen. Michael warf mir noch einen glühenden Blick zu, der geradewegs in mein mädchenhaftes Herz schoss und dort ein Feuerwerk aus Gefühlen entfachte.

Michael hatte mir erst den Verstand geraubt, dann das Herz gebrochen und war jetzt im Begriff, meine Welt erneut auf den Kopf zu stellen. Was machte er hier? Warum war er …

Ich quiekte auf, weil mich Anna abrupt vom Altar wegzerrte und wie eine Puppe an den Rand schob. Dabei durchsuchte sie hektisch die unendlich tiefen Taschen meiner Pluderhose, bis sie die Ringe fand und erleichtert aufseufzte.

Der Pastor war bereits in eine Litanei verfallen und rasselte sie bedeutend schneller herunter als gewöhnlich. Vermutlich wollte er die Zeit nutzen, in der gerade Ruhe eingekehrt war.

Ich bemühte mich redlich, mich ganz auf Cindy zu konzentrieren. Die Braut überstrahlte alles und wirkte trotz der nicht perfekten Schminke, des zerfledderten Blumenstraußes in ihrer Hand, der ramponierten Umgebung und des seltsam verloren wirkenden Fellschluffens direkt neben ihr so glücklich wie noch nie. Ihren Zukünftigen hätte ich mit seinem gewaschenen Aussehen beinahe nicht erkannt. Unter der Dreckschicht war er überraschend ansehnlich, mal von den krummen Zähnen und der noch krümmeren

Nase, die er von einem Boxkampf zurückbehalten hatte, abgesehen.

Wie erwähnt: Ich bemühte mich redlich, mich voll auf meinen Schützling zu konzentrieren. Trotzdem huschte mein Blick zu Michael hinüber, der genau wie ich versuchte, nur zum Altar zu sehen, und genau wie ich kläglich scheiterte. Als wir uns gegenseitig beim Starren ertappten, lächelte er erneut. Ich setzte umgehend meine kühle, unnahbare Miene auf und kämpfte mit meinem vor Freude implodierenden Herzen und den millionenfach aufsteigenden Hummeln, Glühwürmchen und Schmetterlingen in meinem Magen.

Erst bei dem nicht so ganz jugendfreien Kuss zwischen Braut und Bräutigam schaffte ich es, meine volle Aufmerksamkeit wieder auf Cindy zu lenken. Wir klatschten und jubelten mit, gratulierten, hüpften und tanzten in der Kirche herum, bis uns der genervte Pastor nahezu hinauswarf – samt einer deftigen Rechnung, um seine arme Kirche wieder instand zu setzen.

In dem darauffolgenden Tumult aus gratulierenden Gästen, pöbelnden Fronten, schreienden Kindern und scheuenden Pferden verlor ich Michael aus den Augen. Weil sich Emma bei mir untergehakt hatte und mich zum Haus unserer Familie zerrte, blieb mir nichts anderes übrig, als ihr zu folgen. Wir liefen neben der Kutsche mit dem Brautpaar her und warfen unermüdlich Reiskörner auf die Insassen. Meine gut trainierten Brieftauben flogen wilde Kapriolen über ihre Köpfe, und sogar die Schar Schmetterlinge tat, worum ich sie gebeten hatte. Sie umschwirrten Cindys Kopf und ließen sich auf ihren Haaren nieder, sodass es aussah, als hätte sie eine lebendige bunte Krone auf dem Kopf. Es war so kitschig, dass sogar Anna vor Rührung heulen musste.

Erst als wir am Haus angekommen waren und mein rechter Fuß seltsam kalt war, bemerkte ich das Fehlen meines Schuhs und erinnerte mich an den Grund dafür.

Michael!

Hektisch sah ich mich um und brauchte nicht lange zu suchen. Der Kronprinz war soeben bei unserem Haus angekommen und saß von einem blitzblank gestriegelten weißen Pferd ab. Seine Bewacher taten es ihm gleich und umringten ihn. Die meisten hatten ihre Hände auf den Schwertgriffen liegen und wirkten, als sei diese Hochzeit für sie der Horror. Vermutlich war das auch so. Unsere Gäste waren nicht unbedingt das, was man als *normal* und *kultiviert* bezeichnen würde.

Vielleicht war es ganz gut, dass die Sonnenscheins nicht ins Königshaus eingeheiratet hatten.

Ich kam nicht dazu, ihn zu begrüßen oder auch nur ein halbes Wort mit ihm zu wechseln, denn Anna und Emma zogen mich unerbittlich zu Cindys Kutsche. Wir halfen ihr aus dem Gefährt, versicherten uns gegenseitig unserer unendlichen Liebe und wurden fast sofort von den restlichen Gästen vereinnahmt. Krüge mit Met, ziselierte Gläschen mit Prickelblubberbrause und Pinnchen mit Likören wurden herumgereicht. Ich sah zunächst zu, dass ich etwas von den Gemüsebällchen und in Butter geschwenkten Maisknödeln abbekam, bevor ich auch nur einen Tropfen Alkohol anrührte. Als Fee gehörte sich Trinken und Schmausen in der Öffentlichkeit ohnehin nicht. Wobei... ich hatte keine Ahnung, ob ich jetzt noch eine Fee war oder nicht. Also konnte ich auch die vielen Feenregeln so lange ignorieren, bis ich Klarheit hatte. Entschlossen nippte ich an der Prickelblubberbrause, die mir Anna in die Hand gedrückt hatte, und vertilgte gleich fünf Gemüsebällchen samt Knödeln. Die ganze Aufregung hatte mich hungrig werden lassen.

»Wo warst du nur so lange?«, fragte mich Lucilla schließlich in einer kurzen Atempause.

»Ich ...«, setzte ich an, doch jemand zog mich fort, weil ein Blitzporträt von mir, Anna, Emma und Cindy angefertigt werden sollte. Der Künstler war ein wahrer Meister. Innerhalb von zwanzig Minuten war er fertig, allerdings durften wir uns in der Zeit weder rühren noch sprechen. Ich nutzte die Pause, um tief durchzuatmen und zu erfassen, ·was geschehen war.

»Was wollte das Feenvolk von dir?«, fragte mich Anna, kaum dass der Künstler seinen letzten Strich gezogen hatte.

»Ich ...«, setzte ich erneut an, aber Cindy eroberte in dieser Sekunde mit einem Jauchzen die Tanzfläche und zwang ihren eher gequält wirkenden Bräutigam zusammen mit ihrer Familie in einen wilden Reihentanz.

Wir hatten uns nach langem Überlegen dazu entschlossen, die Hochzeit auf der Wiese hinter unserem Häuschen zu feiern. Das Gras war in diesem Bereich sattgrün, die Erde gut durchgetrocknet. In den Bäumen rundherum hatten wir hübsche Lampions aufgehängt, und überall standen Tische und Bänke, die zum Ausruhen einluden.

Daran war im Moment nicht zu denken.

Ich ließ mich quer über die Tanzfläche wirbeln, obwohl ich keine Ahnung von der Schrittfolge hatte, und jauchzte und jubelte mit den anderen. Erst als mein Magen sich unangenehm drehte und die Prickelblubberbrause sich ihren Weg nach oben suchte, löste ich mich aus der Reihe und flüchtete an den Rand. Da durfte ich nicht lange Luft holen, denn Cindy und ihr Ehemann holten den längst überfälligen Brauttanz nach. Hastig pfiff ich die Täubchen heran, die in dieser Sekunde eigentlich Sternenglitter über das Brautpaar streuen sollten. Leider waren die Vögel noch mit Futtern beschäftigt und verpassten ihren Einsatz. Da Cindy trotz des fehlenden Taubeneinsatzes glücklich aussah, war das nicht weiter schlimm.

Wir Sonnenscheins heulten eine Runde, während Cindy an uns vorüberschwebte und ihren verzweifelt dahinstolpernden Mann mit sich zog. Wir klatschten dennoch begeistert Applaus und waren uns einig, dass das der wunderschönste Brauttanz aller Zeiten war. Emma bat mich daraufhin um einen Tanz, und die nächsten Minuten war ich damit beschäftigt, mit jedem Familienmitglied selbst erfundene Tänze zu kreieren. Es machte einen Heidenspaß, und ich vergaß beinahe, was mich zuvor völlig aus der Bahn geworfen hatte. Bis mich Michael beim Wechsel zu Lucilla abfing und mich ungefragt an sich zog.

»Tanz mit mir«, forderte er mich auf und legte bereits los, noch ehe ich protestieren konnte. Zum ersten Mal, seit ich ihn kannte, wirkte er nicht so selbstsicher und gefasst wie sonst. Vielmehr lag da ein Schatten unter seinen Augen, den ich bislang nicht gekannt hatte. War das Sorge? Angst? Unsicherheit! Ja, genau. Er war sich unsicher, ob ich ihn nicht von mir weisen würde.

Tatsächlich dachte ich darüber keine Sekunde nach. Vielmehr war ich froh, bei ihm sein zu dürfen und mit ihm sprechen zu können.

»Wie geht es dir, jetzt, wo du weißt, dass du ... also ... du weißt schon, was du bist«, fragte ich mit hochrotem Kopf die erstbeste Frage, die mir einfiel – und ich hatte viele. Unendlich viele.

»Ich bin mir noch unsicher, was ich von der Feensache halten soll. So ganz erfassen kann ich all das noch nicht.«

»Du bist hier. Das ist gut, oder?«

Er lächelte vorsichtig. »Ja, das ist gut.«

»Ich hätte dir das mit meiner Herkunft erzählen müssen«, platzte ich heraus. »Das tut mir total leid. Ich versichere dir, dass ich dich zu keiner Zeit verzaubert oder beeinflusst habe. Ich habe meine Magie niemals angewandt, um meiner Familie oder mir einen Vorteil zu verschaffen. Im Gegenteil. Ich habe alles getan, damit ich versage und rausfliege, doch du hast meine Versuche erfolgreich sabotiert. Was das angeht, bist du also selbst schuld. Es war nie meine Absicht, dich zu hintergehen. Vielmehr gab es eine Verkettung unglücklicher Umstände, sodass ich mich immer mehr in die Prinzessinnensache verstrickt habe.« Ich hatte das alles in einem einzigen Atemzug hervorgeblubbert und fühlte mich danach seltsam erleichtert. All das hatte ich ihm schon so lange und so dringend sagen wollen, dass es einfach herausgemusst hatte.

Er hob an, etwas zu erwidern, nur war ich schneller. »Deine ... na, du weißt schon wer, hat dich verzaubert. Nicht ich«, stellte ich jetzt mit deutlich kühlerer Stimme klar. »Dass du dir keine Sekunde die Zeit genommen hast, um meinen Standpunkt anzuhören, war gemein. Ich verstehe vollkommen, dass du sauer auf mich warst, aber du hast mich ganz schön vorgeführt und in den Kerker geworfen. Dass du mir anschließend einen Brief geschrieben und den so gut versteckt hast, dass kein Mensch und auch keine Fee ihn finden konnte, ist nur eine mäßige Wiedergutmachung.«

Er zog eine wunderhübsch geformte und natürlich perfekt gewachsene Augenbraue in die Höhe. »Sag bloß, du bist sauer auf mich. Ich dachte, ich wäre sauer auf dich.«

»Wir sind gegenseitig sauer aufeinander oder wissen

zumindest nicht, was wir von der Vorgehensweise des jeweils anderen halten sollen. So einfach ist das. Wir haben beide Fehler gemacht, die unsere aufkeimenden Gefühle zueinander direkt pulverisiert haben. Das ist nicht nur ärgerlich, sondern auch in höchstem Maße dumm! Generell habe ich mich über Märchenfiguren geärgert, die, statt miteinander zu reden, sich gegenseitig zerstört haben. Als erfahrene Märchenkennerin hätte ich mich für klüger gehalten, doch so ist es jetzt eben passiert. Wir haben uns sehr wehgetan. Mir persönlich tut das wirklich leid.« Ich sah ihn herausfordernd an, und als nichts von ihm kam, hakte ich unbarmherzig nach: »Dir auch?«

»Oh, jetzt darf ich also endlich etwas zu meiner Verteidigung beitragen? Bist du fertig mit deiner Schimpftirade?«

Wir tanzten die ganze Zeit in einem großen Kreis um die anderen Gäste herum und ignorierten dabei das langsame, eher romantische Lied. Stattdessen taten wir so, als seien wir noch bei einer feurigen Melodie voller loderndem Zunder. Wir waren beide zu aufgewühlt, um uns anzupassen.

»Ich habe nicht mit dir geschimpft«, protestierte ich. »Ich wollte dir nur vor Augen führen, dass auch du Fehler gemacht hast.«

»Klang nach Schimpfen.«

»Gut, dann habe ich geschimpft. Was machst du überhaupt hier? Als ich dich das letzte Mal gesehen habe, bist du aus dem Raum gestürmt wie ein Verrückter. Ich dachte, ich sehe dich niemals wieder. Warum der Sinneswandel?«

»Cindy hat mich eingeladen.«

Ich blieb abrupt stehen, sodass Michael beinahe in mich hineingetanzt wäre. Zum Glück war er kräftig genug, um mich einfach mit sich zu ziehen, sodass ich weitertanzen musste.

»So wie du mich ansiehst, hast du davon nichts gewusst«, stellte Michael fest.

»Nein! Und wenn ich es gewusst hätte, dann hätte ich sie davon abgehalten.«

»Warum das denn?«

Diesmal blieb ich so vehement stehen, dass er mich auch nicht mit Gewalt hätte weiterbewegen können. Er war gezwungen zu stoppen, sodass wir nun der einzige Ruhepol auf der wuseligen Tanzfläche waren. Wir sahen einander schweigend an. Ich für meinen Teil geriet leicht in Panik, er hingegen wirkte gelassen.

»Wir müssen reden«, sagte er sanft.

Den Eindruck hatte ich auch, daher zog ich ihn schweigend seitlich von der Tanzfläche. Bunte Lampions hingen in den Bäumen, und ich hatte eine Kolonie Glühwürmchen überredet, diese Nacht hier zu leuchten. Unter normalen Umständen wäre ich furchtbar stolz auf mein Werk gewesen, doch gerade war ich viel zu aufgeregt, um meine wunderschöne Umgebung wahrzunehmen.

Als ich für uns eine stille Ecke ohne Zuhörer gefunden hatte, blieb ich stehen. Erst jetzt bemerkte ich, dass unsere Hände weiterhin fest ineinander verhakt waren und wir uns viel zu nahe standen. Viel näher, als es ein zerstrittenes Pärchen sein sollte. Falls wir denn jemals so etwas wie ein Pärchen gewesen waren.

»Ich war zunächst sehr zornig und völlig durcheinander. Erst dein Verrat, dann der meiner Mutter und die vielen Geheimnisse, die du mir recht erbarmungslos an den Kopf geworfen hast. All das musste ich sacken lassen. Es hat ein wenig gedauert, das Chaos in meinem Kopf zu lichten. Ich habe viele Gespräche mit meiner Mutter und mit meinem Bruder geführt. Mutter hat uns mehr vom Feenvolk erzählt, sodass auch Andreas mittlerweile sein Schicksal akzeptieren konnte. Noch immer ist mir der Feenrat suspekt, und ich bin mir nicht sicher, was ich insgesamt von deinem Volk halten soll, doch dann ... dann kamen Anna und Cindy zu mir.«

»Anna und Cindy?«, fragte ich ungläubig nach.

»Ja, genau. Anna warf mir ohne Umschweife Engstirnigkeit vor, und Cindy fragte mich, ob ich wirklich so dämlich sei, wie sie denken würde. Sie würde mir gern in den Allerwertesten treten. Der Protokollzwerg bekam fast einen Herzkoller. Ich hörte mir ihre Argumente an, bedankte mich brav und bekam Cindys Einladung zur Hochzeit mit dem klaren Befehl, auf jeden Fall zu kommen.« Er lachte leise in sich hinein. »Jedenfalls haben die zwei meinen bereits vorher gefassten Entschluss noch mal bestätigt. Ich muss lernen, mit den Feen zu leben.« Jetzt sah er mich so intensiv an, dass es meinen gesamten Rücken entlang prickelte. »Nicht alles an den Feen ist schlecht. Es gibt auch ganz klare Argumente dafür, sich ihnen anzunähern.« Er zog mich wie aufs Stichwort heran, sodass sich unsere Körper berührten. »Ich muss mich bei dir entschuldigen«, sagte er so leise, dass ich es beinahe nicht verstanden hätte.

»Wofür?«, hauchte ich fast tonlos und hatte dabei nur Augen für diese sinnlichen, gut geschwungenen und total stereotyp attraktiven Lippen meines wunderhübschen Prinzen.

»Ich hätte mit dir reden sollen. Nein. Ich hätte mit dir reden *müssen*.«

»Du hast nur wie eine typische Märchenfigur gehandelt. Reden ist Silber. Schweigen ist Gold.«

»Schweigen war noch nie Gold. Schweigen ist totaler Blödsinn. Das macht alles nur noch viel schwieriger und beeinflusst die Zukunft auf schreckliche Weise. Nein. Ich hätte dich von Anfang an beschützen müssen. Wie es sich für einen Märchenprinzen gehört. Stattdessen musstest du mich retten. Weil ich zu dumm war, die Wahrheit als Chance zu sehen.«

Mir wurde so heiß, dass ich einem Feuerwurm hätte Konkurrenz machen können. »Ich bin jedenfalls keine Cinderella. Da brauchst du dir keine Sorgen zu machen.«

»Definitiv bist du das nicht. In dir schlägt ein kleines Kämpferherz. Ob Fee, Märri oder böse Hexe ... du bist auf jeden Fall meine Märchenprinzessin.« Er beugte sich zu mir herunter und kam mit diesen bezaubernden Lippen meinem Mund näher.

Ich zappelte vor Aufregung herum und wusste nicht wohin mit meinen Armen, meinen Gedanken und was ich tun sollte. Sofort stoppte Michael auf halbem Wege und sah mich alarmiert an. »Haust du mir gleich wieder eine rein?«

»Nein, aber du darfst mich nicht küssen.«

»Sagt wer? Ich dachte, wir steuern gerade auf unseren fulminanten Märchenkuss zu.«

»Feen dürfen keine Prinzen küssen«, stellte ich altklug fest.

»Wie gut, dass du keine Fee mehr bist.«

»Tja, also was das angeht ...«, sagte ich gedehnt.

Michael riss die Augen auf. »Sag bloß, dein Volk hat dich wieder aufgenommen?«

Jetzt zappelte ich noch mehr herum. »Ich bin nicht sicher. Das Feenvolk wollte mir verzeihen und mich rehabilitieren ...«

»Aber ...?«

»Na ja, es könnte sein, dass ich mich ein wenig mit der Vorsitzenden angelegt habe.«

Michael seufzte tief und trat dabei einen Schritt von mir fort. Sofort kam mir der Abend viel kühler und die Glühwürmchen um mich herum viel weniger romantisch vor.

»Märri, was hast du jetzt schon wieder angestellt?«

»Ich habe nur ein paar Geheimnisse des Feenrates ausgeplaudert, die sie lieber für sich behalten hätten. Es könnte also sein, dass das Feenvolk momentan ein wenig zwiegespalten ist. Darüber hinaus habe ich gewisse Vorschläge gemacht, die nicht bei jedem auf Gegenliebe gestoßen sein dürften.«

»Du hast eine Revolution angezettelt?«, fragte Michael entsetzt.

»Nein, nicht direkt ... oder doch? Ja, vielleicht. Ein wenig. Eigentlich habe ich nur Ideen hervorgeblubbert, woraufhin man mich wieder verbannt hat. Zumindest nehme ich das an. Offiziell ist es noch nicht. Ich bin daher vermutlich eine Fee und ... Feen dürfen keine Prinzen küssen.«

Daraufhin lachte mich Michael schamlos aus. »Als ob dich ein Feengesetz jemals von etwas abgehalten hätte«, gluckste er.

Ich stemmte empört die Hände in die Hüften. »Ich versuche zumindest, mich an die meisten Vorgaben zu halten. Dadurch bleibe ich meiner Linie treu. Und du? Du verwirrst mich mit deinem Hin und Her. Verzeihst du mir jetzt oder nicht? Du sendest diesbezüglich widersprüchliche Signale.«

»Widersprüchlich? Ich wollte dich küssen. Deutlicher geht es wirklich nicht. Märri! Ich war noch nie in meinem Leben so glücklich wie in der kurzen Zeit mit dir. Noch nie! Ob Fee oder Mensch ... das ist mir mittlerweile egal. Dein Lachen, deine schrägen Ansichten, dein Wortwitz, die Leichtigkeit unserer wilden Diskussionen, die Streitgespräche und dieses Flirren, das zwischen uns herrscht.

Ich habe dich so dermaßen vermisst, dass es mir Angst gemacht hat. Du bist zu mir gekommen, obwohl ich dich nicht sehen wollte. Statt aus dem Kerker zu fliehen, hast du das Gespräch mit mir gesucht. Statt beleidigt zu sein, bist du gekommen, um mich vor meiner Mutter zu retten. Auf eine gewisse Art und Weise hast du mich verzaubert, nur nicht mit Magie. Du hast mich mit deinem ganzen Sein um den Verstand gebracht.«

Als er mich jetzt an sich zog, klopfte mein Herz so schnell wie noch nie. »Ich bin mir sicher. Du bist die eine. Die eine oder keine.«

»Ich finde, wir sollten uns erst richtig kennenlernen, bevor wir solch hochtrabende Märchenfloskeln heraushauen. Beim ›Für immer und ewig‹ sind wir noch nicht.«

»Da stimme ich dir ausnahmsweise zu. Trotzdem bin ich mir sicher. Also?«

»Also was?«

»Darf ich dich jetzt küssen? Egal ob Fee oder nicht?«

Mein Herz schrie Ja, mein Verstand jubilierte und meine Ohren hörten ein glockenhelles *Dingelingeling*. Gerade noch blickte ich auf die kussbereiten Lippen meines Herzensprinzen, und eine Sekunde später starrte ich die zorngekrauste Stirn der Vorsitzenden des Feenrates an.

»Äääh?«, war alles, was ich zustande brachte. Als ich begriff, flammte pure Frustration in mir auf. »Ernsthaft? Ihr holt mich ins Feenreich? Ausgerechnet jetzt? Kurz vorm alles entscheidenden Kuss?«

»Unser Anliegen kann nicht länger aufgeschoben werden«, antwortete die Vorsitzende mit ausdrucksloser Miene. In ihren Händen hielt sie eine dicke Pergamentrolle. Rechts und links von ihr schwirrten ihre zwei Stellvertreterinnen in der Luft. Ansonsten war der riesige Saal feenleer.

»Mein Anliegen kann auch nicht aufgeschoben werden«, antwortete ich scharf und stemmte die Hände in die Hüften. »Der Prinz hätte mich jeden Moment geküsst.«

»Eine Fee darf keinen Prinzen küssen.«

»Was die Frage aufwirft, ob ich überhaupt noch eine Fee bin. Ich dachte, ihr hättet mich wieder rausgeschmissen.«

Das war wohl das Stichwort. Die Vorsitzende setzte sich dienstbeflissen eine Brille auf und rollte das Pergament ein Stückchen ab.

»Wir haben abgestimmt und sind uns einig geworden, dich weiterhin als Fee in unseren Reihen willkommen heißen zu wollen.«

»Ihr macht Scherze, oder?«

»Über so etwas würden wir niemals scherzen. Als Zugeständnisse in deine Richtung werden wir auf einige deiner Forderungen eingehen.«

Ich hatte Forderungen gestellt? Wann? Welche? Ah! Bevor ich fragen konnte, erinnerte ich mich an meine heroische Rede kurz vor Cindys Hochzeit. Aber so richtig gefordert hatte ich eigentlich nichts. Eher vorgeschlagen. Oder?

»Wir sind bereit, nicht mehr nur Menschen mit Märchenblut zu unterstützen, sondern auch für alle anderen offen zu sein. Ob für jedes Kind eine Fee machbar ist, wissen wir noch nicht. Das muss sich zeigen. Momentan erarbeitet ein Fachausschuss die näheren Bedingungen. Ist das annehmbar für dich?«

»Äh. Ja?« Seit wann befand ich mich in der Position, derartige Veränderungen durchzudrücken?

»Des Weiteren gibt es zwei weitere Fachausschüsse, die sich wegen gefallener Feen und bereits entstandener Schreckmärchen beraten. Sollte es tatsächlich möglich sein, böse Feen, Hexen oder andere Untiere wieder in unsere

Gesellschaft zu integrieren, wollen wir unser Möglichstes beisteuern.«

»Klingt gut.«

»Mit Königin Esmeralda haben wir bereits Kontakt aufgenommen. Sie wird unser erster Fall.«

»Klingt noch besser.«

»Wenn du bitte hier unterschreiben würdest, dass wir deine Vorschläge ernst genug genommen haben?« Sie hielt mir die Pergamentrolle hin.

»Warum sollte ich das unterschreiben dürfen? Ich habe nicht mal meine Prüfung mit Auszeichnung bestanden. Ich bin ein Nichts im Feenreich.«

»Du wirst bald Königin von Burginsland. Wir wollen vorsorgen.«

Aaaaah! Daher wehte der Wind. Ich ließ den Federkiel wie einen giftigen Apfel fallen. »Das ist doch wohl die Höhe«, empörte ich mich. »Ihr wollt mich auf eure Seite ziehen!«

»So funktioniert Politik nun einmal. Jeder geht einen Schritt auf den anderen zu, um das nächstbeste Ergebnis für beide Seiten zu erzielen. Das nennt man Verhandlungen.«

»Das nennt man Einschleimen.«

»Nenn es, wie du willst, solange du unterzeichnest.«

»In dem Fall hätte ich weitere Bedingungen.«

Die Vorsitzende seufzte ergeben. »Die da wären?«

»Wenn ich neue Königin werden sollte, bedeutet das, dass der Prinz mich zur Frau nehmen wird. Das wiederum heißt, dass ich ihn küssen sollte. Ich verlange daher eine Ausnahmegenehmigung, damit ich als Fee einen Prinzen küssen und ehelichen darf. Nicht dass das jemals Thema zwischen Michael und mir war. Er hat mir ja noch nicht einmal einen Heiratsantrag gemacht oder mir die ewige Liebe geschworen, aber ... ja, ich erkenne genau wie ihr, worauf unsere Geschichte hinausläuft. Also? Ich will die Ausnahmegenehmigung.«

»Bekommst du.«

Oh. Ich hatte mit mehr Gegenwind gerechnet. Je genauer ich allerdings drüber nachdachte, desto logischer war es. Jetzt, wo klar war, dass ich mit oder ohne ihren Segen den Prinzen küssen würde, wollten sie das Beste für sich herausschlagen. Und das hieß: Die Feen wollten mich unbedingt auf dem Thron sehen. Ich war ihr Garant dafür, dass sie nicht noch mal aus dem Land gejagt werden würden.

Beim Gedanken an das gemeine Volk fröstelte es mich. Königin Esmeralda hatte nicht ohne Grund ihr Feenblut geheim gehalten. Was würde das Volk davon halten, wenn Michael eine Fee ganz offiziell heiratete?

»Ich möchte Friedensbotschafterin zwischen Feen und Menschen werden«, sagte ich einer Eingebung folgend. »Wir müssen den Bruch wieder kitten, den wir in all den Jahren verursacht haben. Wenn wir den Menschen die Feenwelt wieder näherbringen, werden sie mich mit Freuden als Königin annehmen.«

»Gebongt.«

»Und ich will Anna als Beraterin. Quasi auch als Friedensbotschafterin, nur vonseiten der Menschen.«

»Betrachte es als erledigt.«

»Und ...«

»Märri, übertreib es nicht.«

»Ha! Du hast Märri gesagt.« Ich grinste die Vorsitzende an, bis mir mein Grinsen verging, weil mein Gegenüber keine Miene verzog. »Auch ich bin einverstanden mit den Bedingungen. Gib die Pergamentrolle her. Ich unterschreibe.« Mit Schwung kritzelte ich *Märri* darunter und gab das Papier samt Federkiel zurück. »Und was machst du, wenn der Prinz mich doch nicht ehelichen will? Verwerft ihr dann alles wieder?«

»Keine Sorge. Wir sind schon so lange im Liebesgeschäft, dass wir die Anzeichen lesen können. Der Prinz wird dich gleich küssen, auf die Knie sinken und um deine Hand anhalten.« Jetzt endlich lächelte mich die Vorsitzende zaghaft an. »Wehe, du lehnst aus purer Bockigkeit ab.«

Ich kam zu keiner Antwort, denn die Vorsitzende wedelte bereits wieder mit ihrer Hand herum, es machte *Dingelingeling,* und ich fand mich meinem verwirrt umherblickenden Prinzen gegenüber. Gerade drehte er sich im Kreis und rief nach mir.

»Märri? Märri! Wo zur Hölle bist du denn hin? Ich ...«

Ich wartete, bis er seine Drehung beendet hatte und mich wieder sehen konnte. »Ich bin hier«, sagte ich möglichst lässig. »Wo waren wir stehen geblieben?«

»Wo warst du?«

»Kurz weg.«

»Hab ich bemerkt. Da will ich dich gerade küssen und du verpuffst. Ich hab einen halben Herzkoller bekommen. Wenn du mich nicht küssen willst, dann sag das einfach, aber verpuff nicht mit einem komischen *Dingelingeling.*«

»Der Feenrat hatte noch was mit mir zu besprechen. Jetzt ist zum Glück alles paletti. Wir können weitermachen.« Eifrig spitzte ich die Lippen und kam ihm näher. »Du darfst mich gern küssen.«

»Der romantische Moment ist verflogen. Was wollte der Feenrat von dir?«

»Sich meiner Loyalität versichern. Ich bin noch eine Fee.« Jetzt grinste ich breit. »Jedoch habe ich ab sofort die offizielle Erlaubnis, einen Prinzen zu küssen.«

Michael sah nur ganz kurz verdutzt drein, dann lachte er herzlich. »Als ob du so eine Erlaubnis nötig hättest. Du ...«

Weiter kam er nicht, denn ich warf mich in seine Arme und küsste ihn. Ich küsste ihn so, wie keine Fee einen Prinzen küssen durfte. Ob Ausnahmegenehmigung ja oder nein. Und verflixt noch eins. Es fühlte sich unbeschreiblich toll an. Verboten gut. Märchenhaft schön.

Als ich spürte, wie mein Prinz sich auf die Knie begeben wollte und vermutlich formvollendet und prinzentypisch hochromantisch um meine Hand anhalten wollte, hielt ich ihn hastig auf.

»Wir haben Zeit«, sagte ich. »Lass es uns langsam angehen. Ich möchte dich erst richtig kennenlernen, bevor wir unser ›Für Immer und ewig‹ erreichen. Ist das in Ordnung?«

»Für einen Prinzen ist das eher ungewöhnlich, aber ich schätze ... weil du es bist ...« Er lächelte sanft. »Natürlich ist das in Ordnung. Trotzdem werde ich um deine Hand anhalten. Schrecklich kitschig. Schrecklich romantisch. Davon wird mich nichts und niemand mehr abhalten können.«

»Dann warte erst mal ab, was ich geplant habe.« Ich kicherte in mich hinein und dachte an meinen neuen Botschaftertitel und an die Neuerungen, die ich durchdrücken wollte. Mit Michael hatte ich einen verlässlichen Partner an meiner Seite. Das gab mir Mut und Hoffnung.

»Ich liebe dich, Fee Märri«, flüsterte er in meine Gedanken hinein, zog mich erneut an sich und gab mir einen für eine Fee gewiss nicht schicklichen Kuss.

Ich erwiderte ihn voller Glück und war unendlich froh, Märri geworden zu sein. Denn manchmal, ja, manchmal musste die Fee ihr Schicksal eben selbst in die Hand nehmen.

Als Michael mir schweigend den verlorenen Fellschluf-fen über meinen unbeschuhten Fuß schob, wehrte ich mich nicht. Es gab keine Zeugen, die sofort die Märchenglocken hören konnten. Niemanden, der diesen Moment beobach-tete.

Nur Michael und ich wussten davon. Ein wenig Cinde-rella steckte wohl auch in mir, aber das war mein großes Geheimnis.

Der dritte Ball

Sechs Monate später stand meine offizielle Einführung in die Gesellschaft an. Ich durfte als erste Fee offiziell dem Hochadel beitreten, da mich die Königin höchstpersönlich als Gräfin geadelt hatte.

Mein neuer Titel lautete Gräfin Märchenfee Märri, diplomatisches Verbindungsglied zwischen dem Feenreich und Burginsland. So ganz hatte ich mich noch nicht daran gewöhnt. Immerhin bemühte ich mich. Ich hatte schrecklich viele Prinzessinnen-Benimmkurse hinter mich gebracht, war zu Kursen über Standardtänze für Majestäten geschleppt worden, hatte Diplomatie gebüffelt und mein Knicksen perfektioniert. Als Königin machte ich nach wie vor noch keine gute Figur, aber einen Ball würde ich vermutlich überleben.

Zumal er mir zu Ehren gegeben wurde.

Noch sonnte ich mich auf der Wiese und genoss den Sonnenschein und die Ruhe, bis der Protokollzwerg vor meiner Nase wie aus dem Nichts auftauchte und mich ermahnte, mich endlich fertig zu machen. Ein Zuspätkommen sei inakzeptabel. Ich fügte mich, und als ich ins Haus der Sonnenscheins stolperte, wartete Emma schon leicht hysterisch auf mich. »Wo bleibst du denn? Die Kutsche kommt in zwei Stunden, um uns abzuholen. Wir müssen uns fertig machen!«

Emma sah bereits hinreißend aus. Ihr Kleid betonte ihre fraulichen Rundungen auf eine äußerst vorteilhafte Weise. Sie mochte nicht dem allgemeinen Schönheitsideal entsprechen, doch für mich war sie schon lange die hübscheste Frau auf Erden. Vor allem, weil sie anders als andere ihren eigenen Körper so mochte, wie er war. Das färbte ganz unbewusst auch auf den Betrachter ab. Ich war nicht die Einzige, die sich nach ihr umdrehte.

Da heute ein großer Tag war, hatte sie sich erneut für das Sonnenkleid entschieden, das sie an Cindys Hochzeitstag getragen hatte. Zum Glück war es ein Schnürkleid, sodass wir es nur ein klein wenig auf ihre Größe hatten anpassen müssen. Natürlich hätten wir genügend Geld gehabt, um ein neues Kleid für sie anfertigen zu lassen. Emma war jedoch gegen jegliche Verschwendung. Außerdem war dieses Kleid zu schön, um es nur ein einziges Mal zu tragen.

Ich schlüpfte schnell in meine Pluderhose, zupfte mein Rüschenhemd zurecht und kämmte meine Haare. Emma beobachtete mich amüsiert bei meinem Tun.

»Willst du nicht heute ausnahmsweise mal ein Kleid tragen?«, fragte sie mich der Form halber. Sie unterstützte mich in meinem neuen Sein und sorgte gleichzeitig dafür, dass ich nicht allzu weit vom Weg abdriftete. Dazu gehörte auch, mich ab und zu zu ermahnen.

»Das ist mein Markenzeichen, Emma. Schau! Heute trage ich wenigstens normale Schuhe und keine Fellschluffen. Das muss vorerst reichen.« Ich ließ unerwähnt, dass ich meine Fellschluffen in meinen Jutebeutel gesteckt hatte, um zur Not auf sie zurückgreifen zu können. Nichts war schlimmer als wunde Füße bei einem Ball.

Emma zog meine schimmernden Feenflügel durch die Schlitze in meinem Hemd. Unter normalen Umständen durften wir Feen uns in menschlicher Größe nur in reiner Menschengestalt zeigen, doch als neues Verbindungsglied zwischen Feenreich und Menschentum hatte ich eine Ausnahmegenehmigung.

»Kommen Cindy und Franz-Werner direkt zum Schloss?«, fragte ich, während ich mir einen fluffigen Pferdeschwanz band.

»Ich glaube schon. Anna plant das genau so.« Ich zuckte zusammen, weil Emma plötzlich losbrüllte: »Mama? Bist du langsam auch mal fertig?«

»Bin schon da!« Lucilla kam herein. Wie immer hielt sie sich absolut aufrecht wie eine Königin. An manchen Tagen beneidete ich sie um ihre Ausstrahlung. Sie trug ein schlichtes grünes Kleid, das sie nur umso attraktiver aussehen ließ. Anders als sonst glühten ihre Wangen vor Aufregung, denn heute wollte sie ihren heimlichen Verehrer treffen. Seit der Hochzeit bekam sie schwülstige Gedichte zugeschickt. Ich war mir mittlerweile sicher, dass sie sich unbekannterweise schrecklich verliebt hatte. Natürlich freute ich mich für sie und hatte zugleich Bammel vor heute Abend. Was machten wir, wenn sich der Verehrer als Niete herausstellte?

Emma packte meine Hand und zog mich hinter ihrer Mutter aus dem Haus. Seit Annas Auszug war sie viel selbstständiger und selbstbewusster geworden. Mir war nie klar gewesen, dass sie so sehr im Schatten ihrer großen Schwester gestanden hatte. Jetzt, wo Anna ausgezogen war, blühte Emma regelrecht auf.

Die Kutsche stand bereits vor unserem Gartentor. Die zwei schwarzen Rappen schnaubten zur Begrüßung, und der Kutscher half uns wortkarg in das Gefährt. Während mir Emma noch einmal eindringlich aufzählte, auf was ich gleich achten musste – »Du musst auf der Hälfte der

Treppe stehen bleiben und einen Knicks machen, hörst du, Märri?« –, sah ich aus dem Fenster und genoss den Ausblick. Ich liebte Burginsland und vermisste das Feenreich so gar nicht. Mit vielen Diskussionen hatten wir es durchbekommen, dass ich keinen neuen Schützling annehmen musste und mich ganz auf das Leben am Hofe vorbereiten konnte. Vermutlich hatte Michael seine Beziehungen spielen lassen, um das zu erreichen.

Ich war einfach glücklich, eine Fee sein zu dürfen und zugleich das Leben auf der Erde genießen zu können. Für mich war es das perfekte Arrangement.

Während die Kutsche so vor sich hin holperte, wurde es dunkler um uns herum. Die Sonne verschwand hinter dem Horizont und warf mir noch einen letzten aufmunternden Sonnenstrahl zu. Umso beeindruckender sahen die vielen Fackeln um uns herum aus. Je näher wir dem Schloss kamen, desto zahlreicher wurden sie. Anders als die übrigen Kutschen mussten wir nicht vor dem Burgtor parken, sondern durften auf dem Innenhof halten. Mehrere Pagen halfen uns aus dem Wagen. Musik hallte uns entgegen, und ein Trompeter verkündete meine Ankunft.

Emma sah sich neugierig um und wollte bereits auf die Eingangstür zusteuern, doch der Protokollzwerg tauchte wie aus dem Nichts vor uns auf. »Wir erwarten Euch bereits.« Er nickte mir grimmig zu, verbeugte sich leicht vor Emma und lächelte Lucilla an. Dann stapfte er voraus, um uns anzukündigen, und wir folgten ihm zu der schmalen Eingangstür, durch die ich damals Cindy beinahe mit Gewalt hatte schieben müssen.

Diesmal war ich gewappnet. Ich wusste, wie verteufelt steil die Treppe war, die ich gleich hinuntergehen musste. Mir war auch klar, dass sich alle Anwesenden umdrehen und uns anstarren würden. Anders als beim letzten Mal war ich diesmal nicht kopflos und hektisch, sondern gefasst und ... ja, ich freute mich auf den großen Moment. Es war mein Moment. Mein kleiner Triumph nach reichlich Chaos.

»Ich darf verkünden: Emma und Lucilla Sonnenschein«, rief in der Sekunde der Titel-Ansager, woraufhin meine Stiefschwester und meine Ziehmutter die Treppe hinunterschwebten. Die Musik spielte in gleichbleibender Lautstärke, und nur ein leises Klatschen brandete auf. Die Familie Sonnenschein war wohl doch noch nicht wieder vollständig rehabilitiert.

»Gräfin Märchenfee Märri«, kam mein Stichwort. Diesmal wurde es bedeutend stiller im Raum. Vermutlich drehten sich alle Anwesenden unten im Saal zur Treppe.

Ich atmete tief durch, wechselte blitzschnell meine hübschen Schuhe gegen meine Fellschluffen und stapfte die wirklich sehr steile Treppe hinunter. Wie erwartet, starrten mich alle unten im Saal an. Wer bislang noch getanzt hatte, hörte sofort damit auf.

Eigentlich hätte mir dieser Auftritt furchtbare Angst machen müssen. Es war für eine Fee ganz und gar unangemessen, so viel Aufmerksamkeit auf sich zu ziehen. Diesmal spürte ich hingegen, dass aus meinem Auftritt etwas Wunderbares werden konnte. Ich wollte vieles verändern. Da war es nur von Vorteil, wenn mich alle kannten.

Mein rebellischer Gedanke zerplatzte, als ich meinen Prinzen unten an der Treppe stehen sah. Er trug zum ersten Mal eine durchaus beeindruckende Krone im Haar und war über und über mit Medaillen, Schwertern und sonstigem Krimskrams behangen. All das bemerkte ich kaum, denn ich versank in seinem liebevollen Blick. Wie konnte man nur zugleich so nett und so erhaben aussehen?

Nach nur zwei Atemzügen war ich erstaunlich unfallfrei unten angekommen und nahm Michaels Hand. Er zog mich an sich und gab mir entgegen jeden Protokolls einen zarten Kuss auf die Wange. »Du bist wunderschön«, flüsterte er mir ins Ohr.

Ich verzog das Gesicht. Wunderschön war ich gewiss nicht. Eher ungewöhnlich und faszinierend. Der mädchenhafte Teil meines Herzens freute sich trotzdem sehr.

»Du siehst prächtig aus«, erwiderte ich grinsend. »Wie ein waschechter Märchenprinz.«

»Bist du bereit für deinen ersten Tanz als Gräfin? Sobald sich der Protokollzwerg von seinem Herzkoller erholt hat und die Musiker anweist.«

Erst jetzt bemerkte ich den Zwerg neben mir, der mich mit seinen Blicken erdolchte. »Was hab ich denn jetzt schon wieder falsch gemacht?«, fragte ich ihn genervt.

»Eure Stiefschwester und ich haben einhundertfünfundsechzigmal gesagt, dass Ihr auf der Hälfte der Treppe stehen bleiben müsst und knicksen sollt. Dann hätte ich Euren Titel noch mal wiederholt und Euch damit *offiziell* in die Gesellschaft aufgenommen. Einhundertfünfundsechzigmal haben wir es gesagt! Ich habe mitgezählt.«

»Oh ... ja ... stimmt. Da war was. Bitte entschuldigt.« Ich ließ die Hand meines Prinzen los und hastete die Treppe hinauf, woraufhin ein Raunen durch die Menge geisterte und die Musiker entsetzt aufhörten zu spielen.

»Nein, Märri«, rief jemand verzweifelt durch den ganzen Raum. »Nicht weglaufen! Bleib hier!« Anna. Ihre Stimme hätte ich unter Tausenden erkannt.

Ich blieb auf der Hälfte stehen und drehte mich mit hochrotem Kopf und leicht keuchend um. Von wegen Weglaufen! Ich wollte diesmal nur alles richtig machen. Hastig knickste ich und nickte dem Protokollzwerg zu, der das Gesicht in den Händen vergraben hatte und den Kopf schüttelte.

»Jetzt sagt schon Euer Sprüchlein auf«, rief ich ihm zu und ignorierte Michaels leises Lachen.

Der Protokollzwerg gab sich geschlagen und verkündete formvollendet und mit jeder Menge Superlativen gespickt meine Ankunft im Hochadel. Nachdem er mir feierlich zugenickt hatte, stolperte ich wieder die Treppe runter und warf mich in Michaels Arme.

»Spinnerin«, sagte er zärtlich zu mir.

»Besser eine Spinnerin als unadelig. Sonst dauert das noch ewig, bis wir endlich heiraten dürfen.«

»Oh, jetzt bist du auch beim Heiraten angekommen?«

Ich grinste breit und zog ihn wenig protokollkonform auf die Tanzfläche. Der Zwerg nickte daraufhin hastig den Musikern zu, die endlich die Hymne für den Adel-Integrations-Ritus begannen. Diesmal überließ ich Michael die Führung. Zum einen war er der eindeutig erfahrenere Tänzer, zum anderen musste ich kurz durchatmen.

Das wäre geschafft!

Michael hielt mich in seinen Armen und schwebte mit mir übers Parkett. Meine Pluderhose bauschte sich um meine Beine, meine Feenflügel flatterten im Wind und ich meinte, vor Glück zu zerspringen. Ich sah Anna im Publikum stehen. Sie hob die Daumen und wirkte sehr zufrieden. Wir wussten beide, dass ich schon bald eine Beraterin brauchen würde, und dass dieser Posten für sie vorgesehen war. Anders als ich freute sie sich auf die anstehende Aufgabe. Sie war dafür wie geschaffen. Gemeinsam würden wir viel Gutes erreichen. Sie hatte nicht das Herz von Prinz Andreas erobert und trotzdem ihr Glück gefunden. Mittlerweile war sie über den Liebeskummer und über ihre Wut hinweg und konzentrierte sich ganz auf ihre politische Karriere.

Die Königin und der König kamen in mein Blickfeld. Sie lächelten uns gütig zu, und allein das Nicken von Michaels Mutter bedeutete mir eine Unendlichkeit. Wir hatten ihren Segen und ein gemeinsames Geheimnis, das wir bis zum Letzten hüten würden.

Ich kam kurz ins Stolpern, als ich Lucilla sah, die sich kichernd mit dem Protokollzwerg unterhielt. Ihre Wangen glühten. Als sie wie ein kokettierendes junges Mädchen ihre Haare mit den Fingern aufzwirbelte, traf mich fast der Schlag. Zum Glück waren wir schnell genug vorübergeschwebt, sodass ich nicht vollends die Fassung verlieren konnte.

»Wusstest du, dass der Protokollzwerg bei seinem Volk als großer Dichter gilt?«, fragte mich Michael schmunzelnd. Ich gab lediglich ein Grunzen von mir. Zu mehr war ich nicht imstande. Lucilla und der Protokollzwerg. Das konnte ja …

Oh! Was sahen meine Feenaugen da? Emma war gerade von einem jungen Mann zum Tanz aufgefordert worden. Er trug eine etwas zartere Krone als Michael und sah ihm ansonsten unfassbar ähnlich. Konnte es sein? War es möglich?

»Andreas hat Anna nicht verziehen, dass sie dich so öffentlichkeitswirksam verraten hat. So etwas ist einer Prinzessin unwürdig. Ich glaube auch nicht, dass Anna langfristig als Teil der Königsfamilie glücklich geworden wäre«, erzählte mir Michael leise und hatte damit mal wieder bemerkt, was mich beschäftigte. »In den letzten Monaten hat mein kleiner Bruder immer wieder eine andere Sonnenschein erwähnt.«

»Deswegen ist er so oft mit dir mitgekommen? Ich dachte, er wäre nur süchtig nach Emmas Schokokaramellstriezeln.«

»Er ist definitiv süchtig danach, aber wie sagt man so schön? Liebe geht eben doch durch den Magen. Wir werden sehen, wohin das führt. Meine Eltern haben jedenfalls nichts dagegen. Sie freuen sich, dass ihr jüngster Sohn wieder mehr lacht. Auch ihn hat die Nachricht, dass unsere Mutter eine Fee ist, etwas aus der Bahn geworfen. Emma lenkt ihn ab und macht ihn glücklich. Sehr sogar.« Sein Griff wurde fester, während er das sagte. Ich sah ihn fragend an.

Er zog mich in eine enge Drehung und fragte dabei: »Bist du denn glücklich?«

»Sehr.«

»Obwohl das hier noch kitschiger und romantischer geworden ist als jemals befürchtet?«

»Ein wenig Glitzer und Funkeln braucht jede Fee in ihrem Leben.«

»Darf ich es dann jetzt endlich sagen?«

»Ja. Leg los!«

Michael nickte den Musikern zu, die offenbar die ganze Zeit nur auf diesen Moment gewartet hatten. Ohne Vorwarnung stimmten sie ein vor Romantik nur so triefendes Stück an, und von irgendwoher trällerte ein Chor los.

In der Sekunde, in der der Prinz mitten auf der Tanzfläche auf die Knie sank, wurde es außer der Musik vollkommen still im Saal. Jeder sah uns zu, wie mein Märchenprinz mein ganz persönliches Märchen vollendete.

»Ich liebe dich, Märri von den Feen. Ich liebe dich! Willst du meine Frau werden?«, fragte er.

»Ich liebe dich auch, Prinz Michael von Burginsland. Ist das zu fassen?« Ich kicherte hysterisch in mich hinein, bis der Protokollzwerg sich räusperte und ich Michaels fragenden Blick bemerkte. Ah, stimmt. Da war noch was. »Ja, ich will«, rief ich laut und hielt ihm meine Hand hin, damit er mir den dicksten, hässlichsten und protzigsten Ring von ganz Burginsland über einen Finger schieben konnte.

Mir war sein Aussehen völlig egal, denn die Geste war viel wichtiger. Vor allem, als Michael wieder aufstand und mich liebevoll in die Arme nahm. Lachend küsste er mich vollkommen protokollbrechend viel zu lange. Ich ließ es nur zu gern zu und nahm das laute Klatschen, Grölen und die veränderte Musik nur am Rande wahr. Ein Walzer. Die Musiker spielten einen Walzer und forderten Michael damit auf, unsere Verbundenheit mit einem Tanz zu vollenden.

Daraufhin stellte ich mich auf seine Füße und ließ mich von ihm wie damals auf der Eisbahn durch die Menge tragen. Mein Prinz. Mein Märchenprinz. Endlich hatten wir unser »Für immer«. Ich war tatsächlich so glücklich, wie ich es mir heimlich ausgemalt hatte. Vielleicht sogar noch viel mehr.

Ich hatte ihn gefunden. Meinen Märchenprinzen. Darüber hinaus hatte ich endlich erkannt, welche Rolle ich in dieser Geschichte spielte. Ich war nicht die gute Fee und nicht die Hexe. Ich war weder die finstere Stiefmutter noch die neidische Stiefschwester.

Ich war Märri. Die Fee, die ihr Schicksal selbst in die Hand genommen hatte. Ob Cinderella, Rapunzel oder Dornröschen: Ich lebte mein eigenes Leben und formte mein eigenes Märchen. Egal was die Zukunft brachte: Ich war die wahre Braut und Michael mein Märchenprinz. Wir zwei waren gemeinsam dazu bereit, geradewegs auf unser »Für immer und ewig« zuzutanzen – und zwar in Fellschluffen und mit Pluderhose, denn ein wenig unkonventionell zu sein schadet nie.

ENTDECKE
PHANTASTISCHE
WELTEN MIT
PIPER FANTASY

©Adobe-Stock

PIPER

piper-fantasy.de